여성 시학,
1980~1990

여성 시학, 1980~1990
— '여성'을 다시 읽고 쓰는 일

펴낸날 2021년 9월 1일

지은이 조연정
펴낸이 이광호
주간 이근혜
편집 최지인 이민희 조은혜 박선우 방원경
펴낸곳 ㈜문학과지성사
등록번호 제1993-000098호
주소 04034 서울 마포구 잔다리로7길 18(서교동 377-20)
전화 02) 338-7224
팩스 02) 323-4180(편집) 02) 338-7221(영업)
전자우편 moonji@moonji.com
홈페이지 www.moonji.com

ISBN 978-89-320-3903-9 93810

도비라 일러스트 © 김영태, 이제하

여성 시학,
1980~1990

'여성'을 다시 읽고 쓰는 일

조연정 지음

문학과지성사

채완에게

여성의 이야기를 읽는 우리

“래디칼이 아니면 대안이 없다”
—고정희의 편지글에서

전 세계 여성 정치인들의 삶을 돌아본 『여성, 정치를 하다』(민음사, 2021)의 저자 장영은은 얼마 전 한 강연에서, 한국의 유력한 자리에 오른 다수의 여성 인물이 ‘나는 페미니스트가 아니지만’이라는 단서를 달며 자신의 이야기를 시작할 수밖에 없는 최근의 상황을 씁쓸하게 언급한 바 있다. 나아가 일간지의 칼럼 지면을 통해 연재된 여성 정치인들의 이야기가 얼마나 많은 오해와 거부감 속에서 소개될 수밖에 없었는지 그 맥락들도 설명해주었다. 여성에게 여러 가지로 억압적인 현실이 비단 여성만의 문제가 아니며, 단순히 양성의 평등을 주장함으로써 해결될 일도 아니라는 사실은 수없이 강조되고 있다. 하지만 여성 문제를 여성만의 일로 한정하려는 의도된 무관심, 그리고 여성 문제가 문제조차 될 수 없다는 식의 강력한 거부감이 지금의 한국 사회에 만연해 있다고 해도 틀린 말은 아닐 것이다. ‘페미니즘 리부트’가 선언된 지 약 6년이 지난 시점에서 체감하게 되는 이 같은 무력한 현실은 환멸을 넘어 슬픔의 감정까지 불러온다. 그래서일까. 고정희의 편지글에서 발견한 “래디칼이 아니면 대안이 없다"라는 문장은 유독 내 눈길을 끌었다. 그녀는 "걸림돌은 우리들의 조심성이 아닐까?"라고 자문해보기도 한다.

'나는 페미니스트가 아니지만'이라는 단서를 달 때의 조심스러움을 모르는 바 아니다. '나는 페미니스트가 아니지만'이라고 말하는 것보다는 확실히 '나는 페미니스트이다'라고 말하는 것이 더 어려운 일일지 모른다. 그것이 어떤 다짐을 담은 선언의 문장이 아니라, 나에 대한 어떤 확신에서 나오는 문장이 되려면 아마 더 그럴 것이다. 그렇다면 이 책은 페미니스트가 되고 싶은 필자의 마음을 담은 책이라고 말해볼 수 있을 것 같다. 확신을 담아 '나는 페미니스트이다'라고 말하기엔 우선 나의 공부가 충분하지 않고, 내 글과 삶이 여전히 불완전하기 때문이다. 나는 지금 페미니스트가 되어 가는 중이다.

이 책은 2016년 강남역 살인 사건과 #○○_내_성폭력말하기운동 이후부터, 정치권에서도 각종 젠더 이슈가 어지럽게 오가는 중인 2021년까지, 5년 동안 씌어진 논문들을 모은 것이다. 한데 놓고 읽다 보니 글 사이 중복되는 언급도 많고 심지어는 서로 충돌하는 논의들도 발견된다. 김혜순, 최승자, 고정희, 허수경 등의 여성 시인이 주로 1980년대에 쓴 시들에서 그녀들의 여성주의적 인식과 전략을 적극적으로 읽어내고자 했던 시도가 어쩐지 의욕만 앞서 논리적 모순이나 비일관성을 노출하기도 하고 과잉된 해석에 닿기도 한 듯하다. 이론적으로 더 정교해져야 할 부분들이 중언부언 뭉뚝해지거나 더 많은 작품으로 증명되어야 할 부분들이 선언적 문장으로 성급히 마무리되기도 하였다. 필자의 게으름과 무성의함 탓이겠지만 연구 대상과 연구 주제에 대해 아직 완벽한 거리 두기가 되지 못했기 때문이라고 말해볼 수도 있겠다. 어쩌면 어떤 당위성이 이 글들을 쓰게 했기 때문이라고 변명처럼 말해볼 수도 있을 것이다. 이 책의 문장들이 결국 현실의 여성들에게, 아니 그렇게 거창해질 것도 없이, 한 명의 여성으로서 내가 놓여 있는 현실적 상황들에 어떤 식으로 영향을 줄지 전혀 장담할 수는 없지만, 그럼에도 불구하고 어떤 선명한 감정들이 이 글들을 성급하게 쓰게 했다는 것만은 분명하다. 그 감정들을 잃고 싶지 않다.

사라 아메드는 오드리 로드의 글에서 "당신이 할 수 있는 것을, 당신이 할 수 있을 때, 당신이 할 수 있는 곳에서 하라"라는 메시지를 읽었다고 말한다. 아마도 이 글들을 쓰는 일이, 지금 이곳에서의 내가 어떻게든 할 수 있고 반드시 해야만 하는 일이었다고 생각한다. '나는 페미니스트는 아니지만'이 아니라 '나는 페미니스트이기 때문에'라고 말할 수 있기 위해서 말이다. 이 책은 1990년대 언저리에서 마무리되고 있지만 1980년대를 기준으로 하여 그 이전과 이후의 시간 속에 놓인 여성 시인들이 어떤 말을 하고자 했는지 그 목소리를 경청하는 작업들을 앞으로도 지속하고 싶다.

*

1980년대 여성 시인에 관한 책을 묶고 싶다는 생각으로 논문들을 발표해왔는데 그 글들을 찾아 읽고 책을 제안해준 최지인 편집장 덕분에 막연한 포부가 서둘러 실현될 수 있었다. 책의 출간을 허락해주신 문학과지성사의 이광호 대표와 이근혜 주간께도 특별히 감사를 드린다. 내 첫 책을 다듬어주셨던 김필균 편집자와의 인연이 두번째 책에까지 이어진 것도 감사할 일이다. 이 책을 쓰는 사이에도 여러 가지 일로 낙담하며 지치는 순간이 많았는데 그때마다 시끌벅적하게 용기를 북돋아준 친구들에게 온 마음을 담아 인사를 건넨다. 모두 건강하자. 가족들이 이 책을 읽게 된다면 그들의 아내, 딸이자 며느리, 누나이자 여동생, 그리고 이모이자 고모인 나를 조금 더 이해하는 계기가 되기를 바란다. 그리고 특히, 이 책의 출간이 사랑하는 엄마 아빠께 잠시라도 기쁜 소식이 되었으면 좋겠다.

이 책의 모든 문장은 내 아이가 이 세상에 태어난 이후 씌어진 것들이다. 아이로 인해 나는 한 뼘 정도 용감해진 대신 한없이 작아져 있다. 그리고 사랑의 의미를 새로 배워가고 있다. 교정지를 보여주며 엄마 책에 너의 이름을 넣어줄까 물으니 아이는 반달 눈으로 웃으며 저자 자리에 자기 이름을 넣고 싶다고 해맑게 말했다. 아이와 함께 쓴 책이 맞는 것도 같다. 앞으로도 이 아이와 함께 더 많은 문장을 만들어내고 싶다. 그 문장들이 아름답기보다는 정직했으면 좋겠다.

2021년 9월

조연정

차례

'여성해방문학'으로서 고정희 시의 전략

최승자 시에 나타난 독신자 여성 삶의 재현 양상

1990년대 젠더화된 문단에서 페미니즘하기

김정란과 허수경을 읽으며

詩人 金惠順

‘여성 시인’이
시를
쓴다는 것

1980년대
‘여성해방문학’의 관점에서
다시 읽는
김혜순의 초기 시

I 여성주의 시각에 의한 문학사의 해체와 재구축

최근 문단과 학계에서 동시에 중요한 화두가 되고 있는 '여성주의적 시각'의 한국 문학 읽기 작업들은, 2016년의 강남역 여성혐오 살인 사건으로부터 #○○_내_성폭력말하기운동, 그리고 2018년의 '#MeToo' 운동으로 이어지는 이른바 '젠더 트러블'한 한국 사회의 현실을 폭로하는 각종 사건이, 문학이라는 '재현'의 장에 새로운 각성을 요청하며 촉발된 것이다. 문학이 현실과 어떤 관계를 맺을 수 있으며 부조리한 현실에서 무엇을 할 수 있는지를 고민하는 일은 한국 문학사의 매 시기마다 중요한 과제가 되어왔지만, 그 '현실'이 분명하게 '여성의 현실'로 초점화되었던 적은 별로 없다. 정희진의 언급처럼 약자로서의 여성의 위치는 거기에 '민족 모순'이나 '계급 모순'이라는 또 다른 사정이 겹치지 않고서는 쉽게 가시화되지 않았으며,[1] 따라서 한국 사회의 정치 현실이 정상성의 범주에 있건 그렇지 않건 간에 '여성의 현실'을 살피는 일은 언제나 차후의 문제로 인식되어왔기 때문이다. 한국 사회에서 여성운동이 본격적으로 개화하기 시작한 1980년대 전후의 시기에, 여성운동이 그보다 시급한 노동운동에 의해 지연되었다는 결정적 사실도 참조될 수 있

1 정희진, 「젠더 사회와 미투」, 『문학동네』 2018년 여름호, p. 327.

다.[2] 이처럼 언제나 2등 시민의 자리에 놓여 있던 여성은 문학이라는 '재현'의 장에서도 대체로 남성적 보편의 시선에 의해 타자화되어왔다고 할 수 있다. 특히 1960년대 이후 한국 문학의 정전화 작업이 본격적으로 진행되면서 여성 작가·시인들의 작업은 '그들만의 리그'로 게토화되었으며,[3] 정전의 반열에 오른 남성 작가의 작품에서 여성은 '어머니' '아내' '누이' 등의 고정된 역할을 부여받으며 주로 남성 인물의 내면을 되비추는 텅 빈 거울로만 그려지게 된다. 여성들의 작품도, 작품 속 여성 인물들도, 온전히 그 자신의 목소리를 통해 이해된 적이 많지 않은 것이다.

사실 새로운 발견이라고도 할 수 없는 이러한 문제 제기가 최근 더욱 치열해지고 있는 것은, 그동안 무감각하게 혹은 체념적으로 수용했던 사태를 더 이상 용인할 수 없다는 공통의 정서가 실체화되고 있기 때문이다. 일상의 크고 작은 여성혐오적 시선에서부터 물리적 폭력에 이르기까지, 사적 관계 안에서의 위계는 물론 공적 공간에서의 각종 차별에 이르기까지, 갈수록 강화되는 젠더 모순

2 김양선은 1970~80년대 진보적 민족문학론의 성맹적sex-blind, 젠더 중립적 입장이 결과적으로 기존의 젠더 정치학을 재생산하게 된 사정을 지적한 바 있다. 김양선, 「동일성과 차이의 젠더 정치학: 1970·80년대 진보적 민족문학론과 여성해방문학론을 중심으로」, 『한국근대문학연구』 6(1), 한국근대문학회, 2005 참조.

3 심진경의 지적에 따르면 여성문학이 "여성들의, 여성들을 위한, 여성들에 의한 문학으로 게토화하게" 된 것은, '여성성'이라는 미학적 자질이 남성과의 대타적 관계에서 "감수성, 수동성, 관계지향성, 내면성" 등의 것으로 단순히 설정된 탓에 있다. "재현의 정치학으로서의 여성문학의 가능성"에 대한 고민이 치열하지 못했다는 것이다. 심진경, 「여성문학에 대한 (불)가능한 정의」, 『여성과 문학의 탄생』, 자음과모음, 2015, pp. 17~18.

은 '재현'의 장 안으로 각성의 시선을 직접 전달하고 있다. 이러한 사정을 확인하는 소영현의 다음과 같은 언급은, 최근 문학과 현실의 관계가 이전과 달라진 상황을 특별히 강조하며 문학의 반성을 요청한다.

> 문학이 우리의 현실과 '직접적으로는' 관계 맺지 않는다는 논리로, 현실에 대한 문학의 (문학적으로만 유해할 수 있는) 무해함을 수호할 때에 그것을 지렛대 삼아 현실의 유해함을 되비출 수 있다는 논리로, 단도직입적으로 말해, 문학 자체는 현실에 아무런 영향력을 행사할 수 없다는 논리로 우리가 시야에서 지워 버린 것은 결국 무엇인지 질문해야 하는 게 아닐까.[4]

멀게는 '쓸모없음의 쓸모'라는 김현의 자율성의 문학론 이후, 가깝게는 1990년대부터 2000년대로 이어지는 '문학주의'의 자장 안에서도, 현실과 '직접적으로' 관계 맺을 수 없다는 이유로 한국 문학이 젠더 불평등한 현실에 눈감거나 오히려 그것을 강화하는 데 일조한 것은 아닌지 비판하고 반성하는 일을 적극적으로 실천해야 한다는 인용문과 같은 요청들이 최근 활발한바, 이러한 논의들은 '문학성'에 관한 그간의 익숙한 정의들을 전면적으로 재성찰하는 방식으로 진행되고 있다.

이러한 요청에 의해 최근 한국 문학사를 여성주의 시각에서 다

4 소영현, 「'현실, 재현, 독자'로 본 비평의 신원 증명 혹은 그 기록지」, 소영현 외, 『문학은 위험하다: 지금 여기의 페미니즘과 독자 시대의 한국문학』(이하 『문학은 위험하다』), 민음사, 2019, p. 6.

시 읽는 작업들이 적극적으로 진행되고 있다. 그중 단기간에 가시적 성과를 낸 두 권의 책을 언급하지 않을 수 없다. 최근 "젊은 독자들이 새롭게 장착한 문제의식과 감수성", 즉 "페미니스트 시각"을 중심으로 한국 문학사를 다시 읽어보고자 기획되었다는 『문학을 부수는 문학들: 페미니스트 시각으로 읽는 한국 현대문학사』(이하 『문학을 부수는 문학들』)과, "페미니즘을 통과한 감각을 바탕으로 비평의 주요 담론을 다시 읽어본 협업 작업"으로서 "시민-독자가 견인한 문학과 페미니즘 이후 비평의 궤적에 대한 아카이브로서의 의미를 갖는다"고 선언한 『문학은 위험하다』가 그것이다. '여성-시민-독자'의 요구에서 촉발된 기획이라는 점, 단순히 개별적 글들을 모은 책이라기보다는 대중 강연 혹은 워크숍의 형태로 필자들 간, 나아가 필자와 독자 들 간의 적극적인 대화를 통해 이루어진 결과물이라는 점에서 '현장성'을 강조한 두 작업의 공통된 의미를 찾을 수 있다.

『문학을 부수는 문학들』의 기획자인 오혜진의 말을 빌리면 이 두 책의 공통 목표는 주류 문학사의 남성 중심적 질서가 규정한 '문학(성)'을 적극적으로 의심해보는 것[5]이 된다. 나혜석, 김일엽, 김명순에 관한 소문을 토대로 씌어진 근대 초기의 '모델소설'이 근대문학의 미학적 기율과 여성(성)에 대한 사회적 기율을 동시에 탄생시킨 장이었음을 분석한 심진경의 논의로부터[6] 김승옥 소설의 여성

5 오혜진, 「서문을 대신하여」, 권보드래 외, 『문학을 부수는 문학들』, 민음사, 2018, p. 16.

6 심진경, 「여성문학의 탄생, 그 원초적 장면: 여성·스캔들·소설의 삼각관계」, 『문학을 부수는 문학들』, pp. 46~69.

타자화가 결국 '괴로운' 남성 주체의 자기 합리화를 위해 동원되고 있다는 점을 지적한 강지윤의 글에 이르기까지,[7] 위 책에 실린 다수의 작업은 한국 문학사를 구성해온 남성 중심적 원리를 집요하게 심문한다. 『문학은 위험하다』에서도, 1970년대 창비의 비평 담론에서 '미학적 외설'이 민중의 '건강성'으로 해석되며 노동과 젠더의 재배치가 일어나는 장면을 분석하는 소영현의 논의나,[8] 1990년대 이후의 문단에서 여성문학이 문학의 주류로 떠올랐음에도 불구하고 그에 대한 논의가 한정적이고 오히려 비주류적이었다는 사실을 확인한 서영인의 글[9] 등이 같은 의도를 지닌다. 이러한 작업들을 '선언으로서의 문학사'로 명명해보는 차승기의 의견을 빌리자면, 이 책들은 '페미니즘 문학사' 혹은 '여성문학사'의 서술을 통해 한국 문학사의 한계와 결핍을 보완하려는 것이기보다는, "'한국 문학사'를 지탱하는 텍스트 해석 원리, 제도적 조건, 권력 네트워크를 근본적으로 비판하는 준거로서 '페미니스트 시각'을 견지하"고자 하는 것으로 이해된다. 기존의 "'한국 문학사'를 해방시키는 방식의 절단과 개입의 실천"들인 것이다.[10]

기존의 한국 문학사에서 '여성문학'이라는 범주가 주류 문학사

7 강지윤, 「감수성의 혁명과 반(反)혁명: 김승옥의 「무진기행」과 '여성'이라는 암호」, 『문학을 부수는 문학들』, pp. 181~97.

8 소영현, 「비평 시대의 젠더적 기원과 그 불만: 「분례기」에서 「객지」로, 노동 공간의 전환과 '노동(자)-남성성'의 구축」, 『문학은 위험하다』, pp. 19~46 참조.

9 서영인, 「1990년대 문학 지형과 여성문학 담론」, 『문학은 위험하다』, pp. 68~94 참조.

10 차승기, 「몰락 이후: 신성할 것 없는 문학사」, 『메타-문학사: 문학과사회 하이픈』 2019년 봄호, pp. 17, 13.

에서 배제되며 게토화한 점을 재차 환기하자면, 남성적 보편의 문학사를 해체하는 위와 같은 '절단과 개입의 실천'들이 꾸준히 이루어져야 함은 물론이다. 따라서 '여성주의 시각의 문학사'는 결국 '메타비평'의 방식으로만 이루어질 수밖에 없기도 하다. 그러나 이러한 메타적인 작업들은 기존의 문학사가 주요 대상으로 삼았던 정전화된 텍스트들을 필연적으로 경유해야만 한다. 따라서 그것이 '신화로서의 문학사' '구축'을 비판하며 '선언으로서의 문학사' '해체'를 시도한다 해도, 쉽게 말해 여전히 남성 작가/시인/비평가들의 작업이 반복적으로 해석의 중요한 대상이 될 수밖에 없다는 역설적 상황이 발생한다. 지금의 우리에게 더 우선시되어야 할 작업이 여성주의의 시각으로 문학사의 정전들을 다르게 읽는 일인지, 또 다른 작가/시인/비평가의 작업들을 더 많이 발견하고 해석하는 일인지는 생각해볼 문제이다.

『한국근대여성문학사론』의 저자인 이상경은 1985년 『여성』 창간호에 실린 「여성의 눈으로 본 한국문학의 현실」이라는 글을 "'여성의 눈'을 새로운 비평 척도로 선언한 최초의 시도"[11]로 소개한다. "여성의 관점에서 문학작품을 검토·비판하는 작업은 그 필요성이 절실함에도 불구하고, 기성의 평단에서는 이런 시도가 이루어진 적이 없었으며, 적절하게 참조할 수 있는 외국의 선례도 거의 없는 실정"[12]이라고 말한 저자들의 고백을 음미하며, 1990년대 후반의 시점에서 이상경은, 여성문학 연구의 현황과 문제점을 다

11 정은희·박혜숙·이상경·박은하 좌담, 「여성의 눈으로 본 한국문학의 현실」, 『여성』 1, 창작과비평사, 1985, p. 6.

12 같은 곳.

음과 같이 짚어본다. 첫째, 여성문학론의 참조할 만한 선행 작업이 없지 않음에도 불구하고 1980년대에는 물론 1990년대에 이르기까지도 그에 관해 대체로 '무지'할 수밖에 없는 것은, 여성문학에 관한 초보적인 자료 정리도 제대로 안 되어 있기 때문이라는 것. 둘째, 1980년대의 여성문학 연구가 "한국 여성의 현실적 요구에 부응해야 한다는 뚜렷한 목적의식과 전투성을 가졌던 것에 비해"[13] 1990년대 이후의 여성문학 연구는 다양한 이론의 도입으로 인해 오히려 현실과의 관련이 느슨해졌다는 것이 문제라는 것이다. 1990년대부터 2019년 현재에 이르기까지의 여성문학 연구가 과거의 이러한 실정에서부터 얼마나 진화했는지, 이에 관해 긍정적으로 답하기는 어려울지 모른다. 1990년대 이후의 여성문학은 "최신의 외국문학 이론을 적용하는 장"으로 활용되면서, 결국 한국 "문학 연구의 식민성을 확연히 드러내"[14]는 통로로 기능하게 된다. 여성주의 시각을 견지하고자 하는 최근의 문학 연구는 과거의 이 같은 과오를 반복하지 않는 방법이 무엇일지 특히 더 고민해야 한다.

여성문학사의 구축조차 제대로 이루어지지 않은 것인지, 아니면 그러한 연구 성과들이 충분히 공유될 수 없었던 것인지, 이 모든 사정들을 포함하여 여성문학 연구는 좀더 충실히 진행될 필요가 있다. 최근 새로운 문학 연구가 대결해야 할 한국 문학사의 '표준적 해석 방식'의 하나로 '부친 살해' 모티프를 지적해보는 손유경은 "아버지-아들 세대의 갈등만으로는 서로 다른 세대-젠더 정체성

13 이상경, 「한국 여성문학론의 역사와 이론」, 『한국근대여성문학사론』, 소명, 2002, pp. 11~12.

14 같은 글, p. 12.

을 지닌 개별 인간들의 욕망을 읽어낼 수 없다"는 사실을 지적하며 '부녀 관계'에 주목해 한국 소설사의 하나의 대안적 계보를 작성해 본다.[15] 이러한 시도는 "대략 1960~70년대부터 2000년대까지의 약 50년은 해체와 재구성이 필요한 시기라기보다는 적극적이고 충실한 구성이 요청되는 시기"[16]라는 문제의식으로부터 나온 결과물이기도 하다. 『문학을 부수는 문학들』의 서문을 다시 인용하자면, 오혜진은 그 책의 기획이 "기존 한국문학(사)의 지배적 문법을 상대화하고 탈구축하는 일에 끊임없이 도전해온 페미니스트 연구자들의 시도와 그 스펙트럼"[17]을 한국 문학의 자산으로 확인하고, 나아가 그것을 갱신해야 할 현재의 과제까지도 염두에 두었음을 강조한다. 수록된 글 중, 강경애, 박화성, 주세죽 등 식민지 조선 여성 지식인들의 자기 서사를 분석하며 "여성이 자기 자신을 이야기하는 것이야말로 페미니즘의 출발"이라는 사실을 증명하고 있는 장영은의 글이나,[18] 해방 이후의 문단에서 이선희, 지하련, 최정희, 장덕조 등의 여성 문인들이 각각 어떤 선택을 하며 여성 작가로서의 자기 입지를 새로이 만들었는지를 밝힌 류진희의 글[19] 등은, 기존 문학사를 해체하는 방식이 아니라 '여성문학사'를 새로이 구축하는 방식

15 손유경, 「젠더화된 세대교체 서사를 패러디하기」, 『한국현대문학연구』 58, 2019 참조.

16 손유경, 「한국 문학사의 새로운 가능성」, 『메타-문학사: 문학과사회 하이픈』 2019년 봄호, p. 31.

17 오혜진, 같은 글, p. 9.

18 장영은, 「'배운 여자'의 탄생과 존재 증명의 글쓰기」, 『문학을 부수는 문학들』, pp. 70~91.

19 류진희, 「해방기 여성작가들의 문학적 선택」, 『문학을 부수는 문학들』, pp. 92~115.

의 작업들에 가깝다고 할 수 있다.

시 분야에 한정해 말하자면 최근 1980년대 여성 시인들에 관한 연구가 활발히 진행되고 있지만[20] 해방 이후부터 1960~70년대까지 흔히 '여류시'라 불리었던 당대 여성시에 대해서는 연구가 부족한 편이다.[21] 주지하듯 이 시기는 계간지의 비평 담론들을 중심으로 문학사의 정전화 작업이 이루어지며 남성적 보편의 문학사가 활발히 서술되기 시작한 시기이다. 한국 근·현대 여성시의 흐름을 개괄

20 박지영, 「1970-80년대 여성노동자 시에 나타난 젠더/섹슈얼리티 정치학: 최명자, 정명자의 시를 중심으로」, 『한국시학연구』 53, 한국시학회, 2018; 안지영, 「'여성적 글쓰기'와 재현의 문제: 고정희와 김혜순의 시를 중심으로」, 『한국현대문학연구』 54, 한국현대문학회, 2018; 이경수, 「1980년대 여성시의 주체와 정동: 최승자·김혜순·허수경의 시를 중심으로」, 『여성문학연구』 43, 한국여성문학학회, 2018 등 참조.

21 최근 이 시기를 '여성주의의 시각'에서 재검토하려는 작업들이 시작되고 있다. 해방 후부터 전쟁기까지 여성문학 자료들을 집대성한 『한국 여성문학 자료집』(총 5권, 역락, 2011~12)의 실증적 자료 정리 작업은 연구의 토대를 마련해주고 있다. 1960대의 한국 문학이 발견한 '개인'과 '내면'이 '청년 남성 지식인'의 것으로 오랫동안 대표된 상황을 비판적으로 성찰하는 과정에서, 그 시기 '젊은 여성 지식인'들이 '문학소녀'라는 외부로부터 주어진 정체성을 극복하기 위해 어떤 실존적 고투를 벌이고 있는지를 발견하려는 논의(김지윤, 「1960년대 여성시의 정체성 모색과 탈주의 상상력」, 『한국문학이론과 비평』 22(3), 한국문학이론과 비평학회, 2018)도 제출되었으며, 한국여류문학인회의 『한국여류문학전집』(삼성출판사, 1967)을 중심으로 1960년대 여성 작가 집단의 문학적 실천의 성과와 한계를 짚고 있는 연구는 '감성적 문학'이라는 '여류시'에 대한 당대의 편협한 규정에 당사자들이 어떻게 대응하고 있는지를 살필 수 있게 해준다(김은석, 「'한국여류문학전집'의 편집 전략: '여성 편집자-작가'와 편집 체계를 중심으로」, 『한국학논집』 69, 계명대학교 한국학연구원, 2017; 김은석, 「1960~70년대 '여류'의 아비투스와 『여류문학전집』의 연합 정치」, 『상허학보』 53, 상허학회, 2018; 김은석, 「1960~70년대 '여류시'의 특징과 그 의미 변화: 『한국여류문학전집』을 중심으로」, 『어문론총』 78, 한국문학언어학회, 2018 참조).

한 김정란에 따르면 이 시기의 여성시는 양적으로나 질적으로 뚜렷한 성장을 보이며 김남조, 홍윤숙, 허영자 등의 시인을 배출하기도 했지만, 당시 여성시의 시적 자아가 "'여성'이었다고 보기는 어려"울 정도로 "남성들의 대상적 존재로서 남성들의 내면적 투사를 만족시키는 수준에 머물러 있었다".[22] 1970년대의 강은교 시에서 "'살'이라는 단어를 처음으로 발견했을 때 받았던 충격을 잊을 수가 없다"[23]고 말한 김정란의 고백이나, 1979년 출간된 고정희의 첫 시집 『누가 홀로 술틀을 밟고 있는가』의 '술틀'을 대부분의 독자가 '수틀'로 잘못 읽을 정도로 고정희의 출현이 낯설었다는 김승희의 언급[24] 등에서 환기되듯, 이 시기의 여성시는 어떤 전형성을 보이고 있었으며 '여성주의적 의식'에 관해서라면 식민지 시기 여성 문인들의 그것보다 훨씬 더 후퇴한 상태였다고 평가되는 것이 일반적이다. 물론 이러한 평가는 텍스트 자체에만 기인하는 것은 아니다. 가령, 『여성 해방의 문학: 또하나의문화 제3호』에 게재된 「페미니즘 문학과 여성 운동」이라는 좌담에서 고정희가 지적했듯, '여성해방적 의식'을 뚜렷하게 갖추고 "여성문학을 지원해주는 평론가가 별로 없"[25]었다는 사실도 이러한 평가와 일정 부분 관련이 있어 보인다. 그렇다면 '2015년 이후'[26]의 시점에서, 즉 '여성주의 시각'

22 김정란, 「한국 현대 여성시의 성취와 전망: 여성 정체성의 형성을 중심으로」, 『인문과학연구』 4, 안동대학교 인문과학연구소, 2001, p. 67.

23 같은 글, p. 69.

24 김승희, 「상징 질서에 도전하는 여성시의 목소리, 그 전복의 전략들」, 『여성문학연구』 2, 한국여성문학학회, 1999, p. 142.

25 조형 외 좌담, 「페미니즘 문학과 여성 운동」, 『여성 해방의 문학: 또하나의문화 제3호』, 도서출판 또하나의문화, 1987, pp. 27~29.

에 의한 문학사 재인식의 요청이 활발한 최근의 관점으로 읽게 되는 과거의 '여성시'에서는 기존의 비평적 인식 틀로는 발견하지 못했던 다른 지점들이 도드라질 수 있지 않을까.

'남성성을 내면화한 여성성', 즉 '남성들이 원하는 여성성'을 구현한 여성문학이라는 평가는, 1960년대 여류문학뿐 아니라, 여성운동이 활발히 전개되었던 1990년대의 여성문학에 대해서도 반복적으로 제출된 의견이다.[27] 최근 1990년대의 여성시를 분석한 임지연은 나희덕과 김선우의 시가 여성의 몸을 고유한 가치로 이상화하면서도 '성 본질주의'를 고착시켰으며, 김언희와 신현림의 위반과 전복의 섹슈얼리티는 오히려 '남성/여성' '지배/피지배'의 근대적 젠더 시스템을 견고히 하는 결과로 이어졌다고 비판한다. 1990년대 '여성문학 논의'의 한계를 여성 시인 혹은 여성시의 한계로 환원하는 이러한 분석[28]에 대해 장은정이 1990년대 여성주의 비평의 제한된 인식 틀을 오히려 비판적으로 점검해야 하는 것은 아닌지 묻는 장면은 의미심장하다. 그녀의 지적처럼 "당시의 비평적 관점 때문에 포착할 수 없었던 1990년대 여성시의 가능성 및 시적 성취는 정말로 전혀 없는 걸까?"[29] 이러한 질문에 답하는 식의 연

26 2015년 이후 한국 사회에서 페미니즘이 부상하게 된 현실적 계기들을 상세히 설명하는 글로는 김주희, 「우에노 치즈코의 젠더-본질주의 비판」, 『여성문학연구』 47(1), 한국여성문학학회, 2019 참조. 이 글에서 김주희는 새로 부상한 페미니즘을 '젠더-본질주의'의 관점에서 비판적으로 분석한다.

27 심진경, 「2000년대 여성문학과 여성성의 미학」, 『여성과 문학의 탄생』, pp. 221~23 참조.

28 임지연, 「1990년대 여성시의 이상화된 판타지와 역설적 근대 주체 비판」, 『한국시학연구』 53, 한국시학회, 2018 참조.

29 장은정, 「죽지 않고도」, 『문학은 위험하다』, p. 109.

구가 특정 시대에 국한되지 않고 활발히 전개되어야 할 것으로 보인다.

앞으로의 여성문학 연구가 나아가야 할 방향을 남성적 보편의 비평적 인식 틀의 해체와, 여성 작가/시인/비평가/독자의 문학적 활동을 토대로 한 새로운 문학사 구축이라고 말하고 싶다. 다소 장황해진 서두 끝에 이 글의 소박한 목적을 제시하자면, 그러한 실천의 일환으로 이 글은 1980년대 이후 김혜순의 시가 비평장에서 읽혀온 방식을 비판적으로 점검하고, 주로 '여성적 글쓰기=해체적 글쓰기'라는 도식 안에서 '과소여성화'의 관점으로 읽혀온 김혜순의 시를 '여성해방문학'의 관점에서 새로 읽을 가능성을 타진해보고자 한다.

2 '여성' 없는 여성시 혹은 '방법'으로서의 여성시

주지하듯 한국 여성운동사에서 1980년대는 1970년대 후반부터 나타난 기독교 여성운동과 여성노동운동의 흐름을 흡수한 여성운동이 조직화하기 시작하여, 이후 1990년대 여성 정책의 법제화를 실현할 원동력을 마련한 시기이다.[30] 1980년대 초반에는 여신학자협의회(1980년), 여성의전화(1983년), 여성평우회(1983년), 또하나의문화(1984년) 등 지식인 중심의 여러 여성 단체가 창립되었고, 1987년에는 여성노동운동 단체인 여성노동자회가 결성되기도 하였으며, 이러한 여성 단체의 결집체로서 1987년에 한국여성단체연합이 창립된다.[31] 1977년 이화여대를 시작으로 여성학이 대학 내에 자리를 잡기 시작했으며 번역서 발간을 중심으로 여성학의 학문적 생산이 활발해진 시기이기도 하다.[32] 이러한 사실들을 참조하며 최

30 황정미, 「한국 여성정책의 역사적 전개과정」, 정진성·안진 외, 『한국현대여성사』, 한울아카데미, 2004, p. 331. 황정미에 따르면, 해방 이후 여성 정책의 전개 과정은 크게 4단계로 구분된다. "제1기(1946~60)는 미군정에 의해 '부녀국'이 설치되고 이른바 '부녀행정'이 도입된 시기, 제2기(1961~1979)는 개발국가가 위로부터 여성을 동원하고 통제한 시기, 제3기(1980년대)는 민주화 과정에서 여성정책의 지형이 근본적으로 바뀌는 시기, 그리고 제4기(1990년대)는 여성정책이 본격적으로 법제화되고 확대되는 시기"(pp. 325~26)이다.

31 같은 글, p. 332.

32 허윤, 「1980년대 여성해방운동과 번역의 역설」, 『여성문학연구』 28,

근 1980년대를 '여성해방문학'의 시기로 재설정하려는 작업들이 활발하다.[33] 여성 동인지 『또하나의문화』 『여성』 『여성운동과 문학』을 대상으로 당대 여성문학비평의 주요 논쟁을 살펴본 이선옥이 지적한바, 여성문학에 관한 1980년대의 논쟁들은 "여성이라는 단일한 호명의 본질주의적 위험성"[34]을 뚜렷하게 인식하고 있었다. 이선옥은 1980년대 문학비평이 인식한 '복합적 주체성'에 관한 사유를 '교차성intersectionality'의 관점으로 설명하고 있는데, 1990년대 이후의 문단에서 '여성성'에 관한 사유가 '타자성'에 관한 사유로 확장되며 '여성'을 삭제해나간 사실을 환기하자면, 1980년대의 여성문학비평의 다양한 고민들을 최근의 관점에서 다시 조명하는 일은 중요해 보인다.

1980년대 여성문학비평의 이러한 전복적 사유가 이후 1990~2000년대의 담론장에서 '과소여성화'하며 현실의 여성 억압과 다소 무관한 것으로 이론화한 사실이 재차 지적될 필요가 있다는 것이다. 해체주의 담론과 결합한 다양한 페미니즘 이론이 도입된 영향도 크지만, 이는 현실의 여성 억압적 상황에 무지 혹은 무관심하려는 의지가 '이론'으로 포장돼 나타난 결과이기도 하다. 1990년대에 '문화운동의 시대'를 주장하던 다양한 포스트 담론이 2000년

한국여성문학학회, 2012, pp. 241~43.

33 이혜령, 「빛나는 성좌들: 1980년대, 여성해방문학의 탄생」, 『상허학보』 47, 상허학회, 2016; 김은하, 「1980년대, 바리케이트 뒤편의 성(性) 전쟁과 여성해방문학 운동」, 『상허학보』 51, 상허학회, 2017; 이선옥, 「1980년대 여성운동 잡지와 문학논쟁의 의미: 『또하나의 문화』, 『여성』을 중심으로」, 『여성문학연구』 43, 한국여성문학학회, 2018 등 참조.

34 이선옥, 같은 글, p. 32.

대 이후 비판적·급진적 잠재력을 읽고 학술적 가치로만 인정받게 된 사정은 일반적이지만,[35] 페미니즘이 실천적 동력을 잃게 된 사정에는 다양한 계기가 존재할 것이다. 여성주의는 본질주의의 혐의로부터 자유롭지 못한 것으로 지속적으로 비판되거나, 또 다른 중심의 구축일 수 있다는 이유로 거절되고, 미학성의 결여라는 이유로 혹독하게 비난되기도 한다. 텍스트 생산 이론과 결합한 페미니즘 이론들은 이러한 비판들을 우회하며 안전한 방식으로 페미니즘을 실천할 수 있는 적절한 통로가 되어준다. 1970년대 중반부터 1980년대에 걸쳐 생산된 여성시의 목소리를 "텍스트 혁명"으로 의미화하는 김승희의 다음과 같은 언급을 참조해보자. "텍스트 생산에서의 기호적인 것의 폭발이란 크리스테바의 이론이 페미니즘에 국한된 것이 아니며 아방가르드 문학을 설명하는 남녀 공용 이론이라는 비난도 있지만 고유한 여성적 글쓰기가 따로 있다는 독단론적 분리주의에 필자는 반대하는 입장을 취한다"[36]라고 그녀는 단호히 말한다. 독단적 분리주의에의 저항은 다른 방식의 페미니즘적 실천을 고민했어야 하나, 그것은 곧장 텍스트의 무성(無性)화로 귀결되어버리고 만다.

자신의 시를 페미니즘 시로 읽는다면 "시는 증발하고, 초라하고 누더기를 걸친 한 여성의 듣기 싫은 울음소리만 시에 남는 것"[37]이

35 진태원, 「좌파 메시아주의라는 이름의 욕망: 알랭 바디우, 슬라보이 지제크, 조르조 아감벤의 국내 수용에 대하여」, 『황해문화』 2014년 봄호, pp. 176~78.

36 김승희, 같은 글, p. 164.

37 김혜순·조하혜 특별 대담, 「고통에 들린다는 것, 사랑에 들린다는 것」, 『열린시학』 2006년 여름호, p. 20.

라고 말하며 페미니즘 시인이라는 규정에 거부감을 표한 김혜순도, "훌륭한 문학이라면 자연스럽게 페미니즘 문학이고 민중문학에 포함되는 것이 아닐까?"[38]라고 반문하며 미학성을 우선시한 박완서도, 어느 정도는 창작자의 입장에서 자신의 문학이 한정된 프레임에 갇히게 되는 것을 염려했다고 볼 수 있겠지만, 이러한 관점들이 여성해방문학을 경계하는 비평적 논리로 흔히 호출된다는 점은 문제적이다. 여성해방문학의 정치성이 이처럼 '여성적 글쓰기'라는 미학적 프레임으로 빠르게 전환된 과거의 과오를 되풀이 하지 않기 위해서는 여성문학이 여성의 현실을 토대로 가장 역동적인 목소리를 내었던 가까운 역사적 시기로서 1980년대를 여전히 중요하게 검토할 필요가 있다. 특히 시 쓰는 '여성의 몸'에 대한 사유를 적극적으로 풀어놓았음에도 불구하고 결국 '여성적 글쓰기=해체적 글쓰기'라는 이론적 도식 안에서 주로 논의된 김혜순의 시를 다시 살피는 일은 여러모로 의미 있다고 판단된다. 1990년대 이후, 특히 2000년대의 '미래파' 담론 이후 무성적 관점에서만 주로 읽혀온 여성 시인들의 시에서 '여성주의적 시각'을 적극적으로 재발견할 가능성을 확인하는 계기가 될 수 있기 때문이다.

1979년 『문학과지성』 겨울호에 「담배를 피우는 시인」 「마라톤」 「월식」 「도솔가」를 발표하며 등단한 김혜순은 1981년 첫 시집 『또 다른 별에서』(문학과지성사), 1985년 두번째 시집 『아버지가 세운 허수아비』(문학과지성사), 1988년 세번째 시집 『어느 별의 지옥』(청하)을 출간한다. 집필과 발표 연도를 고려하면 1990년에 출간된

38 조형 외, 같은 좌담, p. 22.

『우리들의 음화』(문학과지성사)까지를 1980년대의 시로 읽을 수 있을 것이다. 이 글이 1970년대 후반에서 1980년대까지 씌어진 김혜순의 시를 '여성해방문학'이라는 관점에서 '다시' 읽으려는 이유는 크게 두 가지이다. 첫째, 여성운동과의 접점을 모색한 이 시기의 문학적 시도들과는 무관하게 김혜순의 시를 무성적 방식으로 주로 읽은 당대의 비평적 시선을 비판적으로 성찰하려는 것. 둘째, 김혜순의 여성적 글쓰기의 의미를 당대의 '여성의 체험'과 결부해 읽어보기 위한 것이다. 첫번째 목적과 관련하여 김혜순의 시가 1980년대의 문단에서 어떤 방식으로 소개되었는지를 우선 시집의 해설을 통해 확인해보자.

김혜순의 첫 시집 『또 다른 별에서』의 해설에서 오규원은 그녀 시의 일관된 방법론을 "방법적 드러냄의 세계"라고 칭하며 다음과 같이 설명한다.

> 시적 대상을 어떤 관념으로 파악하거나 재해석하는 게 아니라 그 대상을 주관적으로 왜곡시켜 언어로 정착시키는 작업을 통해서 대상을 새롭게 드러냄과 동시에, 그 새롭게 드러난 대상을 있게 하는 언어의 존재 또는 언어의 아름다움이 어떤 것인가를 우리 앞에 내보임—바로 그것이다. 그러므로 그의 시에서 우리가 어떤 분명한 메시지를 읽고자 하면 그가 노리고 있는 세계를 모두 놓치는 결과를 빚는다.[39]

39 오규원 해설, 「방법적 드러냄의 세계」, 『또 다른 별에서』, 문학과지성사, 1979, p. 97.

오규원에 따르면 김혜순의 시는 묘사로 일관하고 있지만 시적 대상을 "객관적 혹은 사실적으로 그리고 있지 않"[40]으며 "주관적으로 왜곡"[41]해 드러낸다. 이는 시에 묘사된 이미지들이 객관적 실재이기보다는 시인의 심리적 실재와 같다는 말이 될 텐데, 사실 이러한 설명은 김혜순 시만의 독창적 작동 원리라 보기는 힘들다. 오히려 한 편의 시 텍스트 안에 놓인 언어들이 독자들에게 '간접적인' 방식으로 도달할 수밖에 없다는 시적 재현의 원리를 원론적 차원에서 설명하는 것에 가깝다. 문제는 이러한 시작법이 독해의 차원에서 강요될 경우, 한 편의 시에서 생성되는 이미지들이 특정한 메시지로서 의미화할 가능성을 애초에 박탈당하고 만다는 점이다. 「리듬」이나 「담배를 피우는 시체(屍體)」라는 시가 분석되는 장면을 살펴보자.

눈물 한 방울 들고 가는 여자 있어.
눈물 한 방울 들고 세상을 지우며,
지우며 가는 여자 하나 있어.
눈물 한 방울 들고 제 얼굴도 지우며 가는
여자가 하나 있어.

절름발이 여자가 간다.

40 같은 글, p. 99.
41 같은 글, p. 97.

부러진 다리에서
부러진 다리를 꺼내며, 꺼내며
여자가 하나 걸어간다.

울음아, 네가 끌고 가는 여자가 있어.
그 여자 끌어올리는 뜨거운 리듬이 있어
리듬을 지우며,
지우며 가는 세상이 하나 흐리어 있어.
—「리듬」 전문 (강조는 인용자, 이하 동일)

어디서 접시 깨어지는 소리를 들었다.
언제나 그 소리가 들렸다.
옆에서 죽은 여자의 전신이 망가진 기계처럼 흩어졌다.
꺼어먼 뼈 사이로 검은 독충들이 기어나왔다.

내가 한 마리 독충을 들고 웃는다.
혹은 말을 걸어 보고 싶다.
〈내 진술은 여기서부터 더듬기 시작〉
바, 방에는 검은 독충들이 더, 듬, 으, 며, 흩어지고

어리고 섬찟한 금을 긋는다.
내가 죽은 여자의 입술을 주어서 담배를 물려 준다.
그러다가 이내 뺏아가고 다시 물려 준다.
불이 우는 것 같다. 어디서 복숭아 냄새가 난다.

시(詩) 속에 사닥다리라는 말을 넣고 싶다.
사닥다리를 든 내가 계단에서 서성거린다.
창문이 열리고 흰 스카프를 쓴 죽은 여자의 얼굴이 걸려 있다.
아, 아직도 접시 깨어지는 소리가 들린다.
—「담배를 피우는 시체」 전문

두 편의 시를 설명하기 위해 오규원은 인용문에서 강조 표시된 부분만을 제한적으로 인용한다. 「리듬」에 대해서는 그 시가 다른 시에 비해 "구체적인 심상"[42]으로 이루어졌다는 점을 확인하고 있는데, 그것은 "한(恨)이란 감정의 색채와 리듬까지를 동반한 이미지"[43]로 설명된다. 즉 "눈물 한 방울 들고 가는 여자"라는 구체적인 이미지는 '한'이라는 관념을 설명하기 위해 동원된 이미지에 불과한 것으로 해석된다. 눈물 한 방울을 끝내 흘리지 않고 참고 가는 여자가, 다리가 부러진 절름발이 여자로 이어지고, '울음'이 결국 그 여자를 끝내 '가게 하는' "뜨거운 리듬"이 되고 있는 이 시의 정념은 오규원의 해석에서 크게 고려되지 않는다. 이 시에서 말하는 '리듬'이 결국 절름발이 여자의 내적 울음이라는 시적 현실은 간과되는 것이다.

선택적 인용으로 인한 해석의 한계는 「담배를 피우는 시체」라는 시에서 더욱 문제적으로 두드러진다. 오규원은 이 시가 등단작

42 같은 글, p. 98.
43 같은 곳.

으로 발표된 때와 달라진 부분으로 "더듬으며"가 "더, 듬, 으, 며," 로 바뀐 것을 지적하며, 주로 묘사를 통해 구성되는 김혜순의 시가 "리듬을 가미하기 위한 의도적인 노력"[44]을 보인 지점이라 설명한다. 주로 김혜순의 시작법에 주목하는 해설에서 「담배를 피우는 시체」는 의도적 띄어쓰기와 쉼표의 삽입이라는 형식적 시도 이외에 별다른 의미를 부여받지 못하는 것이다. 그렇다면 이 시는 어떻게 해석될 수 있을까. 크게 세 가지 독법이 가능하다.[45] 우선 파편적 이미지를 그 자체로 즐기는 방식인데, 접시 깨어지는 소리, 죽은 여자의 조각난 시체, 그 뼈 사이로 기어 나오는 검은 독충, 담배를 피우는 그 여자의 입술, 그리고 복숭아 냄새와 여전히 접시 깨지는 소리 등 어둡고도 섬뜩한 이미지들의 중첩을 그 자체로 음미하는 것이다. 이때 '담배를 피우는 시체'라는 그로테스크한 이미지만으로도 이 시의 시적 성취를 말할 수 있게 된다. 둘째, 이러한 이미지들이 만들어지는 독특한 상황에 주목하는 것이다. 이 시에는 죽은 여자의 조각난 시체에서 기어 나온 독충을 들고 웃음 짓는 일인칭 화자가 등장한다. "바, 방에는 검은 독충들이 더, 듬, 으, 며, 흩어지고"라고 더듬거리며 말하는 '나'이다. 더 나아가 이 시에는 '내' 앞에 펼쳐진 비현실적인 이미지들을 '나'에게 부여한 또 다른 화자도 등장한다. "시 속에 사닥다리라는 말을 넣고 싶다"라고 말하는 화자, 즉 시를 쓰는 주체이다. 다소 환상적인 이미지들을 통해 시적 주체의 심리적 실재가 강조되고 있는 것인데, 그러한 심리적 실재가 어

44 같은 글, p. 101.

45 이 부분은 조연정, 「김혜순과 시'하기'」(최초 발표: 『시와반시』 2010년 가을호), 『만짐의 시간』, 문학동네, p. 569의 내용을 재구성하였다.

떤 체험과 관련되는 것인지 의미화해볼 단서들도 없지는 않다.

그래서 마지막으로, 시에 등장하는 파편적인 이미지들을 재구성하여 어떤 구체적 장면을 환기해보는 독법도 가능해진다. "접시 깨어지는 소리"로부터 어떤 불화(아마도 가정 내 폭력)를 연상할 수 있을 것이며, 시체마저 훼손된 여성과 그녀에게 담배를 물려주며 일종의 휴식을 제공하는 '나'의 모습에서는 여성의 허약한 존재 방식 혹은 그녀들의 고통의 연대가 확인되기도 한다. '깨지는 소리'나 '조각난 시체'라는 이미지와 더불어, 이 시는 각종 폭력에 노출된 여성의 조건을 환기하는 여성주의적 시로 읽히는 것이다. 제목이 "담배를 피우는 시인"에서 "담배를 피우는 시체"로 바뀌는 과정에서, 글쓰기의 고뇌와 여성적 체험의 고통이 연동되는 효과도 일어났다.

이어지는 장에서 더 분석되겠지만 김혜순의 첫 시집에는 죽은 여자, 맞는 여자, 폭력적으로 고백을 강요받는 여자들이 반복적으로 등장한다. "입술도 없이" "표정도 없이" 화폭에 납작하게 붙박인 박수근 회화 속 "아낙네"들을 보며 "하나님, 보시니 마땅합니까?"라고 항변하는 듯한 「납작납작: 박수근의 화법을 위하여」의 문장에 대해, 오규원은 박수근을 참조해 평면화된 묘사를 활용한 자신의 방법론에 대한 시인의 "즐거운 질문법"[46]일 것이라고 해석한다. 시적 화자가 끊임없이 구타당하는 상황이 같은 구문의 반복과 확장을 통해 묘사되면서 숨 막히는 수치의 감정마저 환기되는 「몰매」[47]라는 시에 대해서도, 오규원은 이러한 감정적 효과에는 괄

46 오규원, 같은 글, p. 100.

47 시 전문을 인용하면 다음과 같다. "〈A가 좋아〉라고 나는 말했다./그러자 B가 달려와 나를 때렸다./〈A가 좋아라고 말해서 B에게 맞았어〉라고 말하자 C가

호 친 채, "단순하고도 유머러스한 진술의 연속 묘사"[48]라는 형식에 만 주목한다. 김혜순의 첫 시집에서 여성들은 물리적 고통과 심리적 수치에 자주 노출되지만, 이러한 장면들의 의도는 물론 그 효과에 주목하는 방식으로 그녀의 시가 소개되지는 않은 것이다.

오규원이 명명한 '방법적 드러냄의 세계'는 이후 김혜순의 초기 시를 설명하는 유사한 비평 용어들로 확장되는데[49] 두번째 시집 『아버지가 세운 허수아비』의 해설을 쓴 권오룡은 '방법적 시'라는 명명을 통해 언어를 대하는 시적 자아의 태도를 살핀다.[50] 김혜순의 시에는 세계와의 궁극적 합일을 지향하는 '수직적 상승'이나 '수평

달려와 나를 때렸다/〈A가 좋아라고 말해서 B에게 맞았고, B에게 맞았어라고 말해서 C에게 맞았어〉라고 말하자 A가 달려와 나를 때렸다./〈A가 좋아라고 말해서 B에게 맞고, B에게 맞았어라고 말해서 C에게 맞고, C에게 맞았어라고 말해서 A에게 맞았어〉라고 말하자 A, B, C 모두 달려와 나를 때렸다./**나는 이제 헐떡거리며 〈맞았어, 맞았어〉라고 말하며, 맞는 수밖에 없었다.**/그리고 누구를 좋아했는지 기억조차 할 수 없게 되었다."

48 오규원, 같은 글, p. 103.

49 김혜순의 시 세계는 "대상이나 내용에 대해서 말하는 것이 아니라" 그 진술의 방법과 그것을 가능하게 한 "에네르기"에 대해 말한다고 판단한 김주연의 평문도 참조할 수 있다. 김주연, 「소통의 갈구, 물길 트기: 김혜순의 최근 시」, 『문학과사회』 1994년 가을호, p. 1224 참조.

50 비슷한 시기 등단해 같은 출판사에서 연달아 시집을 출간한 최승자의 시에 대해서도 유사한 명명의 비평들이 제출된 것은 우연의 일치만이 아닐 것이다. "사랑의 방법"(김치수), "방법적 비극"(정과리), "방법적 부정"(진형준) 등, 1980년대에 출간된 최승자의 세 권의 시집에 붙은 (남성) 비평가들의 해설들은, 김혜순의 경우와 마찬가지로, 나란히 '방법적'이라는 수사를 차용한다. 최승자의 시는 '현실'에 대한 부정적 인식을 드러내는 방법론으로 설명되는바, 이때의 '현실'이 물론 '여성의 현실'로 특화되지는 않는다. 최승자 시의 '불모(不毛/不母)의 여성성'은 '불임의 시대'에 대한 상징으로만 읽힌다. 이에 대해서는 이 책의 4부를 참조.

적 심화'에의 의지가 드러나지만 그러한 확대에의 의지는 종종 제약에 부딪쳐 좌절에 이르고 있으며, 그런 의미에서 김혜순의 시는 "매우 방법적이고 자기 반성적인 것"[51]으로 이해될 수 있다는 것이 해설의 요지이다. 이러한 해석 과정에서 권오룡은 김혜순 시의 두 가지 한계를 지적한다. 그 하나는 김혜순의 시가 보이는 "언어에 대한 감각의 우위성"[52]이 경험적 차원 너머에 존재하는 선험적 세계에 대한 탐구를 지연시킬 우려가 있다는 것이다. 경험 세계와 선험 세계 사이의 우위를 설정하고 그것에 도달하는 통로를 감각과 언어로 이분화한 전제 자체가 다소 소박한데, 언어보다는 감각에 치우쳐 있다는 김혜순 시의 문제점을 드러내기 위해 그가 「판토마임 강사」라는 시를 인용하고 있는 장면은 특히 더 문제적으로 읽힌다.

촉감 연습 시간이야
눈을 감고 열 손가락으로 빚어
만들고 느끼는 거야
자 지금 이 순간 시궁창으로부터
이것을 집어
올려봐
그것을 두 손에
들어 네 품에 안았다고 상상해봐
—「판토마임 강사」 부분

51 권오룡 해설, 「조화의 이상과 방법적 시」, 『아버지가 세운 허수아비』, 문학과지성사, 1985, p. 149.

52 같은 글, p. 144.

무언극 강사로부터 "촉감"에 관한 훈련을 받고 있는 장면을 두고 "감각만을 모든 진정한 앎의 수단으로 삼을 때 그 세계가 지극히 협소한 것이 되고 말"[53] 것이라고 훈계하는 것부터가 과도한 문제 제기라는 생각은 들지만 「판토마임 강사」라는 시를 절반만 인용함으로써 그 시의 전모를 드러내지 않는다는 점이 더 문제적일 것이다. "촉감 연습 시간"에 상상을 통해 품에 안은 "그것"은 무엇일까. 시의 이어지는 부분을 인용하면 다음과 같다.

> 눈썹이 없는 아이
> 피돌기가 피부 밖에서도 들여다보이는
> 투명한 아이
> 발은 있지만 발가락이 없는 아이
> 머리칼은 없고 손톱도 없는 아이
> 눈을 보일락말락하고 입술도
> 있을락말락하고
> 자세히 들여다보면 바늘귀보다 작은
> 콧구멍으로 숨을 쉬는 아이
> 배꼽으로 허겁지겁 먹는 아이
> 그리고
> 그리고 그 작은 아이를 이끌고 열 길
> 지옥으로 걸어드는 한 여자

53 같은 글, p. 145.

네가 마다한

여인.

—「판토마임 강사」 부분

"그것"은 아직 완벽한 인간의 형상으로 자라지 못한 태아이다. 손안에 아무것도 갖고 있지 않은 채로 무언가를 연기하는 판토마임처럼, 태아를 실제의 아이로 실감하기란 어려운 일이다.「판토마임 강사」는 배 속에 아이를 가진 채로 누군가에게 버림받은 여자("네가 마다한/여인")에게 배 속의 태아를 실제의 아이처럼 실감해 보라고 강요하는 시처럼 읽힌다. 버려진 여자에 관한 시이기도 하고 태아를 낯선 감각으로 묘사하며 보편화된 모성의 신화를 해체하는 시로도 읽힐 수 있다. 권오룡은 이러한 장면들을 삭제한 채 '감각'이라는 김혜순의 방법론을 설명하기 위해 이 시를 반만 읽고 있는 셈이다.

그가 지적하는 김혜순 시의 두번째 한계는 여성이라는 시인의 성별과 관계된다.「프레베르의 아침 식사에 대한 나의 저녁 식사」라는 시를 평하며 그는 프레베르의「아침 식사」의 여성 화자와 비교하여 김혜순 시의 여성 화자가 "매우 격렬하고 앙칼지고 공격적"[54]이라고 지적한다.

그는 넣었다 토마토 케첩을

끓어오르고 있는 나의 뇌수에.

54 같은 글, p. 147.

그는 논리정연한 태도로 발라내었다 끓어오르는 뇌수에서
실핏줄과 튀는 힘줄을.
그는 맛있게 먹고 있었다
[……]
그 다음 그는 일어섰다.
그리곤 텅 빈 나를 향해 빙긋거리며 손을 내밀었다
양미간에 내 눈동자가 달라붙은 것도 모르는 채.
그래서 나는 던졌다 힘껏
그의 아가리를 향해.
너덜거리는 내 영혼을 뽑아서.
—「프레베르의 아침 식사에 대한 나의 저녁 식사」 부분

시적 화자의 공격성을 부정적으로 평가하는 그는, 과도한 공격성을 지닌 시적 화자가 등장하게 된 원인으로 김혜순 시의 미학적 한계를 지적하고, 나아가 여성 시인의 "심성적 장애"[55]까지를 거론하며 거의 인신공격에 가까운 비판을 내놓는다. 프레베르는 자기 시의 여성 화자에게 끝까지 외부적 관찰자로 남아 화자의 의식에 개입하지 않았기 때문에, 그 여성 화자는 "그는 찻잔에/커피를 따랐다/그는 커피잔에 우유를 넣었다/그는 밀크커피에/설탕을 넣었다"[56]라는 식으로 그를 묘사만 할 뿐 그의 행위를 판단하지 않았으나, 김혜순의 경우에는 여성 화자에게 시인 자신의 의식을 과도하

55 같은 글, p. 149.
56 같은 글, p. 147.

게 불어넣어 (남성에게) 공격적인 화자를 만들어냈다는 것이다. 그 결과 김혜순 시의 여성 화자는 '그'의 행위를 조롱하듯 묘사하게 되고, 조롱으로도 해결되지 않는 자의식은 마침내 공격적인 행위로 폭발되고 만다는 해석이다. 프레베르는 자신과 성별이 다른 화자를 내세워 그 화자와 미학적 거리를 유지할 수 있었으나, 김혜순은 성별이 같은 화자에게 과도하게 감정이입 하고 본래의 심성이 까다롭기까지 해 자의식 과잉의 시를 쓰게 되었다는 것이 비판의 요지이다.

그러나 자신이 관찰하는 그(남성)에게 자기의 의식을 투사하여 그를 판단하지 않는다고 해석된 프레베르의 "소극적이고 연약한 심성을 지"[57]닌 여성 화자는 오히려 남성 시인(프레베르) 혹은 남성 평론가(권오룡)에 의해 대상화된 여성에 가깝다. 반면, 김혜순의 「프레베르의 아침 식사에 대한 나의 저녁 식사」는 공격적인 여성 화자의 심리적 실재를 효과적인 이미지를 통해 구현하여, 가해/피해, 남성/여성의 구도를 전시하고 전복한 성공적인 사례라 할 수 있다. 선행 연구를 인용해 좀더 정확히 평가하자면, "'먹는 남성-먹히는 여성'이라는 구도를 통해 우리 사회의 젠더 위계적 질서를 드러내면서도 여성을 폭력의 피해자로만 설정하지 않고 거꾸로 극단적 가학을 통해 그러한 상황을 전복하고 있다는 점에서 '여성주의적'으로 독해할 수 있"[58]는 시인 것이다.

이처럼 1980년대의 비평장에서 김혜순이라는 여성 시인의 시

57 같은 곳.

58 심진경, 「김혜순 시의 미로에서 길을 읽다, 잃다, 앓다」, 『작가세계』 2008년 봄호, p. 57.

가 소개되는 방식은 굉장히 제한적이었다. 그녀 시에서 분명히 재현되는 폭력의 피해자로서 여성의 체험은 대부분 삭제된 채로 읽히고, 여성이라는 시인의 성별은 주로 시의 미학적 결함을 지적하기 위해서만 부정적으로 참조되었다. 남성 중심의 협소한 비평 틀로 인해 김혜순 시에 대한 여성주의적 독해는 지연되고 제한되었던 셈이다. 그렇다면 당대의 현실적 맥락을 고려하며 김혜순의 초기 시를 여성주의 문학의 뚜렷한 성취로 읽어내기 위해서는 어떤 관점이 유용할까. 이를 위해 다음 장에서는 최근 활발히 연구되고 있는 '여성 노동자' 소설에 대한 연구 성과들을 병치해 김혜순 시에 나타난 여성적 체험을 의미화해보고자 한다.

3 김혜순의 초기 시에 나타난 '젠더 폭력'

3-1 1980년대 '여성해방문학'이 설정한 '현장'

이제까지 1980년대의 여성문학이 주류 문학사에서 논의될 수 있는 통로는 두 가지였다. 그 하나는 '노동해방문학'의 자장에서 여성 '노동자'의 재현으로서 의미화되는 일. 또 하나는 그 반대항에서 미학적 저항을 실천한 해체주의적 경향의 작품으로 이해되는 일이 그것이었다. 남성적인 것으로 보편화된 '노동자' 형상의 재현에 집중된 전자의 경우에는 여성으로서의 '차이'가 무화되고, 억압적 정치현실에 대한 미학적 저항을 시도한 후자의 경우에는 여성이라는 '차이'가 관념화되었다. 현실을 살고 있는 '여성'의 목소리가 두드러지기는 쉽지 않았던 것이다.

"70년대가 '노동자의 발견'이 이루어진 시기라면, 80년대는 '여성노동자의 발견'이 이루어진 시기였다"[59]는 김복순의 지적대로, 최근 1980년대 문학에서 '여성-노동자'가 재현되는 양상에 관심이 집중되는바, 이러한 논의들은 1980년대의 '현실'을 '남성 노동자'

59 김복순, 「'여성-노동소설'의 일 계보: 김인숙의 경우」, 『여성문학연구』 43, 한국여성문학학회, 2018, p. 112.

혹은 '남성 운동가'의 그것으로 환원한 기존의 인식 틀을 해체하는 데 주력한다. '그때-그곳'에는 여성들도 있었다는 것이다. 이때 주목되는 형상은 '여성 학출'인데, 계급적 기반으로는 중간 계층 지식인인 동시에 인식론적으로는 노동자였던 그녀들은, "기존의 계급 범주 또는 성 범주를 뒤흔드는 일종의 '사건'의 성격을 띤"[60] 존재들로 이해된다. '여성-노동자'가 재현된 소설 및 그녀들의 글쓰기에 주목하는 최근의 많은 논의는, 여성도 남성과 동일하게 일하고 투쟁했으며 자신들의 이야기를 기록으로 남겼다는 사실을 확인하는 데 주력한다.

물론 남성으로 대표된 '노동자 민중'의 지분으로서 여성의 자리를 동일하게 요청하려는 것이 이러한 작업들의 최종 목표는 아니다. "노동자의 하위범주에 놓이는 '여성인 노동자'가 아니라, '차이'를 지닌 여성 노동자야말로 당대의 계급모순과 민족모순을 해결할 당사자라는 소위 '여성 노동자들의 당사자 인식'이 대두하기 시작"[61]했다는 사실이 1980년대 여성해방문학의 좀더 중요한 성취로 강조되는 것이다. 이선옥의 통찰대로 1980년대 여성해방문학에 나타난 이러한 '복합적 주체성'은 '교차성'의 개념으로 이해될 수 있다.

'교차' '교차성'이라는 표현은 킴벌리 크렌쇼Kimberlé Crenshaw가 1989년과 1991년에 잇달아 발표한 「인종과 성의 교차를 주류화하기」와 「주변부들을 지형화하기: 교차성, 정체성의 정치학, 그리고

60 같은 글, p. 113.
61 같은 글, pp. 112~13.

유색인종 여성에 대한 폭력」에서 사용되기 시작하였다. 크렌쇼는 여성은 모두 백인 여성으로, 흑인은 모두 남성으로 대표되는 상황에서 흑인 여성들에게 억압이 교차되는 장면에 주목한다. 그녀들은 인종차별과 성차별의 교차 속에서 차별당하지만, 그로 인한 피해를 구제받고자 할 때는 "인종 정치학과 젠더 정치학의 정치적 충돌 속에서 양쪽 모두에게 배제되는 모순적 상황이 발생"[62]한다. 이러한 이론을 소개하며 김보명은 교차성 이론이 "여성들 내부의 차이를 드러냄으로써 누가 더 억압되었는지를 밝힌다든지 혹은 단순히 여성들의 '다양성'을 강조함으로써 차이의 정치학을 중립화하는 데"[63] 그 목적을 두지 않음을 분명히 한다. "현실을 살아가는 '여성들'의 경험으로부터 시작"되는 교차성의 이론은 "'여성'을 해체하지도, '여성'을 무한히 다원화하지도 않"으며, '지금 이곳'에 "역사적 현실"로 존재하는 여성의 삶의 조건이 어떠한지를 질문한다는 것이다.[64] 이러한 교차성의 이론은 가해와 피해의 구도를 고정하지 않은 채 인간을 억압하는 복잡한 맥락들을 사유하도록 한다.

그 시대의 "역사적 형식"[65]으로서 1980년대 '여성-노동소설'에 접근해야 함을 주장하는 김복순에 따르면 '여성-노동소설'의 문학사적 재배치가 가능하려면 흔히 노동소설을 평가하는 정치성과 미

62 김보명, 「공백으로부터, 아래로부터, 용기로부터 시작하는 페미니즘, 교차성」, 김보명 외, 『교차성×페미니즘』, 도서출판 여이연, 2018, p. 80.

63 같은 글, p. 87.

64 같은 글, p. 96.

65 김복순, 같은 글, p. 116.

학성이라는 이분법적 평가를 넘어서야 함은 물론, '여성해방문학'으로서는 '아직 아닌 것'이라는 1980년대 여성소설에 대한 부당한 평가마저 경계돼야 한다. 이러한 주장을 확인하는 방식으로 김복순은 김인숙의 소설이 "역사적 형식"으로서의 여성-노동소설의 다양한 방법을 보여주고 있다는 점을 긍정적으로 분석한다. 김인숙 소설의 성과 중 하나는 "가족 프레임을 발명해 우회·확장되는 여성의 노동계급성을 보여 준 점"[66]이다. 주류 남성 작가의 소설에서 그려지는 '현장'이 주로 '공장'이었다면,[67] 비주류 여성 작가인 김인숙은 여성 억압의 공간인 '가정'을 '또 다른' '현장'으로 설정하고 있다는 것이다.

이는 선행 연구가 살폈듯 『또하나의문화』가 "가정과 학교를 일터와 다름없는 '현장'으로 범주화하면서 현장에 대한 인식의 패러다임을 획기적으로 바꾸"[68]자고 제안한 전략과 일맥상통한다는 점에서 흥미롭다.[69] 노동해방문학 진영의 전략과 중산층 지식인 그룹의 전략이 이처럼 '가족'을 교집합으로 만나는 것은, 여성 지식인들의 '느슨한 연대'를 확인하는 장면으로 읽힌다. 1980년대 중후반의 시점에서 진영을 막론하고 '가정'이 여성 억압의 현장으로 인식된

66 같은 글, p. 144.

67 소영현은 방영웅의 「분례기」와 황석영의 「객지」에서, 노동이 오직 '작업장의 노동'으로 설정되면서 노동하는 주체의 남성성이 뚜렷해지고 노동의 젠더화가 일어나는 과정을, 창비 비평 담론을 경유해 분석한 바 있다. 소영현, 「비평 시대의 젠더적 기원과 그 불만」, 『문학은 위험하다』, pp. 33~42 참조.

68 손유경, 「1980년대 학술운동과 문학운동의 교착(交錯/膠着): 박현채와 조한혜정을 중심으로」, 『상허학보』 45, 2015, 상허학회, p. 146.

69 김복순, 같은 글, p. 119.

다는 점은, 가부장제로 인한 '젠더 모순'의 심각성이 '계급 모순'의 그것에 못지않다는 문제 제기가 여성 지식인들 사이에 공통적으로 형성되어 있던 것이라 볼 수도 있다.

1960~70년대 이후 성별 분업 체제와 공사 영역의 분리가 확고해지며, 공적 영역과 생산노동에서의 여성 배제[70]와 노동에 대한 젠더의 나이 체제까지 확연해지던 시점에서,[71] 생산 현장의 노동에 종사하는 여성들만을 대상으로 '여성 노동자'의 존재와 그들의 인식을 확인하는 일은 한계가 있다. 여성을 가족이라는 사적 영역에 속박하고 공사의 위계를 만들어가던 것이 당시 강화되던 가부장제의 여성 지배 전략이라 한다면, 사적 영역에서의 여성 억압 문제를 정확히 인식하고 공사의 위계를 해체하는 것은 전복의 시작이 된다. 요컨대 '가족'과 여성의 관계를 탐색하는 것은 사적 존재로서의 여성적 특성을 본질주의의 관점에서 강화하는 것이 아니라, 여성이 처한 현실적 조건을 정확히 인식하기 위한 것이 된다.

1960년대에 베티 프리단이 공적 영역에서의 남녀평등을 주장하

70 장미경, 「1960~70년대 가정주부(아내)의 형성과 젠더정치: 『여원』, 『주부생활』 잡지 담론을 중심으로」, 『사회과학연구』 15(1), 서강대학교 사회과학연구소, 2007 참조.

71 1960~80년에 이르는 경제성장의 시기에 '학령기→취업→장기근속→정년퇴직'이라는 나이 각본이 구축되는바 이는 '남성'에게 표준화된 것이며, 이에 비해 '여성'은 남성보다 이른 시기에 취업해 단기간 저임금으로 착취당하다 남성보다 이른 시기에 퇴직하여 '가정'으로 들어가는 식의 나이 각본에 위치하게 된다. 이러한 차이에 의해 "남성성은 시간이 흐르면서 '성숙'하고 '완성'되지만, 여성성은 시간과 싸우면서 '보존'되거나 '상실'된다". 전희경, 「1960~80년대 젠더-나이체제와 '여성' 범주의 생산」, 『한국여성학』 29(3), 한국여성학회, 2013, pp. 60~71 참조.

며, 여성들이 전업주부로서 가정에 속박되어 있기 때문에 생겨나는 불만을 "이름 붙일 수 없는 문제"로 보편화한 것[72]에 대해, 그러한 문제 제기가 소수 중산층-엘리트-백인 여성들만의 위기라는 비판은 다양하게 제출되었다. 저임금의 장시간 노동을 하면서도 모든 집안일을 떠맡아야 했던 여성 노동자들에게 가정에의 속박은 차라리 '해방'일 수도 있다는 것이다.[73] 이처럼 '가정'이라는 공간이 모든 여성에게 균질한 노동 '현장'일 수는 없겠으나, 적어도 1980년대 전후의 한국 사회에서 여성들이 '가정주부'로서는 물론 '딸'이나 '누이'로서도 어김없이 '가정'이라는 공간 안에서 수행해야 할 몫의 노동이 따로 있었다는 점은 분명하다. '가정'은 대부분의 여성들에게 분명한 '노동 현장'이자 성차에 의해 계급 분화가 일어나는 억압의 공간이었다. 이는 가족의 형태가 다양화하고 가족 내부의 불평등한 노동조건을 해소할 여러 제도적 장치가 마련된 현재에도 크게 변하지 않은 현실이다.

3-2 '먹히고/먹이는' 일의 고통

그렇다면 김혜순의 시에서는 가족을 둘러싼 생활 현실이 어떻게 재현되고 있을까. 드러내기보다는 감추기의 전략을 철저히 활용하는 그녀의 시에서 당대 여성의 핍진한 현실을 발견하기란 쉬운 일

72 베티 프리단, 『여성성의 신화』, 김현우 옮김, 갈라파고스, 2018, p. 89.
73 벨 훅스, 『모두를 위한 페미니즘』, 이경아 옮김, 문학동네, 2017, pp. 98~99.

은 아니다. 한 편의 시 텍스트 안에서 시적 화자가 놓인 역사적 시공간을 구체화하기 힘들기 때문에, 성별·계급·나이·민족 등의 특정한 정체성이 확정되기 쉽지 않다는 것이 그 이유일 수 있다. 그러므로 김혜순 시의 모호함을 '여성주의적 시각'에서 예각화하기 위해서는 시적 화자와 시인을 어느 정도 동일시하는 전략, 즉 시인이 처한 역사적 조건을 적극적으로 참조하는 방식이 불가피하다고 판단된다.

김혜순의 세번째 시집 『어느 별의 지옥』은 1988년 청하출판사에서 처음 출간된 뒤 문학동네를 거쳐 2017년에 문학과지성사에서 재출간되었는데, 첫 출간 이후 30년 만에 시집을 다시 내며 적은 시인의 말에서 김혜순은 자신이 "점점 현실을 구체적이고, 실재적으로 묘사하지 않게 되었"던 사정을 밝힌다. 1980년대의 삼엄했던 정치 현실 속에서 출판사 직원으로 일했던 그녀는 노동운동의 선구자였던 한 여성의 일대기를 번역한 역자의 거처를 대라고 협박을 받으며 경찰서에서 뺨을 일곱 대 맞은 적이 있다. 맞으면서 숫자를 세었던 그녀는 뺨 한 대에 한 편씩 시를 썼고 그 시를 『어느 별의 지옥』에 실었다고 전한다. 2017년이 되어서야 털어놓는 이 이야기는 2014년에 발간된 한강의 소설 『소년이 온다』(창비)에 고스란히 재현돼 있기도 하다.

이 시집에는 그러한 폭력에의 공포와 수치의 기억이 담겨 있다. "채찍으로 내리치지 않아도 나는/발가벗긴다"라고 적는 그녀는 "몸 전체에 부끄러운 불길을 매단 채"(「그곳 2: 마녀 화형식」) 그 시절을 건너왔다고 할 수 있다. 공포에 입이 막히고 수치에 몸이 떨리는 이러한 감각은 아마도 그 시절의 보편적 시대 정서라 할 수도 있을 것이다. "그날, 아무도 시를 쓰지 않고/웨딩드레스를 찢어/붕대를 만들고/밥주발을 들어/각자의 머리를 담을 관을 삼았다/너무 아름다운 것은/시가 아니다"라고 말하는 「한사코 시(詩)가 되지 않는 꽃」은 이른바 서정시가 불가능했던 시대의 상황을 환기한다. 이어지는 절에서 상세히 살펴보겠지만, 김혜순의 초기 시에서 반복되는 '매를 맞으며 진술을 강요당하는 상황'은 1980년대의 국가 폭력을 강력히 환기하는 것이다. 그렇다면 이러한 시들 속에서 특히 여성이 처한 현실적 조건은 어떻게 추출될 수 있을까. 『또하나의문화』를 경유해보자.

조한혜정, 조형, 조은, 조옥라 등 여성 사회학자들과 생전의 고정희 시인이 동인으로 참여했던 1980년대의 『또하나의문화』에 김혜순은 거의 매 호 시를 실었다. 이후 1990년대에 김혜순은 '또하나의문화' 동인들과 함께 페미니즘 공부를 지속했으며, 그 결과를 모은 『"근대", 여성이 가지 않은 길』(도서출판 또하나의문화, 2001)이라는 단행본에 「1990년대의 시적 현실, 어디에 있었는가」라는 글을 수록하기도 한다. 김혜순과 '또하나의문화'는 1980년대부터 모종의 연대감을 나누었을 것이라 짐작된다. 『여성 해방의 문학』(1987)이라는 표제로 출간된 제3호에는 「엄마의 식사 준비」「그곳 2: 마녀 화형식」「껍질의 삶」「말씀에 가위눌린 한 여자를 위해」가, 『지배 문화 남성 문화』(1988)라는 표제로 출간된 제4호에는 「도장찍는 남자」「두 여자의 일기」「아버지 저를 심판하지 말고」가, 『누르는 교육 자라는 아이들』이라는 표제의 제5호에는 「우리 전사들의 일기」 등의 시가 발표된다. 제3호에 실린 시들은 「말씀에 가위눌린 한 여자를 위해」를 제외하고는 『어느 별의 지옥』에 묶였고, 제4호와 5호에 실린 시들은 시집에 따로 묶이지 않았다. 여성으로서의 정체성보다는 시인으로서의 자의식이 그녀에게 우선이었기 때문일 수도 있으며, 이를 반대로 이해하면 『또하나의문화』에는 자신의 미학적 원칙에서 일정 정도 벗어난, 하지만 성차별적 인식에 좀더 민감한 시들이 발표되었다는 의미일 수 있다.

아버지의 폭탄이 터진 뒤라고 한다

구워지고 있었다
전자레인지에서처럼
지방이 튀어 오르고
불똥이 튀고
살갗이 타들어갔다
한쪽에선 뼈대에 살갗을 걸레처럼 걸고
불속에 서 있었다
토마토처럼 으깨지고도 있었다
거대한 돌에 눌려서
두부가 되어가는 것도 있었다
배가 빵빵 터지며
구린내를 풍기는 것도 있었다
온 마을 들판 전체가
먹으러 누가 오는지 알지도 못한 채
전신에 눈물을 칠하고
튀겨지고 있었다

어머니가 눈물을 삼키며 식사를 준비하고 계셨다
—「엄마의 식사 준비」 전문

몸속으로 풍덩
두레박을 넣어 물을 길어 올리겠어요
그 물로 쌀을 씻어
맛있는 저녁 식사를 지어 올리겠어요

살을 풀고 피를 섞어
쫄깃한 잡채도 버무리겠어요
참다 못해 깊은 산이 샘물을 터뜨리듯
솟아나는 눈물을 받아서
생수 한 잔 곁들이겠어요
피어오르는 숨결로
저녁 식탁의 따뜻함을
장식해드리겠어요

그러니 참아주세요
밥주발 속에 깨지지 않는
돌 몇 개쯤 들어 있다고
화내지 말아주세요
설사 그 돌이 내 진의(眞意)라
생각되더라도

너그러이 참고 제발 삼켜만 주세요

—「참아주세요」 전문

김혜순의 시에서 '아버지'라는 소재는 시적 화자를 억압하는 상대이기도, 시적 화자가 공격하거나 조롱하는 대상이기도 하다. 앞장에서 살폈듯 「프레베르의 아침 식사에 대한 나의 저녁 식사」가 '먹는 남성'과 그 남성에 대한 '먹히는 여성'의 극단적 공격성을 드러낸 시로 읽힌다면, 「엄마의 식사 준비」에서는 상황이 역전된다. '아버지'라는 남성은 '먹는 주체'가 아니라 '먹히는 대상'이 되어 있다. '아버지'는 구워지고 튀겨지고 으깨지고 태워지고 심지어 먹을 수도 없이 썩기까지 한다. '아버지'를 향한 공격성은 이처럼 극단적인 통각을 통해 잔인하게 표출되고 있다. 그런데 흥미로운 사실은 '아버지'를 요리하는 축제와도 같은 상황에서 '어머니'가 해방감을 느끼는 것이 아니라 여전히 "눈물을 삼키며 식사를 준비하고" 있다는 것이다. 왜일까. 남성의 육체를 자르고 굽고 튀기는 행위는, 식구(食口)의 매 끼니를 책임져야 하는 일을 자신의 의무로 자연스럽게 받아들일 수 없는 여성 주체의 어떤 분노를 담아낸다. 「엄마의 식사 준비」는 '먹는 남성-먹히는 여성'이라는 젠더 불균형의 구도를 가볍게 전복하는 시라기보다는, 여전히 식구를 '먹이는' 것으로부터 해방될 수 없는 여성의 위치를 강조하는 시로 읽히기까지 한다.

「엄마의 식사 준비」 뒤에 연달아 놓인 「참아주세요」에는 기꺼이 자신의 육체를 재료로 삼아 "저녁 식탁의 따뜻함"을 준비하고 있는 시적 화자가 등장한다. 그녀는 몸속에 두레박을 넣어 물을 길어

올려 밥을 짓고 살과 피로 반찬을 준비하고 눈물을 받아 생수 한 잔을 곁들여 밥상을 차리고 있다. 밥을 먹다가 돌 몇 개쯤 씹히더라도 "참아주세요"라고 말하는 시적 화자는 밥주발에 담긴 그 깨지지 않는 몇 개의 돌이 자신의 "진의"라고 말한다. 즉 이 시에서 "참아주세요" "제발 삼켜만 주세요"라는 당부의 말은 사실 돌이 담긴 밥상을 받게 될 누군가가 아니라, 그 밥상을 차리고 있는 자신에게 향하는 다짐이 된다. "참아주세요"는 '아버지'를 요리하는 심정으로 "눈물을 삼키며" 밥상을 차리는 시적 화자의 고통을 드러내는 말이 되는 것이다. 김혜순 시의 여성들은 '먹히는 대상'이기도 하지만 이처럼 주로 '먹이는 주체'이기도 하다.

「먹이의 역사」(『어느 별의 지옥』)에서 "살찐 男子"들을 모조리 먹어치워도 허기를 채울 수 없는 "비쩍 마른 女子"의 형상이나, 「껍질의 노래」(『아버지가 세운 허수아비』)에서 본능적으로 "젖꼭지"를 찾아 빠는 "입술"로 인해 자기 몸의 "단물" "침" "눈물" "피", 급기야는 "영혼"까지 다 사라지고 죽어버렸다고 말하는 여자도, 이와 같이 평생을 '먹이는 존재'로 착취당하는 여성적 삶의 조건을 '극사실적으로' 드러낸다. 남성을 요리하는 심정으로 식사 준비를 하는 여성도, 혹은 아이에게 젖을 물리며 "영혼마저 말라 죽을" 것 같다고 느끼는 여성도, 현실에 실재하는 여성들이기 때문이다. 김혜순의 시가 여성주의적 시각을 드러내는 방식은 언어를 통해 즉각적인 해방의 감각을 표출하는 것이 아니라, 이처럼 억압적 현실 속에 붙박인 여성의 조건과 그로 인한 고통의 정념을 뚜렷하게 재현하는 것이다. 김혜순 시에 "시대의 폭력과 남성적 세계의 폭력 앞에 짓뭉개진 여성 주체의 표상"[74]이 드러남을 확인할 때, 주로 '시대의 폭력'을 '남성적 상징 질서의 폭력'으로 비유하여 해석하는 방식이 우세했으나, 김혜순 시에 나타난 확연한 젠더 폭력의 양상은 좀더 가시화될 필요가 있다.

가족이 먹고사는 일은 생존의 기본 조건임에도 불구하고 가사 노동을 행하는 여성은 공적 영역에서 노동하는 남성에 비해 그 노동의 가치를 인정받지 못한다. 남성 가장의 유급 임금노동과 여성 어머니-아내의 무급 가사 노동으로 생계를 유지하는 '가족 임금'의 모델이 이러한 상황을 강화한 것은 주지의 사실이다.[75] 이러한 사정은 김혜순의 시가 씌어진 지 30여 년이 지난 지금에도 완전히 해결되지는 못했다. 여성은 '부엌에' 필요한 존재이기 때문에 일단 여러 기회를 박탈당하고, 가정 밖에서 일할 기회를 얻더라도 직업을 불문하고 이중의 노동을 짊어지게 된다. 가족을 중심으로 공사의 명확한 위계가 생기고 그에 따른 젠더 불균형 현상이 강화되며 '먹이는 여성'이 '먹히는 여성'이 되어버리는 한국 사회의 여성 억압적 현실을 김혜순의 어떤 시들은 매우 핍진하게 그려낸다.

김혜순은 1980년대의 자신이 가장 많이 들은 평론이 "사회라는 바다에 이득이 되고 소통이 되는 시를 쓰라는 간곡한 권고"였다고, 즉 "가족주의"와 "내면주의"를 청산하고 "사회적 질곡을 사실주의적으로 발설하라"[76]는 주문이었다고 말한 적이 있다. 이에 대해 김혜순은 자신의 전략은 리얼리즘적인 것이 아니고, 억압에 대항하

74 이경수, 같은 글, pp. 59~60.

75 이영재, 「돌봄, '함께 있음'의 노동」, 『크릿터』 1, 민음사, 2019, pp. 22~23.

76 김혜순, 「1990년대 시적 현실, 어디에 있었는가」, 『"근대", 여성이 가지 않은 길』, 김영옥 엮음, 도서출판 또하나의문화, 2001, pp. 118~19.

는 새로운 방식의 언술을 개발하는 미학적인 것이었음을 주장한다. 그러나 그녀의 어떤 시는 여성이 마주하는 "사회적 질곡을 사실주의적으로 발설"하고 있다. 그러한 측면이 적극적으로 발견되지 못한 것은 젠더 모순을 심각한 '사회적 질곡'으로 인식하는 데 주저해온 1980년대 이후 비평의 한계 때문일 것이다.

3-3 '강요된 고백'이라는 '젠더 폭력'

노동자라는 당사자성이 1980년대 노동시의 진정성과 정치성을 확인하는 주요한 계기가 되었던 당대의 맥락은 물론, 최근 문학 생산의 주체를 공인된 작가로 한정하지 않으려는 시도 속에서 수기, 르포 등 다양한 형태의 글쓰기가 문학사의 주요한 자료로 검토되는 상황을 적극 참조한다면, 여성시에 나타난 여성의 체험 역시 그 진정성으로부터 정치성을 확인받을 수 있어야 한다. 물론 여성시를 여성의 체험에 근거하여, 즉 저자성에 기대어 읽는 것이 유일한 독법일 수는 없다. 하지만 그러한 독법을 배제하려 했던 가까운 과거의 관행이 여성주의 문학을 현실과 무관한 것으로 만들기도 했다는 사실도, 나아가 저자와 텍스트를 분리해야 한다는 식의 편협한 자율성론이 문학이라는 이름으로 행해지는 다양한 폭력을 비호하는 논리로 활용되기도 했다는 사실도, 기억해야 한다. 그러므로 2019년의 맥락에서 시인의 "생물학적 성별에서 벗어나" 텍스트를 읽어야 한다는 원론적인 주장은[77] 성별본질주의를 경계하고 텍스트 해석의 다양성을 확보한다는 섬세한 의도와는 무관하게 여성의 현실과 좀더 밀착하려는 최근의 여성주의적 시도의 의의를 반감시킬 위험도 있다.

김혜순의 초기 시를 전적으로 여성의 시로 읽으면 특히 첫 시집 『또 다른 별에서』에서 흥미로운 장면이 발견되는데, 그것은 고백을 강요당하는 화자가 동시에 물리적 폭력에도 노출된다는 점이다. 앞장에서 언급한 「몰매」는 물론 「고백(告白)」 「진실」과 같은 시에서 그러한 상황이 반복된다.

> **열!**
> —열 번 세는 동안에 고백하라고? 알았어.
> **아홉!**
> —벌써 아홉이야?
> **여덟!**
> —거꾸로 세는 거구나. 그럼 고백을 시작하겠……
> **일곱!**
> 그런데 어떡하지? **고백 경험이 전혀 없는 걸.**
> **여섯!**
> —좀 천천히 할 수 없니? 생각을 해야잖아. 내가 정말 그런지, 안 그런지. 또는 앞으로 그럴 건지, 또 안 그럴 건지. 혹은……
> **다섯!**
> —……
> **넷!**

77 허주영, 「생물학적 성별에서 벗어나기」, 『상허학보』 55, 상허학회, 2019.

—걷어차지 말고 숫자 세는 거에나 전념하시지.

셋!

—알았어. 한다니까, 유창하게, 고백을. 휘영청 달 밝은 밤에 이 가슴 설렙니다.

둘!

—간을 빼주면 안 되니? 솔직히 말해서 고백이란 하고 나면 시시해지는 거 아니니?

하나 반!

—하나 반? 모두들 고백했다고? 넌 복도 많고, 애인도 많고.

하나 반의 반!

—반의 반? 때리지만 말고 네가 한번 해봐. 그럼 널 따라하지, 내가. 정말이야. 그대로 따라 외친다니까. 너도 알다시피 난 창의력이 부족해.

하나!

—앗, 끝이야? 그럼 좋아. ……사랑해.

—「고백」 전문

어느 날 그 예술가는
진실이 뭔지 모른다고
모른다고 대로상(大路上)에서 나를
흠씬 두들겨 팼다.
—진실도 몰라! 몰라? 정말 몰라?
—알아, 이제 알게 됐다니까.
—뭐야. 그럼 말해 봐.

—이렇게 걷어채이면서도 아프지 않은 거.
그는 나를 또 두들겨팼다.
더욱더 신나게.

며칠 후 대로상(大路上)에서, 나는
그 예술가를 다시 만났다.
여쭈었다, 나는. 정중하게.
진실이라는 게 뭣인지요.
그러자 그는 힛쭉힛쭉
내게 되물었다.
스무고개하는 거오니이까? 좋습니다. 그럼 첫째 고개.
그게 먹는 거 아니오니이까?
—똥강아지 녀석!
—「진실」 전문

인용된 두 편의 시에서는 '고백' 혹은 '자백'과 관련하여 시적 화자가 누군가에게 맞고 있는 무력한 상황이 연출된다. 「고백」에서 '나'는 결국 반복되는 구타 속에서 "사랑해"라고 고백해버리고 만다. 「진실」에서는 "진실이 뭔지 모른다"는 이유로 '나'는 대로상에서 어떤 "예술가"에게 두들겨 맞는다. 그러나 이 두 편의 시에서 '때리는 자'와 '맞는 자' 사이의 위계가 견고하지 못하다는 사실은 중요하다. 「고백」의 '나'는 구타에 굴복해 결국 고백을 해버리지만, 맞으며 고백을 강요당하는 '나'와 때리며 고백을 강요하는 '너' 사이의 관계는 구타가 계속될수록, 결국 고백이 완료되는 시점에서 역전되는 효과가 발생한다. 고백을 강요당하는 '나'가 "고백이란 하고 나면 시시해지는 것 아니니?"라고 반문하는 순간 그 고백은 내용과 무관하게 이미 시시한 것이 되어버림으로써 둘 사이의 긴장이 느슨해진다.

또한 폭력적으로 고백을 강요하는 자의 숫자 세기가 역순으로 진행된다는 점도 그러한 효과를 불러일으킨다. "걷어차지 말고 숫자 세는 거에나 전념하시지"라는 표현에서 보듯 이 시의 숫자 세기는 결국 구타의 횟수라는 점을 알 수 있는데, 그 숫자가 거꾸로 세어지고 있다는 것은 구타의 종료 시점이 정해져 있음을 지시하는 것이기 때문이다. 숫자 세기가 종료되는 순간 시시한 고백은 이루어지고 그 관계는 정말로 시시해져버린다. 고백을 강요당하며 맞고 있는 '나'는 오히려 이 관계에서 권력의 우위에 있는 듯 그려진다. 「진실」에서도 유사한 상황이 연출된다. 진실을 말하라고 강요하는 '그'는 진실이 무엇인지를 알고 있거나 알고 싶은 사람이 전혀 아니다. 진실에 대해 무지하고 결국 그것에 관심조차 없는 사람이다. 이처럼 「진실」은 진실을 강요하는 자의 자리를 우스운 것으로 만듦으로써 폭력을 가하는 자와 폭력을 당하는 자 사이의 위계를 역전한다.

이 두 편의 시를 젠더 폭력으로 읽으려면 시적 화자를 여성으로 전제해야 하며 폭력을 행사하는 자 역시 남성으로 가정해야 한다. 여성 시인이 쓴 시라는 점을 적극 참조하는 전략을 취하는 이 글의 관점에서 이러한 독해는 비교적 자연스럽지만, 1980년대의 김혜순 시에 나타난 폭력의 양상들은 여성의 몸에 가해진 것으로서 읽히기보다는 주로 국가에 의한 폭력으로 의미화되었다. "느닷없이/플

래시를 터뜨리듯/내빰에 철썩 처얼썩 떨어지는/그의 손바닥”(「일몰」, 『아버지가 세운 허수아비』) 같은 구절들이나, 앞 절에서 살펴본 ‘먹는 남성-먹히는 여성’의 관계를 함께 고려할 때에도 김혜순 시에서 반복되는 폭력의 장면들은 충분히 젠더 폭력으로 읽힌다. 나아가 그러한 물리적 폭력들이 ‘자백에의 강요’와 나란히 놓인다는 점에 다시 주목해보자. 흔히 ‘여류시’로 불리는 이전 시기의 여성시가 주로 여성 자신의 내면을 감상적으로 고백하는 방식으로 씌어져왔으며, 그러한 여성시의 태도가 결국 ‘남성성을 내면화한 여성성’과 결부된다는 여성시에 관한 일반적 평가를 환기하자면, 이처럼 ‘고백’을 거절하고 ‘진실’의 자리를 해체하는 김혜순의 시도는 여성시에 강요된 특정한 발화법을 전복하려는 것으로 읽히게 된다. 「고백」에 나타난 폭력은 ‘사랑’이라는 사적 관계 안에서 행사된다는 점에서, 「진실」에 나타난 폭력은 ‘예술가’의 그것으로 행사된다는 점에서, 그것은 여성에 대한, 그리고 여성시의 발화법에 대한, 젠더 폭력으로 의미화되기에 충분하다.

김혜순의 시는 이처럼 젠더 폭력을 고발함과 동시에, 때리는 자와 맞는 자 사이의 위계를 역전하는 방식으로 폭력에 저항한다. 그녀는 자신의 감정을 감상적으로 고백하기보다 주로 정념을 묘사하는 방식을 취한다. “소리치며 이를 갈며 분을 못 이겨/어두운 강물의 오줌을 쏟는”(「공룡」) 장면이나, “겨울 산 나무들은/비명을 질러댄다/머리를 땅에 처박고/긴 목으로 일렁이며/가랑이를 공중에 쫙 벌린 채/거꾸로 선 나무들은/비명을 질러댄다”(「비명」)라는 이미지나, “두 주먹 움켜쥐고/이를 악물고/너를 향해/내 눈알을 빼/던진다/그러면 너는 손바닥을 좌악 펴들고/내 눈알을 되받아 돌려준다"(「대결」)라는 구절에서, "제발 우리를 물 속에 처박아주세요./깊은 물 속에서 한가지로 파묻혀/극락까지 흘러가며 입다물고 없어질 테예요"(「순장」, 이상 『아버지가 세운 허수아비』) 등에서, 분노로 인한 고통의 감정들이 묘사되는 방식을 확인할 수 있다. 이처럼 자신의 내면을 감상적으로 진술하지 않고 정념을 재현하는 방식으로, 김혜순은 기존의 '여류시'의 전통을, 정확히 말해 여성에게 강요된 말하기의 방식을 거절하며 그 폭력에 저항한다.

김혜순은 자신을 포함한 1980~90년대 여성 시인의 성취를 "뭉뚱그려 탈근대적 방식의 언술"[78]을 개발한 것으로 설명한다. "그것은 여성을 주변화하는 기존의 힘의 논리를 바꾸자는 데 일차적인 목적이 있는 것이 아니라 차이를 핵심에 두고, 차이의 표상을 그려나가자는 데 더 주력한 결과였다"[79]라고 부연된다. 그러나 1980년대 여성해방문학의 관점에서 김혜순의 어떤 시들을 재의미화한다면, 그녀의 시는 여성을 주변화하는 젠더 폭력을 적극 고발하며 그것에 직접적으로 저항하는 일차적 목표도 달성하고 있음을 확인하게 된다. 노동시의 당사자성과 해체시의 미학성이 1980년대 시단을 설명하는 두 축이 되어온 사실을 환기하면, 김혜순이라는 '여성 시인'이 쓴 '여성시'는 왜 유독 미학성의 잣대로만 평가되고 일인칭의 당사자성은 고려되지 않았는지, 이에 대한 성찰이 필요해 보인다.

78 김혜순, 같은 글, p. 119.

79 같은 글, pp. 119~20.

4 '여성'을 다시 읽고 쓰는 일

'페미니즘 리부트' 이후 문단은 물론 학계에서 '여성주의 시각'에 의한 문학사의 해체와 재구축의 작업이 활발히 시작되고 있는 사정을 확인하며, 이 글은 1980년대에 씌어진 김혜순의 시를 '여성주의의 시각'에서 적극적으로 재평가하는 작업을 수행하였다. "김혜순의 여성적 글쓰기에 언제나 실존적 '고통'의 그림자가 드리워져 있었다는 사실에는, 그녀가 사회적 약자로서의 여성 시인이라는 점만으로는 충분히 설명되지 않는 다층적 의미망이 존재한다"라는 기존의 평가가 환기하듯, 김혜순의 시에 대해서는 그간 '여성주의적 시각'으로만 한정해 읽을 수 없다는 태도가 일반적이었던 바, 이러한 태도가 결국 '여성주의적 시각'의 독해를 배제하는 결과를 불러온 것은 아닌지 반성할 필요가 있다. 이는 황인숙과 허수경에서 김행숙과 진은영에 이르기까지, 1990년대와 2000년대의 주요한 여성 시인들이 '과소여성화'의 관점에서 읽혀온 사실과 무관하지 않다.

1980년대의 김혜순의 시를 재독하며 이 글이 설정한 목표는 두 가지이다. 첫째, 여성적 정체성을 삭제하는 방식으로 김혜순의 시를 읽어온 비평적 시선들을 비판적으로 성찰하려는 것. 둘째, 김혜순의 여성적 글쓰기의 의미를 당대의 '여성적 체험'과 연동하여 읽어보려는 것이었다. 1980년대 비평장에서 김혜순이라는 여성 시인의 시가 소개되는 방식은 굉장히 제한적이었던바, 그녀 시에 분명히 재현되고 있는 폭력의 피해자로서의 여성의 체험은 대부분 삭제된 채로 읽히고, 여성이라는 시인의 성별이 주로 시의 미학적 결함을 지적하기 위해서만 부정적인 방식으로 참조되고 있다는 점을 이 글은 확인하였다. 나아가 김혜순의 시에 가시화되고 있는 '젠더 폭력'의 양상들을 당대의 여성적 현실과 당대의 여성문학 논의에 비추어 추출하고, 김혜순의 시가 이러한 '젠더 폭력'에 맞서 어떠한 저항적 발화를 고안해내었는지를 의미화하고자 하였다. 김혜순 시에 나타난 '먹이는/먹히는 여성'의 형상은 당대 여성들의 주요한 노동 공간이었던 가정 안에서 여성이 어떤 위치에 놓여 있었는지를 확인시킨다. 나아가 자신의 내면을 감상적으로 진술하지 않고 정념을 사실적으로 재현하는 방식으로, 김혜순은 여성에게 강요된 말하기의 방식을 넘어선다. 이와 관련하여 이 글은 그녀의 초기 시에 종종 등장하는 '강요된 고백'의 장면을 살피고, 고백을 강요하는 자의 위치를 무력화하는 그녀의 전략을 중요하게 분석하였다.

여성주의 시각에 의한 한국 시사의 연구는 '여성시'의 역사적 한계를 확인하는 것 이상으로 그 시대적 조건 속에서 그녀들이 어떠한 방식으로 여성적 현실을 재현해내고자 했는지를 다각도로 분석할 필요가 있다. '여성들에 의한 문학'이 온전히 '여성주의 시각'을 견지한 문학적 실천이라고 말할 수는 없을 것이며, 남성 중심의 문단에 대항하고자 한 여성들의 모임이 오히려 그들 자신을 기존 문단으로부터 소외시키는 결과를 초래했을 수도 있을 것이다. 더 나아가 '우정의 모임'임을 강조했던 여성 연대의 공동체적 실천이 남성적 조직의 한계를 답습하며 실패로 귀결됐을 수도 있다. 그러나 이러한 실패의 지점들까지 포함하여 기존의 문학사는 '여성의 관점'에서 다시 말해지고 분석될 필요가 있다. 장영은의 지적처럼,[80] 여성들이 자신들의 삶을 스스로 이야기하는 것이, 그리고 그것을 함께 읽어주는 연대의 공동체를 만나는 것이, 여성운동의 시작일 것이기 때문이다. 이 글은 이러한 시도의 일부로서 의미를 지닌다.

80 장영은, 같은 글, p. 89.

1980년대 문학에서 여성운동과 민중운동의 접점

고정희 시를
읽기 위한
시론(試論)

I '대중/민중'운동으로서의 '여성'운동

『창작과비평』 1979년 여름호에 수록된 「오늘의 여성문제와 여성운동」이라는 좌담에서 사회를 맡은 백낙청의 주된 관심은 "여성운동과 민중의 관계"를 어떻게 이해할지에 관한 것이다. 이효재, 이창숙, 김행자, 서정미가[1] 참여한 이 좌담에서 참석자들은 당시 한국 현실에서의 여성 문제가 주로 중산층 여성들의 자기 각성 문제에 초점화된 점을 꼬집으며, 앞으로 한국의 여성운동은 이러한 초기 단계를 극복하여 중산층 여성들과 근로 계층의 연대 가능성을 모색하는 일을 과제로 삼아야 한다고 주장한다. 백낙청의 말대로 좌담 참석자들이 주로 대학의 교수이거나 기자 출신의 "교육받은 중산층"[2]이라는 점을 감안할 때, 이 좌담이 주로 중산층 여성의 각성을 촉구하는 것에 중점을 두면서, 나아가 여성이라는 동일한 정체성 아래 여성 각자가 처한 상이한 노동조건과 계급적 차이를 어떻게 고민할지에 대해 숙고하는 장면은 자연스러워 보인다. 여성노동자들이 "피교육자적 대상"[3]이 되는 것을 경계해야 한다는 이

1 『창작과비평』이 제시한 좌담 참석자의 프로필은 다음과 같다. "이효재: 이화여대 사회학과 교수, 이창숙: 전 한국일보 기자, 김행자: 이화여대 정치학과 조교수, 서정미: 성심여대 불문과 전임강사."

2 백낙청 외, 「오늘의 여성 문제와 여성운동」, 『백낙청 회화록 1』, 2007, 창비, p. 447.

효재의 지적대로, 계급과 노동조건을 막론하고 여성이라는 동일한 정체성이 우선시되어야 하며 중산층 여성과 근로 여성 사이에 어떤 위계나 시혜/수혜의 관계가 설정되어서는 안 된다는 점이 당시 여성운동의 주요한 화두였음을 이 좌담은 충분히 확인시켜준다.

그런데 이러한 논의 과정에서 일종의 대립 개념으로 설정된 '중산층 여성'과 '근로 여성'은 1960~70년대 한국 사회의 산업화와 도시화의 결과로 새롭게 생성된 집단으로서, 사실 그 축자적 의미만 생각했을 경우 온전히 배타적인 용어가 될 수 없음은 물론이다. '중산층'이라는 용어가 마르크스적 관점으로 경제적 중간계급이라는 의미뿐 아니라 베버적 관점으로 생활 기회, 교육 수준, 직업 지위 등의 비경제적 요소에서 혜택받은 부류를 의미하는 계층 범주로 확장될 경우, 그러한 다층적 용어의 대립어로 '근로 여성', 즉 '일하는 여성'이 상정되기는 힘들다. 그렇다면 이 좌담에서 '(일하지 않는) 중산층 여성' 대 '(생활수준과 교육 수준이 낮은) 근로 여성'이라는 대립 구도가 별 무리 없이 통용되는 이유는 무엇일까. 우선, 대개 주부로 상정되는 '중산층 여성'의 가사 노동이 생산 영역의 공적 노동으로 인정되지 않는 비가시적 노동이기 때문이며, 나아가 좌담 말미에서 서정미가 지적하듯 제조업 분야라는 최저임금 지대에 대다수의 여성 노동자가 몰려 있다는 사실[4] 때문이다. 요컨대, 적은

3 같은 글, p. 457.

4 1970년대 한국 사회가 불과 한 세대 만에 농촌 사회에서 산업사회로 변화하며 그 과정에서 도시로의 대대적인 인구 이동이 이루어졌다는 점은 잘 알려진 사실이다. 이때 농촌에서 도시로 유입된 인구의 다수를 차지하는 것이 여성, 즉 제조업에 종사하는 어린 여성 노동자라는 점은 주목을 요한다. 이에 대해서는 이남희, 『민중 만들기: 한국의 민주화운동과 재현의 정치학』, 유리·이경희 옮김, 후마니타스,

경우의 예외를 제외하면 당시 한국의 여성 문제는 공적 노동에 복무하지 않는 중산층 여성과 가장 열악한 노동조건 속에 놓여 있는 여성 노동자의 문제로 대별된다고 할 수 있다. 따라서 이러한 두 계층이 어떻게 불화를 극복하고 연대를 이룰 것인지가 당시 여성 운동의 가장 주요한 화두가 되었던 것은 당연한 귀결이라 하겠다.

좌담에 참석한 여성들은 물론이거니와 당대의 여성 문제를 이론적 차원에서 견인하는 역할을 했던 지식인 여성들은 엄밀히 말해 '근로하는, 각성된, 중산층 여성'인바, 이들이 '중산층 여성' 대 '근로 여성'이라는 일반적인 대립 구도에 포섭되지 않는다는 점은 흥미롭다. 어쩌면 이들은 여성 문제에 있어 상대적인 안전지대에, 즉 제3의 입장에 놓여 있다는 이유로 '중산층 여성'과 '근로 여성' 간의 연대에 대해 좀더 자유롭게 발언할 수 있었으리라 짐작된다. 당대의 여성 문제가 이처럼 여성 내부에서 어떤 위계를 설정한 듯 보인 것은 사실이지만, 이러한 대립에서 중요하게 점검될 것은 노동자계급으로서의 여성은 예외 없이 가부장제와 자본주의의 이중 억압 속에 놓이게 된다는 사실이다. 뒤에서 보겠지만 이에 대해 이론적 토대를 마련하여 예리하게 점검하게 된 것은 1980년대 중반에 이르러서이다. 여성운동을 통해 "조직화된 하나의 하위문화를 형성"[5]하고자 한 동인지 『또하나의문화』가 창간호를 낸 것은 1985년의 일이며, 『창작과비평』의 폐간 이후 무크지를 통해 부문 운동을

2015, p. 349; 장미경, 「근대화와 1960, 70년대의 여성노동자: 여성노동자 형성과정을 중심으로」, 이종구 외, 『1960-70년대 노동자의 생활세계와 정체성』, 한울, 2004, pp. 277~79. 이러한 논의에 따르면 1970년대 노동 인구의 지속적인 증대와 더불어 형성된 대규모 도시 빈민층의 대다수가 여성이었다는 말이 된다.

활성화하려 했던 창비 그룹이 '한국여성연구회'를 중심으로 『여성』이라는 부정기 간행물을 출간하기 시작한 것은 1985년 12월의 일이다. 주지하듯 이 두 그룹은 1980년대 한국 여성운동의 이론적 산실 역할을 했다.[6]

다시 위 좌담에서 백낙청의 질문으로 돌아가자. 그는 좌담 참석자들에게 "여성운동과 민중의 관계"를 물으며 "현재의 한국 여성운동이 과연 대중운동의 성격을 띠고 있느냐, 그리고 띠는 것이 옳으냐, 이런 문제를 좀 생각해보았으면"[7] 한다고 묻고 있다. 이때 백낙청이 '민중'이라는 어휘와 '대중'이라는 어휘를 혼용하는 것은 징후적으로 읽힌다.[8] 백낙청을 비롯한 1970년대 민족/민중문학론자들에게 '민중'은 철저히 남성으로 젠더화된 개념이라 할 수 있을 텐데,[9][10] 이러한 '민중'운동을 '대중'운동과 병치시키는 것은 '민

5 고정희 외 좌담, 「'또 하나의 문화'를 펴내며」, 『평등한 부모 자유로운 아이: 또하나의문화 제1호』, 도서출판 또하나의문화, 1985, p. 14. 이 좌담에 참석한 조한혜정의 말을 빌리자면 '또하나의문화'의 목표는 "우리 문화 자체를 다양한 문화를 포괄하는 것으로 만들자는 것이고, 방법에 있어서는 남녀평등을 논점으로 삼는 모임을 통하여, 그리고 더 구체적으로는 활자 매체를 토대로 새로운 상징과 의미를 우리 사회에 심어보자는 것"(p. 17)이라고 요약할 수 있다.

6 여성 무크지의 등장과 함께 1980년대에 여성 지식인 집단이 출현하는 양상을 살핀 논의로는 이혜령, 「빛나는 성좌들: 1980년대, 여성해방문학의 탄생」, 『상허학보』 47, 상허학회, 2016.

7 백낙청 외, 같은 좌담, p. 481.

8 1970년대 백낙청의 '시민/민족/민중문학론'에 드러난 '민중'과 '대중' 개념의 낙차에 대해서는 조연정, 「주변부 문학의 (불)가능성 혹은 문학 대중화의 한계: 백낙청의 '시민/민족/민중문학론' 재고」, 『인문학연구』 51, 조선대학교 인문학연구원, 2016, pp. 340~49 참조.

9 주로 백낙청의 이론을 반박하는 목적으로 씌어졌으며 이와 동시에 1970~80년대의 '민족/민중문학론' 전반을 비판적으로 검토하는 정과리의

중'이라는 무성적, 혹은 초남성적 집단 정체성의 문제가 보편성의 차원에서 인식되고 있음을 의미하는 것이기도 하다. 그러므로 "한국의 여성운동이 과연 대중운동의 성격을 띠고 있느냐"라는 물음은 달리 이해하면 여성운동이 과연 보편성의 차원에서 가능한 것인지에 대해 의구심을 표하는 질문으로 읽히며, "그리고 (대중운동의 성격을) 띠는 것이 옳으냐"는 질문은 일종의 당위적 요청처럼 읽히는 것이다. 백낙청의 입장에서 가장 만족할 만한 답변은 이효재에게 나온 듯하다. 항일운동 등을 예로 들며 민족 차원의 억압적 현실인 민족 분단의 모순을 극복하려는 방식으로서 "민중적인 여성운동"[11]이 가능하다고 말하는 이효재의 입장은 민족이라는 동일성의 프레임 안에서 여성 문제를 소거하는 것에 가까워 보이는데, 이는 "'여성해방'의 미명 아래 분단 시대 극복이라는 한국사의 당

「민중문학론의 인식 구조」(『문학과사회』 1988년 봄호)에서 민중은 다음과 같이 정의된다. "1) 민중은 역사 생산의 담당자이면서, 정치적·경제적으로 피지배·피수탈자이다. 2) 민중의 실제 구성은 끊임없이 변모한다: "근대 자본주의 사회에서 민중 구성은 노동자 계급을 기본으로 하여 근로자 범주의 농민·소상공업자·도시 빈민·일부 지식인으로 된다." 3) 민중은 항구적이고 종말론적인 실체이다: 민중은 역사의 주체인데, 그러나 그 "주체는 '아직 이루어지지 않았으나' 그럼에도 불구하고 '이미 이루어져 있다'는 현재와 종말의 중간 시간에 존재해 있다"; "민중은 장기적 추세에서 경향적으로 역사의 주인이 되어 가고 있다""(p. 76). 이러한 민중의 정의에서는 물론 이 글의 어떤 부분에서도 성차에 대한 인식은 고려의 대상이 아닌데, 정확히 말하자면 '민중=역사의 주체=남성'이라는 도식 속에서 여성은 철저히 지워지고 있는 것이다.

10 1970~80년대의 진보적 민족문학론의 '몰성적' '젠더 위계적' 한계를 지적한 논의로는 김양선, 「동일성과 차이의 젠더 정치학: 1970·80년대 진보적 민족문학론과 여성해방문학론을 중심으로」, 『한국근대문학연구』 11, 한국근대문학회, 2005.

11 백낙청 외, 같은 좌담, p. 481.

면 문제를 소홀히 해서도 안"[12] 된다고 주장했던 백낙청의 입장과도 상통하는 것이다. "여성운동이라는 것이 인간해방운동의 어떤 과정"[13]이며 "대중에 뿌리"를 두어야 한다고 말하는 이창숙의 발언 역시 문학의 사회 기능을 '인간해방'으로 설정하는 백낙청의 민족문학론의 기획과 유사하다. 이효재와 이창숙은 여성운동을 민족해방 혹은 인간해방이라는 보편성의 관점에서 사유하고 있는 것이다.

이들 중, 대중운동으로서의 여성운동에 대해, 즉 '민중'이라는 동일성 안에서 '여성'이라는 차별적 정체성을 소거시키는 방식의 여성운동에 대해, 가장 예민한 시선을 드러낸 논자는 서정미였다.

> 서정미: 그런데 여성운동을 노동운동과 같은 방식의 대중운동으로는 생각하기 어려운 점도 많지 않나요? 우선 중산층 여성들 자신이 소외된 면이 있고, 또 여성의 문제가 순전히 노동조건에만 기인하고 있는 것이 아니고 **여성 특유의 억압적인 경험이 있으니까 노동운동 같은 대중운동과 평면적으로 등식화시킬 수는 없을 것 같아요.** 그렇긴 하지만 중산층 여성들의 소외가 노동의 질서라든가 패턴과 관련이 있으니까 근로여성들의 관점을 공유할 수도 있겠지요. [……] 여성해방운동은 현재의 생산양식이 갖는 문제점들을 바로 여성해방의 기본사항으로 다루어야 할 것이고 동시에 가정적 역할을 절대적인 것에서 선택적이고 상대적

12 백낙청, 「여성운동에 대한 나의 관심」(최초 발표: 『여성사회』, 1979), 『민족문학과 세계문학 1: 인간해방의 논리를 찾아서』(개정합본), 창비, 2011, p. 517.

13 백낙청 외, 같은 좌담, p. 482.

인 것으로 바꾸려고 노력해야 할 것 같아요. 무엇보다 먼저 양자의 상호관련성을 올바르게 이해하는 것이 필요할 것 같습니다.[14] (강조는 인용자, 이하 동일)

서정미는 중산층 여성과 근로 여성의 연대 가능성은 긍정하지만 여성해방운동이 이른바 노동해방운동 속으로 수렴되는 것에는 난색을 표한다. "여성 특유의 억압적 경험이 있으니까 노동운동 같은 대중운동과 평면적으로 등식화시킬 수 없"다는 서정미는 특히나 노동과 결부된 계급 문제와 여성 문제 간의 복잡한 상관관계를 이해하는 일이 여성운동의 시급한 과제임을 주장하고 있는 것이다. 특히 제조업 분야라는 최저임금 지대에 대다수의 여성 노동자가 모여 있는 사정을 환기하며, 그런 점에서 "여성노동자가 가장 전진적인 위치에 있"[15]다고 말하는 그녀는, '대중운동'으로서의 '노동운동'이 "여자들의 전반적인 열등한 지위"에 관한 문제를 생략할 때 분명한 한계를 지니게 된다는 사실을 지적한다.

"여성해방운동은 현재의 생산양식이 갖는 문제점들을 바로 여성해방의 기본사항으로 다루어야 할 것"이라고 말하는 서정미의 의견은 1980년대에 이르러 다양한 이론적 해명이 가능해졌다고 할 수 있다. 1980년대에 여성운동이 조직적이고 전문적인 형태로 개화하며 산업사회에서 여성 문제를 발생시키는 주요한 두 원인인 자본주의와 가부장제의 상관관계에 대한 섬세한 이해가 가능해졌

14 같은 글, pp. 484~89.

15 같은 글, p. 488.

음은 주지의 사실이다. 일례로 1986년 『열린 사회 자율적 여성: 또하나의문화 제2호』에 실린 조형의 글에서는 여성 문제 안에서도 계급 문제가 도외시될 수 없다는 사실이 예리하게 지적된다. 노동 재생산을 담당하는 여성의 비가시적 가사 노동이 온전히 가부장제의 요청 때문만은 아니며, 특정 계급에 속한 여성들은 바로 그 계급의 노동 재생산을 담당함으로써 불평등 계급 구조를 양산하는 자본주의 사회의 모순을 재생산하게 되는 결과에 대해 인식할 필요가 있다는 것이다.[16][17] 또 한 예로, 한국여성연구회 문학 분과 회원인 이명호, 김희숙, 김양선이 공동 집필한 「여성해방문학론에서 본 80년대의 문학」은 글의 서두에서 여성에 대한 자본주의의 차별과 억압이 결국 노동자 전체를 착취하기 위한 하나의 수단으로 활용되고 있다는 사실을 인식해야 한다고 지적한다. 여성의 무보수 가사 노동 덕택에 노동력 재생산비가 절감되면서 남성 노동자 저임금의 물적 기반이 확보되고, 이러한 남성 노동자의 저임금을 보충하기 위해 노동시장에 나온 여성들에게는 가계 보조적 노동이라는 이름하에 차별적 저임금이 지불됨으로써 자본은 또다시 막대한 초과 이윤을 착취하게 된다. 마르크스주의적 여성해방론의 관점을 취하는 이 글은, 이러한 상황 속에서 저임금 여성 노동자와의 경쟁으로 인해 남성 노동자의 임금이 낮아지는 악순환에 빠지고, 결국

16 조형, 「인간 해방 운동의 구조」, 『열린 사회 자율적 여성: 또하나의문화 제2호』, 도서출판 또하나의문화, 1986, pp. 78~79.

17 같은 지면인 『열린 사회 자율적 여성』에는 "여성의 직업 활동 영역"이라는 기획이 마련되어 있는데, 여성 언론인, 여성 은행원, 농촌 여성, 여성 과학자 등 여성의 다양한 직업군을 소개한다.

자본과 노동의 계급 차가 강화된다고 지적한다.[18]

1980년대에 산발적으로 도출된 논의들에 따르면 여성 문제는 그 자체로 계급 문제를 내포하고 있으며, 따라서 여성운동은 계급 문제를 해결하는 근본적 전략이 될 수 있다. 다시 말해 계급 문제는 여성 문제를 해결하는 과정을 통해서만 해소될 수 있지만, 그 역이 자연스럽게 성립되지는 않는다. 요컨대 계급의 관점에서 여성운동이 '대중운동' 혹은 '민중운동'으로서의 보편성을 획득하는 일은 충분히 가능하고 나아가 필요한 것이 되는 셈인데, 이때 무엇보다도 중요한 것은 1970년대의 '민족/민중운동'이 1980년대의 '노동해방운동'으로 초점화되는 사정 속에서 이러한 시각이 비로소 가능해졌다는 사실이다. 위 좌담이 성사된 것이 여성운동에 대한 관심이 태동하기 시작하는 1970년대 말, 즉 성차가 삭제된 '민족/민중문학론'이 별 의심 없이 자연스럽게 받아들여지던 시점이라는 점을 고려하면, 여성운동의 '대중운동'으로서의 가능성을 타진해보는 것은 그것에 대한 지지 여부 혹은 실현 여부와 무관하게 젠더 이슈에 관한 앞선 감각을 보여주는 것이라고도 할 수 있다.

18 이명호·김희숙·김양선, 「여성해방문학론에서 본 80년대의 문학」, 『창작과비평』 1990년 봄호, pp. 50~51.

2 1980년대 민중운동에서 젠더의 문제

1970~80년대의 민족/민중문학론이나 1980년대의 노동해방문학론을 검토할 때 그러한 담론들의 무성적, 혹은 젠더 위계적 특징을 지적하는 일은 더 이상 새로운 발견이라고 보기 어렵다. 문학장의 담론과 운동권의 담론이 거의 동시적으로 형성되었던 시기라는 점을 고려하면 이 시기 문학론의 이러한 남성적 젠더화는 문학 담론을 주도적으로 생산해내는 남성 지식인 계층의 한계로만 단순화할 수는 없는 것이다. '민중'이라는 개념을 바탕으로 주로 1970~80년대 한국 사회의 '대항 공론장'의 특징을 추출하는 이남희의 『민중 만들기』는 1980년대 운동권 문화에서 '민중'이라는 개념이 작동하는 방식을 전체주의적인 것이라고 명명한다. "무조권 민중같이"라는 실천적 구호가 당연시되었던 운동권 공간에서 특히 여성운동은 전체 운동의 결속력을 깨뜨릴 수 있다는 우려와 전체 운동의 주목을 끌 만큼 긴박하다고 여겨지는 사안의 부재로 인해 남성에 의해서나 여성에 의해서나 배제 혹은 포기되었다는 사실을 그녀는 지적한다.[19] 1980년대 여성운동의 흐름에 대해서는 시기별로 섬세한 접근이 필요하지만, 그 시기는 물론 어쩌면 현재까지

19 이남희, 같은 책, p. 295.

도 여성운동은 계급해방 혹은 민주화 실현이라는 더 큰 대의 앞에서 차선의 것으로 그 당위성이 폄하되는 것은 변하지 않는 사실이라 할 수 있다. 그런데 이처럼 여성운동이 다른 '대중운동'(으로 설정된 것들)에 비해 언제나 그 실천이 지연된다는 점보다도 사실 더 문제적인 것은, '여성적'이라는 개념이 재현되는 방식이라고 할 수 있다.

1980년대의 운동권 문화가 남성 중심적 문화였다는 사실은, 이남희의 표현을 따르면 이때의 운동권 문화가 "도덕적 특권 담론"[20]의 산물이었다는 점과 관련하여 생각할 때 단순하지 않다. 1980년대의 운동권 지식인들이 '민중'을 재현하는 방식은 민중적 소양이라 여겨진 "정직, 소박함, 부지런함" 등의 외피를 입는 것으로부터 직접 노동자-되기를 선택하는 노학 연대에 이르기까지 모두 포함될 수 있는데, 이 시기 지식인 운동권들이 손쉽게 자신의 기득권을 포기하고 노동운동 혹은 노동자-되기에 투신할 수 있었던 것은 그러한 행위가 국가권력과 불화하는 지식인의 오랜 전통과 관련되기 때문이다. 사회 비판에 대한 지식인의 책임감은 결국 엘리트가 갖는 시혜 의식의 소산일 수 있는 것이다. 이남희는 지식인의 이러한 '도덕적 특권 담론'이 부르디외식 '구별 짓기'의 한 표시라고 말한다.[21] 이처럼 일견 숭고한 희생으로 보이는 지식인의 민중-되기는 그것이 도덕적 외피를 입음으로써 그 안에서 벌어지는 다양한 문제들을 부차적인 것으로 돌려버렸다는 데 문제가 있다. 결정적인

20 같은 책, pp. 247~58.
21 같은 책, p. 248.

것은 '민중'이라는 실체 없는 대상이 상징화되는 방식이다.

"단일성, 정체성, 총체성 또는 일반성으로서의 '인민people'이란 간단히 말해 존재하지 않는다"[22]고 말하는 조르주 디디-위베르만에 따르면, '인민'을 동일성이나 일반성으로 실체화하는 것이 가능하긴 하지만 전자는 대개 인공적인 것이며 후자는 발견될 수 없는 것이다. 이때 people의 번역어인 인민을 민중으로 치환할 수 있다면 1980년대의 '민중' 역시 명확한 실체 없이 인공적으로 재현된 개념에 불과하다고 할 수 있다. 민중은 일차적으로 노동자, 농민, 도시 빈민 등 경제적 피지배 계층을 가리키는 개념이지만 나아가 그것은 정치적 혹은 도덕적 선함을 자연스럽게 내포하는 개념이 된다. 이때 민중이라는 개념은 다분히 부정적 재현의 방식으로 형성된다. 민중은 반부르주아적이고 반개인주의적이며 금욕적 주체이다. 당시 운동권 지식인들이 이처럼 정치적/도덕적 선의 영역으로 범주화된 민중에 자신들의 도덕적 특권 의식의 욕망을 투영했다고 볼 수 있다.

이남희가 지적하듯 1980년대 지식인들의 노동자-되기는 민중에 대한 가장 '투명한 재현'을 실행한 것이라 볼 수 있지만, 민중이 여전히 '재현된 대상'이라는 점에는 변함이 없다. 그리고 이때 결정적으로 민중이 철저히 남성적으로 젠더화된 개념이었다는 사실을 상기한다면, 민중운동의 장 안에서 남성과 여성 사이 일종의 도덕적 위계가 강화된다고 볼 수 있다. '남성-민중'은 금욕적이고 희생적

22 조르주 디디-위베르만, 「감각할 수 있게 만들기」, 알랭 바디우 외, 『인민이란 무엇인가: 인민에 대한 철학적 사유들』, 서용순 외 옮김, 현실문화, 2014, p. 98.

인 존재이며, 자연히 여성은 개인주의적이고 타락한 반민중적 존재가 된다. 사실 현실적 조건만을 따져 '민중'을 계급적 용어로, 그러니까 피지배·피착취의 대상으로 개념화할 경우, 여성은 (여성 내부의 계급적 차이를 막론하고) 온전히 민중에 포함되는 집단이라 할 수 있지만, 소위 '민중의 시대'라 불리는 1980년대에 여성이라는 차이의 정체성이 거의 삭제된 점은 심각한 아이러니가 아닐 수 없다.

1980년대의 민중운동과 여성운동의 관계를 탐색할 때, 민중운동이라는 대의에 의해 여성운동의 명분이 약화되고 따라서 여성운동이 지연되었다는 사실 못지않게, 민중이라는 실체 없는 대상이 재현되는 과정에서 자연스럽게 젠더 위계화가 드러났다는 사실은 문제적이라 할 수 있다. 이때 민중을 둘러싼 도덕적 선의 영역이 남성적인 것으로 재현되며 여성적인 것은 부정의 대상이 되었다는 사실은 좀더 강조될 필요가 있다. 실제 노동 현장의 여성들은 자신의 노동력을 부정당하거나 혹독하게 착취당했으며, 여성성이라는 관념 역시 도덕적으로 타락한 것으로 부정당하면서[23] 여성들은 이중의 타자화를 겪는다. 이처럼 젠더적 관점에서 1980년대의 민중운동 혹은 민중문학론을 재인식하는 논리는 정치적으로나 도덕적으로나 절대적 당위성을 지녔던 당대 대항 운동의 한계를 여실히 드러낸다. 그러나 당대의 여성운동이 민중운동의 대의 앞에서 완벽

23 남성적으로 젠더화한 1980년대 학생운동 문화 속에서 벌어진 여성 착취에 대해 권여선의 『레가토』(창비, 2012)가 충실한 소설적 재현을 시도하고 있다. 이에 대한 자세한 분석은 김은하, 「폭력의 기억과 우애(philia, 友愛)의 공동체: 권여선의 『레가토』를 중심으로」, 『인문과학』 54, 성균관대학교 인문학연구원, 2014; 조연정, 「'광주'를 현재화하는 일: 권여선의 『레가토』(2012)와 한강의 『소년이 온다』(2014)를 중심으로」, 『대중서사연구』 33, 대중서사학회, 2014 참고.

히 봉쇄되었던 것은 물론 아니다.

1980년대 초반의 정치적 유화 국면 속에서 여러 여성 단체가 결성되면서 여성 문제를 해결하려는 여러 움직임이 가시화되는데, 이혜령이 지적하듯 당시의 여성운동이 비교적 공권력의 방해 없이 활동할 수 있었던 것은 여성이 정치적·사회적 주변 집단으로 취급되어온 젠더 감각 때문이었다고 할 수 있다. 이러한 관점에서 이혜령의 논문은 1980년대의 여성운동이 '민족민주운동'과의 상호 관련 속에서 어떻게 자신의 이슈를 첨예화하는지에 관해 논한다. 특히 그녀는 1970년대 여공의 민주노조운동에서부터 1980년대 후반기에 개화한 여성운동에 이르기까지 여성운동과 민중운동의 밀접한 관련을 현현하는 주요한 문학적 형상으로서 '학출 여성 노동자'라는 존재에 주목한다. 학출 여성 노동자는 1980년대 뚜렷해진 노동자 중심의 민중운동의 지향을 드러냄과 동시에 중산층 여성으로 규범화된 여성 정체성에 대한 거부의 상징이었으므로, 그런 점에서 이 형상은 민중주의적일 뿐만 아니라 페미니즘적이라는 것이다.[24] 나아가 『또하나의문화』에 관여한 박완서 등이 주목한 '매 맞는 아내', 즉 젠더 폭력의 이슈는 이른바 '인권'의 차원에서 개인/시민의 주체성을 강조하면서 민중운동이 고수한 집합적 정체성을 해체·재구성하는 역할을 했다고 분석한다.

1990년대 이후에는 페미니즘이 일종의 문화운동이 되었으며 포스트모더니즘 이론들이 다양하게 논의되는 가운데 담론, 상징, 언어의 정치에 집중하는 페미니즘 이론들이 수입되면서 타자성으로

24 이혜령, 같은 글, p. 412.

서의 여성성을 넓은 의미로 적용하는 논의들이 여성문학의 주류를 이루었다고 할 수 있다. 『마르크스주의와 여성해방』의 저자인 주디스 오어Judith Orr는 "'문화적 페미니즘'이라고 불려온 조류, 즉 담론, 상징, 언어의 정치에 집중하는 페미니즘 조류는 오늘날 그 헤게모니가 도전받고 있다"[25]고 말하며, 여성에 대한 억압이 계급과 무관하지 않음을, 계급 간의 차이를 무시한다면 대다수 여성의 경험을 하찮은 것으로 여기게 될 것임을 지적한다. 그간 여성문학이 '여성성'이라는 기표를 '의미의 비결정성'이라는 포스트모더니즘의 담론이나 해체적 언어의 차원으로 확장·이해하면서 현실의 여성해방에 크게 기여하지 못한 점을 상기한다면, 여성운동과 여성문학이 함께 태동하던 1980년대적 상황에서 여성이라는 집단 정체성 내의 계급 문제에 주목하는 논의들은 현재적인 것으로 재검토될 필요가 있다고 생각된다.

특히나 2000년대 이후의 한국 시단에서 '여성성'의 문제는 자아와 세계의 동일시를 추구하는 '서정'(김준오)의 폭력을 해체하는 의미로 통용되기도 하며 그 과정에서 오히려 젠더 문제를 소거해왔다고 할 수 있다. 2000년대의 시들이 시적 주체를 무성화(無性化)하는 전략을 활용하며 위반의 정치를 실천하려는 양상은 여성성의 진화라고 보기 어려운 것이다. "의미의 비결정성에 대한 끝없는 성찰은 정치적인 행위라기보다는 정치적 마비를 초래하기 십상"[26]이라는 리타 펠스키Rita Felski의 지적도 참조될 수 있다. 그런 점에서

25 주디스 오어, 『마르크스주의와 여성해방』, 이장원 옮김, 책갈피, 2016, p. 21.
26 리타 펠스키, 『페미니즘 이후의 문학』, 이은경 옮김, 여이연, 2010, p. 129.

정직한 고백 혹은 직설적 풍자로 당대의 여성 문제를 신랄하게 점검한 여성 시인의 문제 제기는 새삼 환기될 필요가 있다. 이 글이 1980년대 중·후반의 시기에 행해진 고정희의 문학적 발화에 주목해보는 이유는 바로 이러한 맥락과 관련된다.

이혜령이 강조하듯 1990년대 여성주의 문화운동의 개화와 관련하여, 1980년대의 무크 동인지 『또하나의문화』와 『여성』에서 활동한 여성 지식인들의 목소리와, 그들과 여러 이슈를 공유한 여성 문학의 사례들은 중요하게 검토될 필요가 있다. 이어지는 장에서는 창간호에서부터 『또하나의문화』에 적극 가담한 유일한 시인이었던 고정희의 문학적 발화들을 중심으로 1980년대 여성운동 혹은 여성해방문학의 성과를 짚어보고자 한다. 흔히 '여성-민중'이라는 정체성을 부여받는 고정희 시의 주체들은 어떤 목소리를 어떻게 발화하고 있는지, 고정희의 시가 당시 '민중=남성'이라는 고정된 도식을 어떻게 해체하는지 살펴볼 것이다. 결과적으로는 여성해방문학이 여성운동으로서 갖는 의의에 대해 짚어보려 한다.

3 '과소여성화'에서 '과잉여성화'로

고정희가 기획한 『여성 해방의 문학: 또하나의문화 제3호』의 권두 좌담 「페미니즘 문학과 여성운동」에서는 '여성운동'으로서의 '여성문학'이 당대의 민중운동과 공생하지 못하는 현실에 대한 문제 제기가 제출된다. 좌담에 참석한 고정희, 박완서, 조한혜정 등이 한목소리로 지적하는 것은 당대의 민중문학이 "여성을 제외시킨 채로 민중을 논의하는 경우가 많"(박완서)다는 점이다. 이는 당대 사회운동의 한계가 고스란히 반영된 것이라 할 수 있다. 농민운동, 노동운동 등 당대 사회운동에서 유독 여성 문제는 도외시되는 경우가 많으며, '인간해방운동'의 맥락에서 이해되는 1980년대의 민중문학은 결과적으로 여성 문제를 고려하지 않게 되었다는 것이다.

조혜정: 인종운동이나 여성운동 등 여러 가지의 사회운동이 일어나게 되면 인간의 존엄성에 대한 의식이 높아지게 돼서 인간해방운동에 기여하게 되지요. 그러나 사회운동은 체험과 관련된 만큼 다양하게 일어나야 한다고 생각해요. 우리의 경우 모든 사회운동은 하나로 통일되어야 한다는 논리가 지배하고 있어서 여성운동에 혼선이 빚어지고 있는 거죠. 이런 사회운동의 분위

> 기가 여성문학이 활성화되지 못하는 것과도 연관이 있으리라고 봐요.
>
> 사회: 이를테면 여러 개의 사회운동이 궁극적으로는 같은 목표를 지니고 있다는 합의가 이루어지지 못한 거지요. 궁극적으로는 같은 목표를 어느 집단의 문제로부터 시작해서 어떻게 성취하는가에 차이가 있는 거지요. 이런 중간적인 방식상의 차이로 해서 민중운동은 따로 있고 여성운동은 따로 있다고 인식이 되는 거예요. 이런 특정 집단 중심의 운동들은 인간해방의 틀 안에서 다양하게 존재하면서 집중적으로 문제를 풀어 나가는 한도내에서 따로따로의 존재의미가 있는 거지요. 그런데 노동자의 권익은 중간층 이상에선 도외시해야 하는 것이고 여성의 권익은 남성에 의해서 적대시되어야 하는 것으로 되어 버린다면 이런 사태는 실로 전체적인 사회운동의 틀에서 본다면 내적인 모순이라고 생각돼요.[27]

개인들의 다양한 체험과 정체성의 상이함으로 인해 사회운동은 다양하게 일어날 수 있고, 이러한 다양한 사회운동은 결국 "인간의 존엄성에 대한 의식"을 제고하게 함으로써 "인간해방운동"에 기여하게 된다. 조한혜정은 그러나 한국의 경우 모든 사회운동이 하나로 통일되어야 한다는, 즉 동일한 정체성의 투쟁이어야 한다는 논리가 지배적이기에 여성운동, 나아가 여성문학이 활성화되지 못하

27 조형 외 좌담, 「페미니즘 문학과 여성운동」, 『여성해방문학: 또하나의문화 제3호』, 도서출판 또하나의문화, 1987, pp. 25~26.

고 있다고 지적한다. 사회를 맡은 조형도 같은 논리의 주장을 펼치고 있다. 특정 집단 중심의 운동들이 공통적으로 "인간해방의 틀 안"에 존재하는 것이라면, 중간층 이상의 계급에서 노동자의 권익을 도외시하거나 남성이 여성의 권익에 적대적인 것은 전체적인 사회운동의 틀에서 본다면 심각한 모순이라는 것이다. 여성운동은 궁극적으로 인간해방에 기여한다는 점에서 노동운동 등 당대의 사회운동과 그 대의를 공유하는 것이므로 그런 점에서 여성운동이 여타의 사회운동에 의해 지연될 이유는 전혀 없다고, 좌담 참석자들은 입을 모아 주장하고 있다.

이처럼 당대의 여성운동이 처한 억압적 현실에 대해 비판적 의견들이 도출되는 가운데, 정진경은 박노해의 「이불을 꿰매면서」(『노동의 새벽』, 풀빛, 1984)를 "민중시이면서도 여성에 대한 인식이 상당히 새로운 모습으로 나타"[28]난 작품으로 고평하며 민중문학과 여성문학이 공생할 수 있는 가능성을 언급한다. 지식인이 아닌 노동자 출신의 박노해가 자신이 겪은 억압을 여성의 억압과 연결해 당사자인 여성들도 쉽게 공감할 만한 진실한 태도로 여성 억압을 그려냈다는 것이다. 이 같은 언급에 대해 다른 좌담 참석자들이 별다른 논평을 보태지는 않는다. 정진경의 의견에 대체로 동의하기 때문이라고 볼 수도 있지만 좌담 참석자 중 유일한 시인이었던 고정희의 생각은 조금 달랐던 듯하다.

이 좌담에서 박노해의 시에 대해 특별히 첨언하지는 않았던 고정희는 1990년 출간된 그녀의 아홉번째 시집 『여성해방출사표』

28 같은 좌담, p. 26.

(1990, 동광출판사)에서 이 시를 직접적으로 언급한다. "최근에 박노해라는 노동시인이/이불을 꿰매며, 라는 여자해방시를 썼다고 하나/찬찬히 뜯어보건대/나도 내 아내를 압제자처럼 지배하고 있었다……이런 고백에 지나지 않아요"(「사임당이 허난설헌에게: 이야기 여성사 3」)라고 말하는 것이다. 주지하듯 「이불을 꿰매면서」는 한 남성 노동자의 각성을 담고 있는바, 아내에게 공장 노동은 물론 가사 노동까지를 전부 부담시킨 자신의 행위가 "거만하고 전제적인 기업주의 짓거리"와 다를 바 없는 것임을 깨닫는 장면이 그려진다. 남성으로서 아내인 여성의 노동력을 착취한 것은 기업주가 노동자의 노동력을 착취하는 것과 결국 같은 구조의 억압적 행위임을 깨닫는 것이다. 이 남성 노동자는 자신이 "가정의 독재자"였음에도 불구하고 밖에서는 노조 일을 하고 있다는 점에서 얼마간 자기도취에 빠져 있었던 것은 아닌지 자문하기도 한다. "아내를 야금야금 갉아먹으면서/나는 성실한 모범근로자였었다"라는 고백 속에는 자신의 위선과 내적 모순을 직시하는 남성 노동자의 냉철한 각성이 담긴다.

억압받는 노동자로서 자신이 다른 맥락에서는 착취하는 남성이 될 수 있다는 사실을 깨닫는 노동자 시인의 이 같은 자기 고백에 대해 고정희는 어떤 불편함으로 느낀 것일까. 「사임당이 허난설헌에게: 이야기 여성사 3」에서 박노해의 시를 언급하기 전 고정희는 "여자의 이 아픔/여자의 이 억압/여자의 이 억울함/하늘을 찌르고 땅에 솟구친들/속 시원히 노래한 시인이 조선에 있는지요"라고 묻는다. 주로 자신의 시에서 '어머니'를 피착취자의 대명사처럼 호출하며 여성들이 겪었던 수난을 직설적으로 발화하는[29] 고정희의 시는

「이불을 꿰매면서」에 드러난 남성 노동자의 진지한 각성이 여전히 여성을 대상화하고 있다는 점에서 불만을 느꼈던 듯하다. "여자의" 아픔과 억압과 억울함을 다름 아닌 "여자의" 목소리로 발화한 시는 이제껏 거의 없었다는 사실을 그녀는 강조하는 것이다. 대중운동으로서의 민중운동이라는 명목하에 당대의 민중운동이 남성 중심적 관점에서 여성운동을 보류시킨 것에 저항함은 물론, 나아가 고정희는 '인간해방운동'이라는 사회운동의 보편성 속에서 여성운동의 특수성이 희석될 가능성에 대해서도 철저히 비판적이고자 했다. 이 좌담에서 박완서는 "훌륭한 문학이라면 자연스럽게 페미니즘 문학이고 민중문학에 포함되는 것이 아닐까?"[30]라고 주장하지만, 고정희는 "페미니즘에 적극적으로 생각하지 않을 때 그냥 훌륭한 문학 작품에서 그쳐 버리는 경우가 없지는 않"[31]다며 박완서의 태도가 소극적임을 비판한다. 「엄마의 말뚝」(1979)이 훌륭한 문학 작품임에도 불구하고 페미니즘의 시각에서 "어머니 자신"이 좀더 강조될 필요가 있었다고도 지적한다.

고정희가 당대의 여성운동에 요청했던 것은 이른바 여성들 자신의 목소리가 발화되어야 한다는 것, 결국 페미니즘 문학이 그러한 목소리를 담아낼 공론장으로서의 역할을 해야 한다는 것으로 요약

29 고정희가 여성 수난사를 주로 서술한 것에 대해서는 다음과 같은 그녀의 언급을 참조할 수 있다. "우리 작가들의 경우 페미니즘 문학이란 기존의 여성운동적인 구호를 앞에 크게 내세우거나 여자를 무조건 좋게 남자를 무조건 나쁘게 등장시키는 것으로 오해하는 것 같았어요. 그래서 우선 최대의 공약수가 여성의 수난을 형상화하는 데 합의하는 것이었지요"(같은 좌담, p. 16).

30 같은 좌담, p. 22.

31 같은 곳.

될 수 있다. 고정희가 강석경, 박완서 등과 기획·편집한 『여성 해방의 문학: 또하나의문화 제3호』는 이러한 의도에서 여성들의 목소리만을 모으려고 시도한 한국 문단 최초의 페미니즘 문학 앤솔러지라 할 수 있다. 권두 좌담에서 고정희는 한국 문단에서 여성해방적 의식이 뚜렷한 작품들을 발견하는 일이 시기상조이며 따라서 이 앤솔러지에 수록된 작품들이 페미니즘적 시각을 잘 표현하고 있는지에 대해서는 의구심이 든다고 고백한다. 그럼에도 불구하고 불완전하게나마 여성문학을 정리해보는 일은 필요했다고 말한다. 박완서의 「엄마의 말뚝」에 대한 평가에서도 드러나듯 고정희에게 여성해방문학이란 미학적 차원에서의 '훌륭한 작품'이기 이전에 여성 자신의 목소리를 온전히 담아낸 문학이라 할 수 있다. "부당한 일에 대해 화를 내는 것"으로부터 "운동은 시작"[32]된다고 말하는 그녀에게, 페미니즘 문학의 가장 중요한 임무는 수난당한 여성들의 "화"가 발화될 공간을 제공하는 것이 된다. 고정희에게 문학은 철저히 '운동'으로서 기능하는 것이다.

한국의 페미니즘 문학에 대해 발언하는 자리에서 고정희는 반복적으로 여성 평론가가 부재한 상황을 문제 삼는데, 이는 그녀가 여성해방적 의식이 담긴 작품을 대망함은 물론 그러한 작품들의 의의를 적극적으로 공론화할 평론가를 필요로 했음을 보여준다. 위의 좌담에서도 고정희는 한국 문단에 "여성 평론가가 절대 부족"[33] 하다는 사실을 지적하면서 "여성문학이 되려면 평론가와 작가와

32 같은 좌담, p. 27.
33 같은 좌담, p. 20.

독자 사이의 삼중주가 이루어져야 할 텐데 아직은 여성문학을 지원해주는 평론가가 별로 없"[34]다며 아쉬워한다.[35] 『열린 사회 자율적 여성: 또하나의문화 제2호』에 실린 고정희의 역작 「한국 여성문학의 흐름: 시(詩)와 소설을 중심으로」에서는 이 같은 여성 평론가의 부재 현상이 차후 여성문학이 해결해야 할 당면 과제로 제출된다. 한국 문학사 최초의 시가인 「공후인」에서부터 1980년대 당대에 이르기까지 여성문학의 흐름을 정리하는 이 글은 결말 부분에 1980년대 여성문학의 당면 과제를 "비평적 과제" "창작적 과제" "공동체적 윤리 형성의 과제"[36]로 제안하는데, 이때 창작적 과제보다도 비평적 과제가, 즉 여성들의 비평계로의 진출이 더 시급한 것으로 제안된다는 점은 주목할 필요가 있다.

> 여성문화란 현재 우리가 직면해 있는 지배문화 혹은 가부장제 부성문화의 모순을 극복하려는 '대안문화'를 의미한다. 즉 여성문화운동은 지금까지 주종의 관계로 일반화된 남녀를 동시에 구원하려는 해방적 차원을 지니고 동시에 새로운 사회의 비전을 제시하는 모성적 생명문화의 차원이어야 한다고 본다.

34 같은 좌담, p. 29.

35 "여성적 자질에 대한 협애화된 시각, 민중·민족문학의 전범을 남성화하거나 혹은 성적 자질이 배제된 것으로 보는 시각"을 지닌 남성 평론가들에 의해, 1980년대 고정희의 시가 충분히 평가되지 못했다는 지적은 이러한 맥락에서 음미될 필요가 있다. 김양선, 「486세대 여성의 고정희 문학 체험: 80년대 문학담론과의 길항관계를 중심으로」, 『비교한국학*Comparative Korean Studies*』 19(3), 국제비교한국학회, 2011, pp. 43~45.

36 고정희, 「한국 여성문학의 흐름: 詩와 소설을 중심으로」, 『열린 사회 자율적 여성: 또하나의문화 제2호』, 도서출판 또하나의문화, 1986, pp. 122~23.

[……]

결론적으로 여성주의 문학은 '여성들이 하는 문학이다'는 성별분업에 있는 것이 아니라 지배문화를 극복하고 참된 인간해방 공동체를 추구하는 대안문화로서 '모성문학' 혹은 '양성문화'의 세계관을 보여주는 문학이어야 한다. 따라서 **이때의 여성문학은 굳이 여성만이어야 할 필요는 없지만 이 문제를 자기 경험 속에서 아프고 혹독하게 인식하는 사람들에 의해서 형성될 것은 자명한 사실이다.**[37]

인용문에 따르면 고정희에게 여성문화란 "주종관계로 일반화된" 남녀 간 젠더 불평등을 극복하여 "참된 인간해방 공동체"를 추구하려는 "대안문화"이다. 궁극적 목적이 인간해방에 있다는 점에서 대안문화로서의 여성문화가 굳이 여성들만의 문화일 이유는 없다. 그러나 「한국 여성문학의 흐름」은 한국 문학사에서 인간해방으로서의 여성해방 의식이 작품을 통해 어떻게 발화되어왔는지를 포괄적으로 살피는 글이라기보다는, 생물학적으로 여성인 작가들의 창작 활동을 일괄하는 글이라 할 수 있다. 이 글의 마지막에 "여성문학은 굳이 여성만이어야 할 필요는 없지만 이 문제를 자기 경험 속에서 아프고 혹독하게 인식하는 사람들에 의해서 형성될 것"이라고 언급함으로써 사실 고정희는 여성문학은 결국 "여성들이 하는 문학"이라고 주장하는 셈이 된다. 여성 작가의 작품으로부터 여성해방 의식을 읽어내주는 여성 평론가에 의해 여성해방에 대한

37 같은 곳.

의식이 공론화되고 결국 여성들이 주체가 되는 문학사가 씌어질 수 있다고 말하는 것이다.

페미니즘 비평가 리타 펠스키가 『페미니즘 이후의 문학』에서 소개하는 패트리니시오 슈바이카르트의 1986년의 논문에 따르면, 여성주의 비평가는 "여성들의 글쓰기와 대면하게 되면 이데올로기적인 가면을 벗기는 부정의 해석학에서부터 여성적인 문화의 복원과 장려를 목표로 하는 긍정의 해석학으로 이동해야 한다".[38] 남성에 의한 문학을 대할 때는 텍스트의 의도와 끈질기게 싸우는 여성 비평가들도 여성문학을 대할 때는 이와 달리 경계심을 풀고 자기 삶, 욕망, 경험이 반영되어 있음을 보게 된다는 것이다. 이처럼 "독서 행위는 억압받는 커뮤니티의 다른 구성원들과의 연대행위"[39]가 된다. 리타 펠스키의 비판적 논평에 따르면 이처럼 여성임femaleness이라는 공통된 사실이 독서 행위의 최우선적 요소가 된다는 관점에 대해 이의를 제기한 것은 유색인종 여성 비평가이다. 이들은 흑인 여성 독자는 백인 여성이 쓴 텍스트에 '저항하는 독자'가 될 수 있다고, 즉 독서 행위에 있어 인종적인 유대감이 여성이라는 유대감보다 막강할 수 있다고 주장한다. 리타 펠스키는 이처럼 독서 행위에 있어서 독자의 특정한 정체성을 절대적인 요소로 상정하는 태도는, 그 정체성의 목록이 젠더, 인종, 계급, 나이, 국적, 종교, 성, 한able 몸 등 한없이 나열될 수 있으므로, 저자와 독자 사이 정체성의 동일시가 독서 행위의 모든 것을 설명해주지는 못한다고 말

38 리타 펠스키, 같은 책, p. 68.

39 같은 곳.

한다.

고정희가 여성문화를 '인간해방'을 목표로 하는 일종의 대안문화로 설정하였으며, '또하나의문화' 동인들 역시 여성운동을 사회운동의 일종으로 파악한 점을 생각하면, 여성운동과 민중운동의 접점을 고민하는 이들에게 여성적 정체성이 계급 등의 다른 정체성에 비해 언제나 절대적이었다고 보기는 어렵다. 고정희의 시가 신랄하게 비판하는 것도 가부장적인 남성 중심의 문화뿐 아니라, 군사정권과 식민주의로 점철된 한국 현대사의 다양한 모순에 관한 것이다. 그럼에도 불구하고 고정희가 여성해방문학을 인간해방의 차원으로 보편화하기보다는 어느 정도 '여성들의 문학'으로 한정하였으며, 결국 그것을 여성해방'운동'의 차원으로 이해하고 있다는 점은 그녀의 시를 평가할 때 주요한 준거점이 되어야 함은 물론이다.

리타 펠스키를 다시 한번 인용하자면, 그녀는 일레인 쇼월터 Elaine Showalter의 말을 빌려 여성의 글쓰기에서 모든 것은 젠더로 설명할 수 있다는 '과잉여성화'의 믿음은 피해야 하지만, 더불어 여성의 텍스트에서 젠더의 신호를 완전히 무시하는 '과소여성화' 역시 피해야 한다고 주장한다.[40] 앞에 살펴본 『또하나의문화』의 좌담에서 박완서가 "나는 한 번도 내가 페미니즘 문학을 해야지 하고 의식해본 적이 없"[41]다면서 좋은 문학이 자연스럽게 페미니즘 문학이 될 것이라고 말하는 것은 '과잉여성화'로 인해 자신의 작품이 여

40 같은 책, p. 148.

41 조형 외, 같은 좌담, p. 22.

성주의 독법으로만 한정되는 것을 우려한 발언이라고 할 수 있다. 여성 작가는 여성의 경험에 관해서만 쓸 수 있다는 '과잉여성화'의 한정된 독법은 작가들의 다양한 미학적 욕망을 축소하므로 분명 문제적이지만, 여성적 정체성과 관련된 고유한 문제 제기를 괄호 치는 것 역시 어떤 경우 작품의 특정한 의도를 무화하는 결과를 낳게 된다.

1980년대 고정희의 문학 행위들을 검토할 때 이러한 지점들은 특히 세심하게 논의되어야 한다. 1980년대가 노동운동이 여타의 사회운동의 헤게모니를 장악하고 있던 시점이며, 여성해방 의식을 담아낸 작품은 물론 그러한 작품의 의미를 온전히 읽어낼 여성 평론가마저 부재한 시기였다는 점을 고려하면, 고정희가 강조한 '여성에 의한' '운동으로서'의 문학은 좀더 강조되어야 하는 것이 아닐까. 요컨대 1980년대의 여성문학의 성취를 점검하기 위해서는 '과잉여성화'의 관점보다는 '과소여성화'의 관점이 더 철저히 경계될 필요가 있다.

4 고정희의 시를 읽기 위한 몇 가지 제언

고정희는 첫 시집 『누가 홀로 술틀을 밟고 있는가』(평민사, 1979)로부터 1992년 유고시집 『모든 사라지는 것들은 뒤에 여백을 남긴다』(창작과비평사, 1992)에 이르기까지 10여 년의 기간 동안 무려 11권의 시집을 출간했다. 그녀가 시를 통해 여성 문제를 집중적으로 표출하기 시작한 것은 1987년 출간된 여섯번째 시집 『지리산의 봄』(문학과지성사)에 〈여성사 연구〉라는 연작시를 쓰면서부터라고 할 수 있다. 이후 『저 무덤 위에 푸른 잔디』(창작과비평사, 1989), 『광주의 눈물비』(동아, 1990), 『여성해방출사표』(동광시선, 1990)를 연달아 출간하며 왕성한 작품 활동을 하게 되는데 이 시기 여성 문제에 대한 발언도 더욱 활발해지고 집요해진다. 이 시기는 '또하나의문화' 동인으로 참여하며 여러 여성학자와 교류하던 시기이기도 하다.

물론 고정희의 시가 여성 문제에만 관심을 둔 것은 아니다. 해방 이후 자유당 정권의 부패에서부터 4·19, 5·16, 한일협정 반대 투쟁, 부마사태, 광주항쟁에 이르기까지 한국 근대사의 모순을 드러낸 다양한 역사적 사건을 언급하며, 이를 가부장제, 군사정권, 식민주의의 모순으로 설명하기도 한다. 박종철, 임수경, 권인숙 등 당대 운동권 투쟁의 주요한 인물들을 실명으로 언급하기도 하며, 때로는 직설적으로 때로는 풍자적으로 당대 현실에 정확하게 개입한다. '노동해방문학'이 주류를 이루었던 1980년대 중·후반의 문단에서 고정희는 정확히 말해 '정치시' 혹은 '정치비판시'를 쓰고 있었다고 해야 할 것이다. 페미니스트 시인이기 이전에 그녀는 억압적 정치 현실을 맹렬히 지적한 비판적 지식인이었다. 그러나 김양선이 지적했듯, 고정희의 시는 민중적 관점을 견지했지만 동시에 여성의 시각에서 사회와 역사의 문제를 비판했기 때문에 1980년대 문학비평의 장에서 충분히 공적으로 말해지지 못했다. 고정희는 민중운동의 몰여성주의나 여성해방운동의 몰역사·탈정치성을 동시에 극복하고자 애썼지만, "'민족' 중심, '노동계급' 중심의 당시 지배적인 평단에서 해석의 그물망에 들어오지 않았던 것"[42]이다. 그녀 시의 여성주의적 관점에 대해 당대의 남성 평자들은 아예 못 본 체했고, 그녀 시가 시종일관 견지한 지배 권력에 대한 비판적 관점은 그녀가 이른바 '남성 민중'이 아니라는 이유로 역시 적극적으로 발견되지는 못했다.

그러나 앞 장에서도 지적했듯 우리는 고정희의 시를 무엇보다도 '여성운동'을 위한 공론장으로서의 역할을 시도한 것으로 읽어낼 필요가 있다. 고정희가 시를 '운동'으로 생각했으며 그 결과 작품을 일종의 공론장의 역할을 하는 것으로 생각했다는 점은 고정희 시의 여러 형태적 특징들을 통해서도 확인된다. 우선 고정희의 시가 전반적으로 직설적이고 풍자적인 언어를 사용하면서 반복과 나열을 통해 당대의 여러 모순적 현실을 쉽고도 정확한 언어로 두루

42　김양선(2011), 같은 글, p. 44.

비판하고 있다는 점을 들 수 있다. 나아가 고정희 시의 독특한 형태로서 '마당굿시'와 '행사시'를 거론할 수 있다. 마당굿시는 1983년 출간된 세번째 시집 『초혼제』(창작과비평사, 1983)의 「사람 돌아오는 난장판」 「환인제」에서부터 시도되었다. 이 시집의 후기에서 그녀는 우리의 전통적 가락을 현대적으로 접목시키고 싶었다는 의도를 밝히고 있다. 이후 1989년에 출간된 『저 무덤 위에 푸른 잔디』(창작과비평사, 1989)는 고정희가 후기에서 밝힌바, 극작가인 엄인희와 무당 겸 현장운동가인 김경란의 제안에 의해 마당극의 각본으로 씌어진 장시집이다. 이 시집은 역사적 수난자이자 초월적 주체인 '어머니'를 형상화하는데, 고정희는 이 시집의 출간 과정에서 경험하게 된 여자들만의 작업을 매우 뿌듯하게 여기고 있음을 후기에서 드러낸다. 유고시집에 실린 연작시 〈밥과 자본주의〉 중 「몸바쳐 밥을 사는 사람 내력 한마당」 역시 마당굿시의 형태를 띤다. 역시나 마당굿 공연을 염두에 둔 대본 형식으로 씌어진 이 시는 이소희의 분석에 따르면 주제적인 면에서나 형식적인 면에서나 여성미학의 한 정점에 해당하는 작품이 된다. 남성 지배계급의 허위의식을 비판하고 있는 이 시는 '마당굿시'라는 패러디 양식을 통해 형식적인 측면에서도 기존의 권위를 해체하는 실험적 전략을 펼치고 있다는 것이다.[43]

고정희는 1980년대 마당굿시 장르를 개척하고 발전시킨 시인으

43 이소희, 「〈밥과 자본주의〉에 나타난 "여성민중주의적 현실주의"와 문체혁명: 「몸바쳐 밥을 사는 사람 내력 한마당」을 중심으로」, 『비교한국학*Comparative Korean Studies*』 19(3), 국제비교한국학회, 2011, pp. 136~37.

로 평가받는바,[44] 마당굿시는 그것이 패러디를 통해 기존의 문학적 관습을 해체하는 실험적 전략이라고 해석되기 이전에, 1980년대 운동권의 문화로서 마당극 혹은 마당굿의 형태가 일반화되었던 사실과 관련하여 일종의 '문화의 정치학'을 실천한 전략으로서 이해되어야 한다. 1980년대 노동자, 여성, 농민, 도시 빈민 등 사회운동 세력들은 저마다 마당극을 공연하는 일이 잦았으며 마당극은 대규모 시위에 앞선 전주곡이나 앞놀이 구실을 하기도 했다. 많은 연구자가 지적했듯 1980년대의 마당극/굿은 관객을 수동적 관람자에서 변혁적 사건의 참여자로 전환하는 힘을 지니고 있었다. 이남희는 1980년대 운동권의 문화로서 마당극/굿이 갖는 의미를 분석하며, 당대의 마당극/굿을 "사회적 메타비평"(클리포드 기어츠)으로, 즉 "대항 공론장"의 역할을 한 것으로서 설명한다. "공장노동자, 농민, 여성, 도시 빈민, 지식인들은 자신들의 일상적 삶의 열망과 관심사를 표현하고자 문화 생산자로, 혹은 소비자로 마당극에 참여했다"[45]는 것이다. 이러한 의례를 통해 관객은 분산된 개인에서 새로운 정치·문화 공동체의 비전을 공유할 수 있는 집단 구성원으로 탈바꿈[46]하게 된다고 한다. 그렇다면 고정희의 마당굿시는 단순히 기존 장르 관습을 비튼 형식적 실험으로서만 이해될 수는 없다. 역사의 수난자이자 피해자로서 여성들 자신의 생생한 목소리를 담아내고 공론화할 공간을 필요로 한 고정희가 마당굿시라는 민중 지향적이자 운동 지향적 장르로 눈을 돌린 것은 적절한 전략적 선택

44 같은 글, p. 123.
45 이남희, 같은 책, p. 336.
46 같은 책, p. 37.

이라 할 수 있다.[47]

고정희의 시에서 '마당굿시'보다 훨씬 더 적극적으로 운동 지향적 성격을 띠는 것은 '행사시'와 '목적시'이다. 『여성 해방의 문학: 또하나의문화 제3호』에 권두시로 실린 「우리 봇물을 트자」에서부터 『광주의 눈물비』(동아, 1990)에 실린 「민중사랑, 민족사랑, 겨레사랑 선생님: 문동환 선생님 고희에 바침」 「무등에 팔벌린 민주의 어머니여: 조아라 선생님 희수에 부쳐」는 물론 『여성해방출사표』의 「자매여 우리가 길이고 빛이다: 여성신문 창간 1주년에 부쳐」 「수넴 여자 아비삭의 노래: 한신학보 100호에 부쳐」 「여자바람, 새바람 부는구나: 부산여대학보 창간 23주년에 부쳐」에 이르기까지, 이 시들은 특정한 목적을 위해 씌어진 시들이라 할 수 있다. 『여성해방출사표』의 서문에서 고정희는 이러한 '행사시'와 '목적시'가 시로서 미진한 지점이 있음을 고백하면서 "아직 완성되지 않았지만 갈망하는 '해방시'의 성숙도를 숙제로 남겨"둔다고 말한다. 한국 시사에서 '행사시'나 '목적시'는 흔히 지배 권력에 조력하는 형태로 씌어지며 따라서 주제적인 측면에서나 미학적인 측면에서나 평가가 유보되기도 한다. 그러나 고정희가 '해방시'라고 이름 붙인

47 이소희는 「몸바쳐 밥을 사는 사람 내력 한마당」이 민중성과 저항성을 확보하려고 했던 1980년대 민중문학의 논의와 성과를 반영하고 있다고 지적하며, 이 시에 나타난 '집단적 신명'의 효과를 중요하게 분석하고 있다. '집단적 신명'이란 '민중 스스로 자신들의 삶을 창조하고 해방하고 통일하는 생명력의 고양된 활동'으로 정의되는데, 이는 이남희가 설명한 마당극의 '일출(溢出, spilover) 효과'와도 일맥상통한다. 공연 도중에 경험한 일상적 질서의 해체와 사회적 관계의 전도는 단순히 개인적 몽상에만 그치지 않고 현실의 집단적 재구성을 유도하는 것으로서 기능할 수 있다는 것이다. 같은 책, pp. 335~36.

이러한 '행사시'와 '목적시'들은 지배 권력에 조력하기보다는 민중 세력을 선동하려는 목적을 지닌 것들이다. 5공 비리 청문회 이후 참을 수 없는 노여움을 표출할 수밖에 없었다고 하는 〈우리의 봄, 서울의 봄〉(『광주의 눈물비』) 연작 같은 경우도 이른바 이러한 '해방시'의 목록에 추가될 수 있을 것이다. 이 연작에 대해 그녀는 "서툴면 서툰 대로 모났으면 모난 대로" 끓어오르는 분노를 토악질처럼 뱉어놓을 수밖에 없었다고 말한다. 미학적 차원에서 시의 좋고 나쁨은 이미 고려의 대상이 아니며 "선택의 차원을 넘어선 '정면 대결'이 있을 뿐"(「시집 머리 몇 마디」)이라고 고백한다. 요컨대 고정희에게 '해방시'란, 다양한 형태의 지배 권력으로부터 겪은 여성 민중으로서의 억압적 상황과 그로 인한 분노를 표출하고, 이러한 분노를 익명의 여성들과 함께 공유하기 위한 것이라 할 수 있다.

여성해방이라는 뚜렷한 목적의식을 공유하려는 의도로 씌어졌다는 점을 고려하면 고정희의 시가 마련한 다양한 시적 전략들은 좀더 적극적으로 검토될 필요가 있다. 수난자의 형상으로 '어머니'를 호출하는 것의 의미와 한계, 『여성해방출사표』에서 두드러지는 바 시를 통해 여성 인물들 간 대화의 공간을 만들어낸 것의 의미, '어머니'로 대변되는 보편적 여성상은 물론이거니와 시 속에 다양한 실존 인물들을 제시하는 것의 의미, 다양한 반복과 연쇄의 표현법 등을 점검해야 할 것이다. 이 글은 이러한 시적 장치들을 상세히 분석하기 이전에 고정희의 시가 놓여 있는 맥락을 점검하면서 그녀 시에 대한 적절한 접근법을 제출해보는 것을 목표로 삼았다. '여성해방문학'으로서 고정희 시의 다양한 전략들을 분석하는 일은 이 책의 3부에서 이루어진다.

이제까지 이 글은 여성운동이 비로소 개화하던 1980년대라는 시기에 사회운동으로서의 여성운동이 당대의 대중운동으로서의 민중운동 혹은 노동운동과 교착되는 지점을 살펴보았으며, 이러한 맥락에서 고정희를 중심으로 여성해방문학이 실천한 것이 무엇이며 나아가 당대의 여성해방문학을 재평가하는 논점을 어떻게 설정해야 할지 고민하였다. 1980년대에는 남성 중심의 민중운동에 밀려 그 필요성조차 제대로 인식되지 못했으며, 1990년대 이후에는 하나의 대안문화로 자리 잡음으로써 특수한 집단의 정체성 투쟁으로만 인식되기도 한 여성운동은, 사실 '인간해방운동'으로서의 보편성을 제대로 인정받은 적이 없다고 해야 할지 모른다. 특히 여성문학은 1980년대에까지도 이른바 '여류문학'으로서 차별받다가 1990년 이후 포스트모더니즘의 해체적 담론이 적극 유입되면서 동일성을 해체하는 하나의 전략적 기표로 '여성성'이 폭넓게 적용된다. 해체적 담론 속에서 '여성성'이라는 타자성의 기표가 긍정적 의미를 부여받았다 해도 이러한 사정이 실제 여성해방과 여성의 인권 신장에 크게 기여했다고 보기도 어렵다. 고정희의 시는 서구 중산층의 페미니즘의 잣대로 평가할 수 없는 다양한 영향 관계와 맥락을 지니고 있다고 평가되는데[48] 그러한 점에서 이 글은 고정희 시를 둘러싼 여러 맥락을 검토하고 나아가 고정희의 시를 '운동으로서의 문학'으로 적극적으로 읽을 필요가 있다는 사실을 확인하고자 하였다.

48 김승구, 「고정희 초기시의 민중신학적 인식」, 『한국문학이론과 비평』 11(4), 한국문학이론과비평학회, 2007, p. 271.

그녀는 주로 역사적 인물들을 호출하여 여성들의 수난사가 비단 당대의 일만이 아님을 고발한다. 『여성해방출사표』의 〈이야기 여성사〉 연작은 황진이, 이옥봉, 사임당, 허난설헌 등 역사적 인물들을 호출하기도 하지만, 『지리산의 봄』(문학과지성사, 1987)의 〈여성사 연구〉 연작에서는 국가의 위기 속에서 자신을 희생한 평범한 여성들을 호출하거나 「우리 동네 구자명 씨: 여성사 연구 5」에서 보듯 가부장제와 자본주의에 의해 이중고를 겪는 일상의 여성들을 호출한다. 고정희는 "여성의 수난을 형상화"[49]하는 것이 페미니즘 문학의 최대공약수일 것이라고 말한 적이 있다. 작품을 통한 정확한 논증이 필요한 부분이기는 하지만 고정희가 흔히 '어머니'를 호출하며 여성의 수난을 보편화하고 다양한 계층의 역사적 인물들을 호출하는 것을 볼 때, 고정희의 '여성민중시'는 여성과 민중의 교집합을 염두에 두는 것이 아니라 여성을 그 자체로 민중으로 상정하는 것이라 할 수 있을 듯하다. 즉 흔히 민중의 범위 안에 놓이는 노동자, 농민, 도시 빈민 들과 여성의 교집합을 '여성 민중'으로 상정한 것이 아니라, 현재의 피착취 계급이자 미래의 역사적 주체로서의 민중에 여성 전체가 포함되는 것으로 설정했다고 할 수 있다. 여성은 계급 여하를 막론하고 모두 피억압 계층으로서의 '민중'이 되는 것이다. 이 글의 초반에 살폈듯 1970년대 후반에서부터 1980년대에 이르는 여성운동의 담론 속에서는 '중산층 여성'과 '근로 여성'을 구분하며 여성 문제와 계급 문제를 동시에 고려해야 한다는 사실이 지적되곤 했지만, 고정희는 의식적으로 여성을 민중 그 자체

49 조형 외, 같은 좌담, p. 16.

로 상정했다고 할 수 있다. 1970~80년대로 이어지는 운동권의 문화 속에서 여성 문제가 흔히는 삭제되거나 여성 노동자, 즉 '여공'들의 문제로서만 불거졌음을 상기하면, 고정희의 '민중=여성'의 형상은 1990년대에 이르러 본격적으로 논의되기 시작한 이등 시민으로서의 여성이라는 젠더 불평등의 문제를 선취한 것으로 판단된다.

이러한 맥락을 고려하여 한 가지 사실만 첨언하며 글을 마치고자 한다. 고정희가 여성들 자신의 목소리가 적극 발화되는 것으로서의 여성해방문학을 요청했다는 점은, 최근 활발한 1980년대의 '노동자 글쓰기'에 대한 연구의 성과들[50]을 참조하며 의미 있는 해석을 얻을 수 있다. 특히 "글을 통해 공적 발언의 주체가 된 노동자는 자기를 기록하는 언설적 사건을 주도하면서, 같은 시대에 제출되어 퍼지기 시작하던 노동자 해석 체계에 이질성과 차이를 기입하는 역할을 했다"[51]고 판단하는 김예림의 언급을 참조해보자. 미학적 긴장이 다소 떨어진다고도 평가된 고정희의 작품들은 수난당한 여성들 자신의 목소리를 생생하게 구현함으로써 기존의 문학사가 여성을 재현해온 고정된 방식을 적극적으로 해체하고 있다

50 이에 대해서는 천정환, 「서발턴은 쓸 수 있는가: 1970~80년대 민중의 자기재현과 "민중문학"의 재평가를 위한 일고」, 『민족문학사연구』 47, 민족문학사연구소, 2011; 박수빈, 「1980년대 노동문학(연구)의 정치성: 연구자의 무의식과 노동자의 글쓰기를 중심으로」, 『상허학보』 37, 상허학회, 2013; 김예림, 「어떤 영혼들: 산업노동자의 "심리" 혹은 그 너머」, 『상허학보』 40, 상허학회, 2014; 한영인, 「글 쓰는 노동자들의 시대: 1980년대 노동자 '생활글' 다시 읽기」, 『대동문화연구』 86, 성균관대학교출판부, 2014; 천정환, 「그 많던 '외치는 돌멩이'들은 어디로 갔을까: 1980~90년대 노동자문학회와 노동자 문학」, 『역사비평』 2014년 봄호.

51 김예림, 같은 글, p. 344.

고 볼 수 있는 것이다. 이 책의 이어지는 글에서는 고정희의 작품을 '민중=여성'의 발화로, 나아가 '운동으로서의 문학'으로 상세히 분석해보고자 한다.

'여성해방문학'으로서 고정희 시의 전략

I　'고정희'라는 텍스트

일찍이 시인 김승희가 "한국 여성시는 고정희 이전과 이후로 확연히 갈라지는 새로운 경계를 그었다"[1]라고 말한 바 있듯 고정희는 한국 시사에 '여성주의적' 비전을 본격적으로 구체화한 선구적 존재로 읽혀왔다. '여성' '민중'의 목소리를 적극적으로 발화한 그녀의 시는 1970~80년대의 젠더화된 민중문학의 담론에 균열을 일으키는 역할을 수행하기도 했으며, '또하나의문화'의 동인이자 『여성신문』의 초대 편집장으로 활약한 고정희는 1980년대 여성주의운동을 능동적으로 이끌어간 페미니스트이기도 했다. 1991년 지리산 뱀사골에서 급류에 휩쓸려 갑작스러운 죽음을 맞으며 고정희의 작업 자체는 중단되었지만, 사후에도 '고정희상' '고정희 자매상' '고정희 청소년 문학상' 등의 행사를 비롯하여 다양한 문화운동이 이어지면서 고정희는 여성주의 문화운동의 산실이자 일종의 상징으로서 그 영향력을 꾸준히 발휘하고 있다.[2]

1　김승희 발문, 「근대성의 판도라 상자를 열었던 시인 고정희」, 『고정희 시전집 2』, 도서출판 또하나의문화, 2011, p. 572.

2　이에 대한 상세한 소개 및 분석은 이소희, 「"고정희"를 둘러싼 페미니즘 문화정치학」, 『여성주의 문학의 선구자 고정희의 삶과 문학』, 국학자료원, 2018을 참조할 수 있다.

잘 알려져 있듯 고정희는 1991년 6월 8일 『또하나의문화』 월례논단에서 현재의 자신을 만들어낸 세 개의 정신적 뿌리로 광주와 수유리, 그리고 '또하나의문화' 동인을 꼽은 바 있다. "광주에서 시대의식을 얻었고 수유리 한국신학대학 시절의 만남을 통하여 민중과 민족을 얻었고 그 후 〈또하나의문화〉를 만나 민중에 대한 구체성, 페미니스트적 구체성을 얻게 되었다"[3]고 말하는 고정희는 이러한 만남들이 '상호 보완'의 관계에 있음을 밝힌 바 있다. 조형, 조옥라, 조한혜정 등 여성학을 연구하는 사회학자들이 주축이 된 '또하나의문화'에 유일한 시인으로 참가했던 그녀는 사실 이 동인 활동을 통해 가장 크게 변모했다고 해도 과언은 아니다. 조옥라는 '또문' 동인으로서의 고정희에 대해 "독자적인 작업에 익숙했던 그이지만 내가 만난 7년 동안 그가 보인 변화는 놀라운 것"[4]이었다고 회상한 바 있다. 시인이자 편집자였던 고정희는 이 동인 활동을 통해 여성문학 연구자이자 평론가로서 활동의 범위를 넓히기도 하였으며, 하빈이라는 필명으로 「학동댁」이라는 짧은 소설을 집필하기도 하였고, 개인적인 시작(詩作)의 차원을 넘어 다른 분야의 활동가들과 협업을 진행하기도 하였다. 1986년 『열린 사회 자율적 여성: 또하나의문화 제2호』에 실린 「한국 여성 문학의 흐름: 시와 소설을 중심으로」, 그가 주도해서 만든 『여성 해방의 문학: 또하나의문화 제

3 박혜란, 「토악질하듯 어루만지듯 가슴으로 읽은 고정희」, 『여자로 말하기, 몸으로 글쓰기: 또하나의문화 제9호』, 도서출판 또하나의문화, 1992.

4 조옥라, 「고행의 수도승, 우리 모두의 친구 고정희」, 『너의 침묵에 메마른 나의 입술: 여성해방문학가 고정희의 삶과 글』(이하 『너의 침묵』), 조형 외 엮음, 도서출판 또하나의문화, 1993, p. 254.

3호』와 그 호에 발표한 소설, 그리고 1990년 2월 『문학사상』에 발표한 「여성주의 문학 어디까지 왔는가?: 소재주의를 넘어 새로운 인간성의 실현으로」 등의 글은 시인이자 편집자였던 고정희가 활동 반경을 넓혀 적극적인 페미니스트로 변모해간 상황들을 증명하고 있다.

중요한 것은 이러한 작업들이 고정희 개인의 필요에 의해서뿐만 아니라 여성해방운동에 투신하려는 한 명의 문인으로서의 사명감과 더불어 행해진 노력들이라는 점이다. 조한혜정은 "여성해방문학이라고 이름할 작품이 거의 없는 상태였지만 세번째 책을 『여성해방의 문학』으로 낼 생각을 감히 한 것은"[5] 오로지 고정희에 대한 믿음 때문이었다고 말한 바 있으며, 조옥라는 "소위 '여성 의식'이 있는 시인들이 적극적으로 우리 활동과 연계를 갖기를 바라던 시기에 [……] 많은 문인들을 알게 되"었던 것이 고정희 덕분이라 말했다.[6] "『또하나의문화』에도 1호부터 글을 쓰고 애정을 가지고 관여해온 것도 그 모임이 내건 이념에의 동참이었다기보다는 고정희가 거기 있음으로였다"[7]고 적은 박완서의 솔직한 고백은, "이론으로 무장한 여성학자"[8]들의 동인이었던 '또문'이 '여성해방'이라는 기치 아래 문학을 비롯한 다양한 현장의 목소리를 담아낼 수 있었던 이유 중의 하나가 바로 고정희라는 존재였음을 확인하게 한다.

5 조혜정, 「시인 고정희를 보내며……」, 『너의 침묵』, p. 231.

6 조옥라, 같은 글, p. 251.

7 박완서, 「고정희를 생각하며」, 『너의 침묵』, p. 238.

8 조혜정, 같은 글, p. 231.

스스로를 "일 중독"[9]자로 불렀던 고정희는 '또하나의문화'를 만나 짧은 시간 안에 한국 여성문학사를 섭렵하는 한편, 여성해방적 시를 본격적으로 써보라는 동인들의 요구에도 거부감 없이 응했으며,[10] "민중운동과 여성운동은 '인간화'의 차원에서 궤를 같이 하는 것"(1985)[11]이라는 이전 시기의 입장을 조정해가기에 이른다. 반복적으로 인용되는 장면이기는 하지만, 『여성 해방의 문학』의 좌담에서 고정희가 박완서의 「엄마의 말뚝」을 두고 "페미니즘에 대해서 적극적으로 생각하지 않을 때 그냥 훌륭한 문학작품에 그쳐버리는 경우가 없지는 않"다며 "페미니즘의 시각에서 보았을 때는 어머니 자신이 좀더 강조되어야 하지 않았을까"[12]라고 아쉬움을 토로한 것은 '또하나의문화'와의 만남 이후 여성주의자로서 인식이 철저해진 고정희의 변화를 뚜렷하게 확인시켜주기도 한다.

그간 고정희 시에 대해서는 적지 않은 연구들이 축적되어왔는데, 특히 '페미니즘 리부트' 이후 문학과 현실의 관계가 새롭게 조정되고 페미니즘의 관점에서 한국 문학사를 반성적으로 읽는 연구들이 활발해지면서 고정희에 대한 관심도 특별히 증폭되는 양상을 보이고 있다. 앞서 언급한 김승희의 지적처럼 한국 여성시는 고정희와 더불어 "여성적feminine 시와 여성주의적feminist 시로 경계를

9 조형, 「편지글을 통해 본 고정희의 삶과 문학」, 『너의 침묵』, p. 73.

10 조옥라는 『평등한 부모 자유로운 아이: 또하나의문화 제1호』를 위해 고정희가 써온 「우리들의 아기는 살아 있는 기도라네」가 동인들의 지적을 통해 전면 개고된 과정을 소개하고 있다. 조옥라, 같은 글, p. 246.

11 조형, 같은 글, p. 42.

12 조형 외 좌담, 「페미니즘 문학과 여성 운동」, 『여성 해방의 문학: 또하나의문화 제3호』, 도서출판 또하나의문화, 1987, p. 22.

그"[13]었다고 할 수 있기 때문이다. 최근의 연구들은 여성시, 여성성, 여성적 글쓰기, 여성시사 등의 의미를 상세히 탐색하면서[14] 고정희, 최승자, 김혜순, 김승희 등의 여성 시인이 여성주의적 입장을 작품에 본격적으로 드러내기 시작한 1980년대라는 시기에 두루 집중하거나,[15] 1980년대 여성주의운동이 개화되는 과정에서의 『여성』과 『또하나의문화』의 역할을 살피면서[16] '또하나의문화' 동인으로서 고정희의 작업들을 재구하는 형태로 연구를 진행하고 있다.

13 김승희, 같은 글, p. 572.

14 안지영, 「'여성적 글쓰기'와 재현의 문제: 고정희와 김혜순의 시를 중심으로」, 『한국현대문학연구』 54, 한국현대문학회, 2018; 조연정, 「'여성시인'이 시를 쓴다는 것: 1980년대 '여성해방문학'의 관점에서 다시 읽는 김혜순의 초기 시」, 『현대문학의 연구』 69, 한국문학연구학회, 2019(본서에 수록); 이경수, 「여성시문학사 서술 방법론 고찰」, 『여성문학연구』 48, 한국여성문학학회, 2019 등.

15 이경수, 「1980년대 여성시의 주체와 정동: 최승자·김혜순·허수경의 시를 중심으로」, 『여성문학연구』 43, 한국여성문학학회, 2018; 이은영, 「1980년대 시에 나타난 자본주의적 세계에 대한 재현과 부정성: 고정희, 허수경의 시를 중심으로」, 『한국문예비평연구』 59, 한국현대문예비평학회, 2018.

16 손유경, 「1980년대 학술운동과 문학운동의 교착(交錯/膠着): 박현채와 조한혜정을 중심으로」, 『상허학보』 45, 상허학회, 2015; 이혜령, 「빛나는 성좌들: 1980년대, 여성해방문학의 탄생」, 『상허학보』 47, 상허학회, 2016; 김은하, 「1980년대, 바리케이트 뒤편의 성(性) 전쟁과 여성해방문학 운동」, 『상허학보』 51, 상허학회, 2017; 이선옥, 「1980년대 여성운동 잡지와 문학논쟁의 의미: 『또하나의문화』, 『여성』을 중심으로」, 『여성문학연구』 43, 한국여성문학학회, 2018; 김보경, 「『또하나의 문화』의 여성시에 나타난 '차이'라는 여성 연대의 조건과 가능성」, 『한국현대문학연구』 60, 한국현대문학회, 2020; 손유경, 「페미니즘의 포스트모던 조건」, 『여성문학연구』 50, 한국여성문학학회, 2020; 안지영, 「'여성주의 리얼리즘'의 문화정치학: 『또하나의 문화』의 발간 주체와 실천을 중심으로」, 『한국현대문학연구』 63, 한국현대문학회, 2021; 김정은, 「또 하나의 집회: 여성주의 문화운동 '또 하나의 문화'가 지닌 '제3의 장소성'」, 『구보학보』 27, 구보학회, 2021.

이 중에서도 연구자들이 최근 집중적으로 관심을 두는 것은 『또하나의문화』의 문화 실천이 1980년대의 경직된 민중문학 혹은 리얼리즘에 관한 담론들을 어떻게 재배치하고 있는지, 나아가 이러한 과정에서 고정희의 역할을 어떻게 의미화할 수 있는지에 관한 것이다. 고정희의 텍스트를 본격적으로 분석하는 글은 아니지만 1990년대 "문단 밖의 페미니즘" 실천에 주목하는 손유경의 글은, 문단의 주류 담론의 한계를 돌파하는 『또하나의문화』의 포스트모던 전략을 고정희 사후에 씌어진 김은실의 조문(弔文)을 통해 읽어내고 있다.[17] '또하나의문화' 동인들이 "고정희 선생님의 친한 여자친구로 범주화"되면서 남성 문인들이 주도한 공식적인 장례 절차에서 배제된 상황을 신랄하게 증언하는 김은실의 글[18]은 남성 중심적 문단의 폭력을 고발하고 해체하는 포스트모던 전략의 '메타 조문'으로 읽힐 수 있다는 것이 손유경의 주장이다.[19]

남성 문인들에 의해 주도된 장례 절차 이후에 '또문' 동인들의 '자발적 참여'로 진행된 '여성주의적 의례'는 물론, 현재에 이르기까지도 특히 '지역'을 기반으로 지속되고 있는 다양한 고정희 추모 행사들은, 이소희가 지적했듯 "고정희를 기억되는 여성주의 시인으로 만들겠다"는 다분히 "여성정치"적이고 "문화정치"적인 "여성주의 문화운동"의 실천임은 물론인바,[20] 이러한 연구들을 경유할

17 손유경, 같은 글, pp. 405~07.

18 김은실, 「고정희 선생님이 죽었다?」, 『여자로 말하기, 몸으로 글쓰기: 또하나의문화 제9호』, 도서출판 또하나의문화, 1992, p. 108.

19 손유경, 같은 글, pp. 405~07.

20 이소희, 같은 글, p. 257.

때 1980년대 여성해방문학의 실천과 관련하여 고정희라는 인물이 갖는 상징성을 충분히 인식할 수 있게 된다. '또하나의문화'의 중요한 활동 중 하나였으나 그간 제대로 조명되지 못했던 '소모임 운영'과 '월례 논단'을 본격적으로 분석한 김정은의 최근 논문은 "다양한 여성 주체들이 자신의 이야기를 안전하게 할 수 있는 '장소'를 제공하는 것이야말로 '또하나의문화'를 기획한 여성 지식인들이 생각한 연대의 방식이자 '여성해방'에 접근하는 각도였다"[21]는 사실을 밝히고 있다. 앞선 논의들과 더불어 김정은의 이러한 분석 역시 "문학장 바깥"의 실천이라는 그들의 위치와, '위계' 혹은 '중심'을 거절하는 '또하나의문화'식 연대의 방식을 중요하게 지적한다는 점에서 의미가 크다.

이처럼 '또하나의문화'와 매개하여 '고정희'라는 텍스트에 관심을 둘 때 우리는 그녀의 구체적인 시 텍스트보다는 여성주의 실천에 대한 그녀의 입론 및 활동, 나아가 그녀가 기억되는 방식에 더 주목하게 되는 것이 사실이다. 이러한 과정에서, 문학적 실천에 관한 고정희의 입장은 여성주의 문화 실천에 관한 동인들의 입장과 유사한 것으로 종종 환원되어버리기도 하며, 고정희 시의 성과는 단편적으로밖에 논해질 수 없는 상황에 처하기도 한다. 사실 필자의 앞선 글은 이러한 한계가 드러나는 사례이기도 한데, 1980년대 여성운동과 민중운동의 접점을 살피는 글에서 필자는 고정희에게 문학이 "여성해방의식을 공론화하는 장"으로서 적극적으로 인식되었다는 점을 확인했을 뿐[22], 그녀의 시가 정작 그 공론장으로서의

21 김정은, 같은 글, p. 263.

역할을 어떤 전략으로 혹은 얼마나 효과적으로 수행했는지에 대해서는 본격적으로 분석하지 못했다. “성적 차이를 본질화하지 않으면서 성적 차이를 재현해야 하는” 여성문학의 아포리아를 사유하면서 고정희 시에 나타난 ‘여성적 글쓰기’를 “여성해방운동에 참여하는 사건에의 충실성”으로 해석하는 안지영의 연구도, “여성성을 정체성의 근거가 되는 생물학적 성차의 범주에서 설명하기를 거부하고 민주 공동체를 만들기 위해 투쟁하는 정치적 주체로서의 ‘여성-민중’이라는 주체성”[23]으로 설명하고자 한다는 점에서 고정희의 문학적 실천을 적절히 의미화하였지만 역시 시 텍스트 분석을 충실히 실행하지는 못했다.

그러한 점에서 “‘샤먼-시인’의 수행성”이라는 개념으로 1980년대 김남주와 고정희 시가 현실과 대화하는 방식들을 분석해본 양경언의 최근 논문은,[24] 르포나 노동자 수기, 작가의 논문 등 시와 소설 이외의 텍스트들을 통해 1980년대 문학의 수행성을 논하는 최근의 연구 경향들을[25] 비판적으로 극복하며, 고정희의 시 텍스트 자

22 조연정, 「1980년대 문학에서 여성운동과 민중운동의 접점」, 『우리말글』 71, 우리말글학회, 2016(본서에 수록) 참조.

23 안지영(2018), 같은 글, p. 111.

24 양경언, 「1980년대 한국 시에 나타난 ‘샤먼-시인’의 수행성 연구: 김남주, 고정희 시를 중심으로」, 서강대 박사학위 논문, 2020.

25 대표적인 연구 성과로는 배하은, 「1980년대 문학의 수행성 연구: 양식과 미학을 중심으로」, 서울대 박사학위 논문, 2017을 들 수 있다. 배하은은 이 논문에서 1980년대 르포와 노동자 수기, 그리고 소설 작품들을 일부 다루면서 “1980년대 문학은 자신의 몫과 권리를 주장할 수 없는 이들이 (문학적) 글쓰기를 수행함으로써 각자의 몫의 자유와 평등을 확보할 수 있게 하는, 그리하여 그 자체로 해방을 사유하고 실현해나간 장”이었다고 결론 내린다(p. 234).

체에 주목하려 한다는 점에서 시사하는 바가 크다. 물론 1980년대 문학의 수행성을 논할 때 중요한 것은 어떤 텍스트를 살피는가의 문제가 아니라, 새로운 방식으로 '읽고 쓰는 행위'를 통해 그간 비가시화되었던 상황과 주체 들이 어떻게 가시화되고 있는지 그 장면을 확인하는 과정일 것이다. 그런 점에서 양경언이 "고정희의 시는 시대적 고통을 나누고 연대를 실천하는 방향을 마련하는 시적 언어의 구현으로 독자로 하여금 스스로를 '우리'가 출현하는 장면을 활성화하게끔 만든다"[26]고 결론 내리는 것은 의미심장한데, 물론 이때 이 '우리'가 '여성' '민중'으로 구체화되는 장면을 살펴보는 것이 본고의 논의와 관련하여 중요한 사안이 될 것이다.

이러한 문제의식하에 이 글은 "여성해방의식을 공론화하는 장"으로서 고정희 시의 수행적 전략들을 구체적으로 점검해보고자 한다. 필자는 앞선 연구에서 고정희의 시를 여성주의적 실천으로 의미화하기 위한 몇 가지 논점을 제안하면서, 그녀의 '마당굿시'를 "사회적 메타비평"이자 "대항 공론장"으로서 읽어낼 수 있다는 점, 그녀가 써낸 '행사시'들을 살펴봄으로써 1980년대 여성주의 시의 가능성과 한계를 살필 수 있다는 점, 나아가 그녀의 시에 등장하는 '수난자의 형상'으로서 '어머니'의 존재에 특별히 주목할 필요가 있다는 점 등을 언급한 바가 있다.[27] 이 글은 이러한 기존의 제언에 대해 나름의 답을 구하는 시도가 될 것이다.

26 양경언, 같은 글, p. 188.
27 조연정(2016), 같은 글, pp. 264~66.

2 '도식적 전형성'의 수행성

고정희는 1979년부터 10년 남짓한 기간 동안 10권의 시집을 냈으며 사후에는 유고시집 『모든 사라지는 것들은 뒤에 여백을 남긴다』가 출간되었다. 평균적으로 1년에 한 권씩 시집을 출간한 셈이다. 고정희는 가깝게는 해방 이후 자유당 정권의 부패에서부터 4·19, 5·16, 한일협정 반대 투쟁, 부마사태, 광주항쟁에 이르기까지 한국 근대사의 모순을 드러낸 다양한 역사적 사건들을 시에서 언급하였으며, 이 과정에서 가부장제, 군사정권, 식민주의의 문제들을 예리하게 비판하기도 하였다.[28] 박종철, 임수경, 권인숙 등 당대 운동권 투쟁의 상징적 인물들을 실명으로 언급하면서 직설적인 태도로, 혹은 풍자적인 방식으로 당대 현실에 정확하게 개입하고자 한다. 페미니스트 시인이기 이전에 그녀는 억압적 정치 현실을 맹렬히 지적하는 비판적 지식인이자 행동하는 실천가였다 할 수 있는데 김양선이 지적했듯 고정희는 민중적 관점을 견지했음에도 불구하고 특히 여성의 시각에서 당대 현실의 모순에 접근했기 때문에 1980년대 문학비평의 장에서 충분히 공적으로 말해지지 못했다.[29]

28 조연정(2016), 같은 글, pp. 262~63. 이하 한 단락의 내용은 같은 출처에서 가져왔다.

29 김양선(2011), 같은 글, p. 44.

여성주의적 관점에 입각한 그녀의 시는 1980년대 남성 중심적 문단에서 충분히 논의되지 못했고, 그녀 시의 민중적 관점 역시 적극적으로 발견되지 못했다.

고정희의 시를 분석하기에 앞서 새삼 그녀가 다작의 시인이었다는 점을 환기할 필요가 있다. "30세 이후 거의 매년 시집을 한 권씩 낸 셈인 그를 보고 많은 사람들은 초인 같다고들 했다"[30]는 조한혜정의 증언도 있거니와, 그녀는 당대의 사회문제들을 곧장 시에 담아내면서 쉼 없이 시를 썼다. 일례로 유고시집에 실린 〈밥과 자본주의〉 연작은 그녀의 여성주의적 시각을 아시아 여성들을 대상으로 폭넓게 확장한 결과물인데, 이 작품들은 필리핀에서의 6개월 체류 경험을 거의 즉각적으로 반영한 성과이기도 하다. 1990년 출간된 여덟번째 시집 『광주의 눈물비』는 광주항쟁에 대한 뒤늦은 애도의 시라기보다는, 그녀의 표현을 따르면 "팔십년대 마지막 밤에 벌어진 역사적 해프닝, 이른바 '오공비리 청문회'"를 목격한 뒤 "한국헌정사 속에서 가장 참혹했고 처참했던 '정치적 음모'인 광주항쟁의 조작 은폐"가 어떻게 "야권의 변절"과 "'보수대연합'이라는 희극적 야합으로" 이어지는지를 분노의 감정으로 목격한 뒤 "반란을 일으키는 감정"으로 "악발에 북받쳐"[31] 써낸 시들이기도 하다.

고정희에게 이러한 시 쓰기는 오드리 로드Audre Lorde에게 시 쓰기가 그러했듯 "공개적 말하기speaking out"이자 "토해내는 말하기speaking from"였다고 할 수 있다. "당신의 침묵은 당신을 지켜주지

30 조혜정, 「시인 고정희를 보내며……」, 『너의 침묵』, p. 235.

31 「시집 머리 몇 마디」, 『광주의 눈물비』, 동아, 1990(『고정희 시전집 2』, pp. 233~34).

않는다"라고 강조했던 오드리 로드는 '흑인' 아이를 살해한 '백인' 경찰에게 무죄가 선고된 소식을 듣고 "분노로 속이 역겨"워 운전 중이던 차를 멈추고 「권력」이라는 시를 '토해내듯' 쓴 적이 있다고 말한 바 있다. 이러한 장면을 소개하며, 사라 아메드Sara Ahmed는 오드리 로드의 시 쓰기를 '공개적 말하기'이자 '토해내는 말하기'로 명명한다.[32] 마찬가지로 "악발에 북받쳐" 쓰는 고정희의 시는 당대 현실에 대한, 좀더 구체적으로는 여성 문제에 관한 자신의 생각들을 그때그때 생생하게 담아내는 통로였다고도 볼 수 있다.

여성운동 실천가로서의 고정희를 경유해 그녀의 시 텍스트를 살펴볼 때 우리는 당대의 담론장에서 그녀의 시가 어떤 효과를 산출했는지를 확인하기에 앞서, 쉼 없이 지속되는 시 쓰기의 행위 자체가 고정희 자신에게 일종의 운동이자 실천이었다는 사실을 중요하게 음미할 필요가 있다. 특히 '마당굿시'와 다양한 '행사시'의 경우에는 협업의 결과물이거나 특정한 독자들을 미리 상정하고 쓴 시들이라는 점에서, 이러한 '운동으로서의 시 쓰기'는 비단 고정희 개인만의 실천적 행위로 그치지만은 않는다는 사실도 중요하게 인식되어야 한다.

이처럼 고정희에게 시 쓰기 자체가 실천적 행위였다는 사실을 환기함과 동시에, '마당굿시'와 '행사시' 등 특정한 목적의식을 지닌 그녀의 시들이 어떤 효과를 산출할 수 있는지에 대해서도 충분히 검토할 필요가 있다. 이 책의 앞선 글에서도 인용했듯, 『민중 만들기』의 이남희는 1980년대 운동권의 문화로서 마당극/굿이 갖는

32 오드리 로드, 『시스터 아웃사이더』, 주해연·박미선 옮김, 후마니타스, 2018.

의미를 지적하면서 "공장 노동자, 농민, 여성, 도시 빈민, 지식인 들은 자신들의 일상적 삶의 열망과 관심사를 표현하고자 문화 생산자로, 혹은 소비자로 마당극에 참여했"[33]음을 언급한 바 있다. 이러한 의례에 참석하면서 각각의 개인들은 새로운 정치적 비전을 공유할 수 있는 집단적 주체로 탈바꿈하게 된다는 것이다.

그런데 마당극 혹은 마당굿의 현장성이나 수행성이 현실의 모순에 대한 개인의 무정형 불만들을 집단의식으로 응집시키기 위해서는 그것이 구체적인 사건과 결부되어야 한다는 점은 중요하다. 1985년 백낙청, 최원식, 박현채, 그리고 마당극 연출가인 박인배 사이에서 진행된 한 좌담에서, 박인배는 마당극에서의 공동 창작과 현장성의 의미를 논하며 마당극이 단순히 "옛날부터 추구해온 민중적 표현 양식의 장을 마련하는 당위적 원칙"을 넘어 "민중적 역동성의 샘솟는 힘을 갖는 수단 또는 매체"가 되기 위해서는 그것이 구체적인 사건과 밀접하게 관련될 필요가 있음을, 1977년에 시작된 함평고구마사건을 극화한 「고구마」라는 공연의 성공 사례를 들어 주장한 바가 있다.[34] 이와 관련하여 이 좌담에서는 마당극의 '도식성' 혹은 '도식적 전형성'에 대한 논쟁이 이어지는데, 이는 마당굿 혹은 마당극의 형태를 차용한 고정희 시의 수행적 효과를 확인하기 위해서도 참조할 만한 내용이다.

33 이남희, 같은 책, p. 336.

34 박현채·최원식·박인배·백낙청 좌담, 「80년대 민족운동과 한국문학」, 『한국문학의 현단계 Ⅳ』, 백낙청·염무웅 엮음, 창작과비평사, 1985(『백낙청 회화록 2』, 창비, 2007, pp. 84~85).

박현채: [……] 그런데 여기서 '전형성'이라는 문제가 따르는 것 같아요. 즉 전형성을 통해서 단순화되고 현장성이 결여되면서 마당극놀이를 조직하는 사람의 선입관이 개입하는 게 아니냐는 거지요. 몇 개의 상을 정해놓고 마름은 항상 이렇고, 일본사람으로 나오는 인물은 항상 그렇고 등등 전형이 주어지는 거예요. 물론 과도기적으로 생각하면 그건 불가피한 것이고 마당극놀이가 민중 속에서 다시 되살아나기 위한 일차적 과정이 된다는 것은 부정하지 않습니다. 그렇기는 하지만 아까 말씀드렸듯이 함평고구마처럼 현장성을 갖는, 밑으로부터 샘솟는 방식은 단순화되면서도 민중적인 파급이 있습니다. 왜냐하면 그 주변의 민중이 그걸 다 같이 알고 있고, 자기가 참여했기 때문에 거기서 오는 상징성이 있는 것이고 그렇기 때문에 전형화된 것이 풍부한 내용을 가지고 전달이 됩니다.

반면에 마당극놀이패가 광주로, 서울로 갖다놓아 이미 현장성, 사회적 실천과는 관련 없이 전형화되다 보면 내용은 저버리고 도리어 형식화되면서 대중과 유리되게 되는 것이 아닐까요?

[……]

백낙청: [……] 전형성 문제를 말씀하셨는데, 박인배형의 글에서는 '도식적 전형성'이라고 한정지어서 얘기했지요. 그렇게 한정짓는 게 타당하다고 보는데, 왜냐하면 리얼리즘론에서 일반적으로 이야기하는 전형성이란 것은 우리가 상식적으로 이해하는 어떤 고정된 타입이나 유형하고는 달리 개별적인 구체성과 특수성을 지닌 채로 사회의 전체적인 모습을 집약해주는 그런 성격을 말하거든요. 그러니까 마당극에서 도식적 전형성이라고

얘기하는 것은 가령 리얼리즘 소설에서 얘기하는 전형성에 비할 때 그 구체적 개별성이 훨씬 많이 사상되고 도식적 유형성이 더 강조가 된다는 것인데, 이것은 마당극이 도식적이라서 재미가 없다는 말이 아니라 마당극 특유의 재미가 바로 그런 것이라는 마당극옹호론임은 물론이지요.[35]

마당극이라는 장르 자체가 원체 민중 지향적이고 따라서 그것을 통해 민중의 집단의식이 고취될 수 있다는 것은 환상에 가까운 선입견이라 할 수 있다. 일종의 문화운동으로서 마당극이 성행했던 1980년대에도 이러한 판단은 불가능하지 않으며, 나아가 마당극/굿의 형태를 차용한 고정희 시의 효과를 사후적으로 논할 때에는 더욱 간과할 수 없는 사실이기도 하다. 사회학자 박현채는 마당극놀이패의 집단적 신명이 민중 혹은 대중의 저항 의식으로 결집되기 위해서는 사건에의 '경험'이 중요함을 지적한다. 단순히 말하자면 마당극놀이는 그것에 참여하는 사람들이 원래 갖고 있던 감정을 응집하여 고취하는 기능을 할 수 있을 뿐, 특정 사건에 연루되지 않은 자들로부터 집단적 신명을 이끌어내기에는 부족한 측면이 있다는 것이다. 그것은 마당극의 도식성 때문일 수 있다고 박현채는 판단한다. 그러나 박인배의 '마당극옹호론'을 설명하는 백낙청에 따르자면, 그러한 '형식적 도식성'은 마당극의 한계가 아니라 오히려 '도식적 전형성'으로 설명될 수 있는, 즉 구체성을 삭제한 전형성 그 자체를 특유의 재미로 활용하는 마당극의 고유한 장르적

35 같은 글, pp. 86~89.

특징이라고 할 수 있다. 이러한 '도식적 전형성'으로 인해 마당극은 운동으로서의 성격을 지니게 된다. 이 같은 논의를 참조하면서 우리는 마당극 혹은 마당굿의 형태를 차용한 고정희 시가 지닌 '도식적 전형성'의 효과와 한계에 대해, 즉 그녀 시의 수행성에 대해 논해볼 수 있을 것이다.

선행 연구에서 장서란은 고정희의 굿시가 "굿의 제의성을 전유함으로써 시에 목적과 방향을 부여"하는 과정에 주목한 바 있다. 『저 무덤 위에 푸른 잔디』의 시들을 '시의 매체성'과 '굿의 현장성'을 결합한 간매체적 텍스트로 읽어내는 장서란은 고정희의 이러한 시도가 참여자의 범위를 넓히고 이를 통해 현실 문제의 해결을 꾀한다는 점을 의미 있게 분석한다.[36] "현실 문제의 해결을 위한 방식으로 굿을 택했다는 것은 시가 지니지 못하는 것이자, 문제 해결이라는 굿의 뚜렷한 '목적성'을 시에 끌어오기 위함"[37]으로 읽을 수 있다는 것이다. 고정희의 시가 굿의 현장성을 통해 시의 목적성을 강화할 수 있었다는 이러한 합리적 분석은 그러나, 마당극이나 굿이라는 형태가 1980년대 문예운동에서 민중의 집단적 힘을 집약하는 데 상당한 역할을 했다는 당대적 맥락을 충분히 고려했을 때 좀 더 설득력 있는 것이 된다. 굿의 현장성을 차용함으로써 고정희 시의 목적성이 강화되었다는 판단이 고정희 시의 사후적 효과까지 충분히 보장할 수는 없기 때문이다.

그러므로 굿이나 극의 형식적 속성을 넘어, 고정희 시가 담아내

36 장서란, 「고정희 굿시의 재매개 양상 연구: 『저 무덤 위에 푸른 잔디』를 대상으로」, 『서강인문논총』 58, 서강대학교 인문과학연구소, 2020 참조.

37 같은 글, p. 8.

고 있는 문제들이 개별적 구체성을 보편성의 차원에서 드러내기 위해, 즉 일종의 '도식적 전형성'을 강화하기 위해 어떤 장치들을 마련하고 있는지 확인할 필요가 있다. 그녀의 시가 많은 역사적 사실을 나열하고 특히 실존 인물들, 나아가 고유명을 지닌 인물들을 수시로 등장시키는 것은 자신이 다루고자 하는 문제를 구체화하려는 시도로 이해될 수 있다. 더불어 고정희 시에서 반복적으로 호명되는 '어머니'라는 존재는 여성들의 개별적이고 구체적인 경험들을 '여성적 정체성' 안에서 보편화하는 장치로 파악될 수도 있다. 이어지는 3장과 4장에서는 1980년대 후반에 씌어진 고정희의 시를 대상으로 그녀의 시에서 여성적 체험의 보편성이 강조되는 방식과, 반대로 여성적 차이가 긴밀하게 사유되는 방식을 두루 살펴보고자 한다.

3 '여성' '민중'으로서의 '어머니'

이소희가 지적했듯 고정희에게 '여성'보다 '민중'에 대한 개념이 먼저 형성되었음은 주지의 사실이다. 조옥라는 '민중' 혹은 '기층 여성'에게로 기울어 있던 고정희의 태도를 회상하면서 "그는 여성들 사이의 차이에 관하여서는 원칙론적인 입장을 취하는 경우가 많았다"[38]고 말한다. "여성들끼리의 연대가 중요하고, 여러 다양한 처지에 있는 여성들의 문제를 자신의 문제로 볼 수 있어야 한다는 나의 입장에 대하여 그는 못마땅해했다"[39]고 덧붙이기도 한다. 조옥라는 "좀더 자유롭고 평등한 사회를 만들기 위한 작은 노력을 우리의 일상생활로부터 하려는" '또하나의문화'의 작업에 대해 고정희가 가졌던 일말의 불만들을 소개하기도 했다. 각자의 일상으로부터 여성 문제의 구체적 대안을 찾고자 하는 '또문' 동인들과, 우선 억압적 현실을 상세하게 인식하는 것이 급선무라고 생각하는 고정희의 태도가 서로 상충하기도 한 것이다. "고정희가 안고 있는 현실 인식은 우리 사회의 억압적 정치, 독재, 오월 항쟁, 노동 투쟁들에 바탕을 둔 것으로, 대안을 제안할 수 있어야 한다는 주장이 강

38 조옥라, 같은 글, p. 254.

39 같은 글, p. 255.

한 동인들과 격렬하게 부딪치기도 했다."[40]

'또문' 동인과의 만남을 통해 민중운동과 여성운동의 접점을 고민해야 하는 상황에 놓인 고정희는, 각자가 마주한 현실이 상이한 상황 속에서 여성 간 연대를 어떤 방식으로 이뤄낼 수 있을지에 대해 치열하게 고민한다. 여성들 사이 '다른 처지'가 서로 교차하는 양상을 예민하게 포착하고자 한 것이다. 이러한 사정과 관련하여 고정희의 시가 반복적으로 호출하는 '어머니'라는 존재가 어떤 의미를 지니게 되는지 살피는 것이 중요해 보인다. 다음 장에서 논하겠지만 고정희 시에서는 과거와 현재라는 서로 다른 시간 속에서는 물론, 중산층 여성과 기층 여성이라는 서로 다른 계급 사이에서 '불화'가 투명하게 드러나곤 하지만, '어머니'라는 존재에 대해서만큼은 일관된 태도가 유지된다. '어머니'는 박해받은 수난자로 등장함과 동시에, "어머니 조국"[41] "통일 어머니" "한반도 어머니" "인류 생명 어머니" "어머니강물",[42] "하느님을 낳으신 어머니",[43] "민주의 어머니"[44] 등의 구절에서 보듯 인류의 구원자로 인식되는

40 같은 글, p. 246.

41 「넷째거리 — 진혼마당: 넋이여, 망월동에 잠든 넋이여」, 『저 무덤 위에 푸른 잔디』, 창작과비평사, 1989(『고정희 시전집 2』, p. 40). 고정희가 출간한 시집들은 유고시집을 포함하여 그녀의 사후 20주기에 출간된 『고정희 시전집』(전 2권, 도서출판 또하나의문화, 2011)에 모두 묶였다. 이 글이 주로 분석하는 고정희의 시집은 『저 무덤 위에 푸른 잔디』, 『광주의 눈물비』, 『여성해방출사표』이며 시를 인용할 경우 『고정희 시전집』의 표기를 따르도록 한다. 이하 인용 시 해당 시가 실린 시집의 제목과 『고정희 시전집』의 권호, 수록 페이지를 병기한다.

42 「일곱번째거리 — 통일마당: 분단동이 눈물은 세계 인민의 눈물이라」, 『저 무덤 위에 푸른 잔디』, 2: 91~111.

43 「여자 학대 비리 청문회: 성탄절에」, 『광주의 눈물비』, 2: 219.

44 「무등에 팔벌린 민주의 어미니여: 조아라 선생님 희수에 부쳐」, 『광주의 눈물비』,

것이다. 고정희 시에서 '어머니'가 등장하는 장면들을 좀더 구체적으로 살펴보자.

큰어머니 뒤에 작은어머니
작은어머니 뒤에 젊은 어머니
젊은 어머니 뒤에 종살이 어머니
종살이 어머니 뒤에 씨받이 어머니
조모 앞에 고모 이모 앞에 숙모
침모 앞에 당모 계모 앞에 유모
앞서거니 뒤서거니 어머니강물 들어오신다
매맞아 죽은 어머니 들어오시고
칼맞아 죽은 어머니 들어오시고
총맞아 죽은 어머니 들어오시고
원통해 죽은 어머니 들어오시고
시국 난리에 죽은 어머니 들어오시고
[……]
넋이야 넋이로다
이 넋이 뉘신고 하니
자유당 부정에 죽은 우리 어머니
민주당 부패에 죽은 우리 어머니
삼일오 약탈선거 때 죽은 우리 어머니
사일구혁명 때 죽은 우리 어머니

2: 232.

오일륙 쿠데타 때 죽은 우리 어머니
한일협정 반대 데모 때 죽은 어머니
부마사태 때 죽은 우리 어머니
옥바라지 홧병에 죽은 우리 어머니 아니신가

—「셋째거리—해원마당: 지리산에 누운 어머니 구월산에 잠든 어머니」(『저 무덤 위에 푸른 잔디』, 2: 28~31) 부분

이 시에서 고정희는 큰어머니, 작은어머니, 젊은 어머니, 종살이 어머니, 씨받이 어머니, 조모, 고모, 이모, 숙모, 침모, 당모, 계모, 유모 등 어머니로 불리는 거의 모든 여성들을 호출하며 그녀들의 넋을 기리고 있다. 나아가 그녀는 고려 시대에 몽고 땅으로 끌려간 어머니, 약지를 잘라 혈서를 쓰던 독립군 어머니, 일제강점기에 반지를 모아 국채보상운동을 하던 어머니, 정신대에 끌려간 어머니, 육이오와 일사후퇴 때 죽은 어머니 등, 실재하는 역사적 사건들 속에서 희생당한 어머니들을 나열한다. 인용한 부분에서는 자유당 부정, 민주당 부패, 3·15 약탈선거, 4·19, 5·16 등 가까운 한국 현대사의 비극들이 나열되고 있다. 이처럼 한국의 역사 자체를 '어머니 수난사'로 살펴보고 있는 이 시에서, '어머니'라는 호명이 갖는 의미는 무엇일까.

한마디로 이 시는 모성의 수난과 희생을 신비화하는 것과는 거리가 있어 보인다. 한국사의 수다한 비극과 더불어 어머니를 호출하는 이 시에서는 특별히 '여성'의 수난이 강조되기보다는 오히려 역사에 의한 '개인'의 희생이 좀더 두드러지는 듯하다. 누구라도 죽을 수 있었던 역사적 사건들이라는 점에서 어머니의 죽음이 유독

여성의 죽음으로 환기되지는 않을 수도 있는 것이다. 이 시에서 우리가 고정희의 여성주의적 전략을 읽어낼 수 있다면, 오히려 그것은 역사를 인식하는 주체로서의 여성을 전면에 내세운다는 점에서 확인된다. 이 시에서 강조되는 것은 텍스트 안에서 반복되는 '어머니의 죽음'이기보다는, '어머니'를 계속해서 호출하는 시적 화자의 말하기 그 자체일 수 있기 때문이다.

이때 '어머니'라는 호명은 여성의 다양한 정체성이 가능하지 않았던 시대에, 후대의 여성이 앞선 세대의 여성을 부르는 일반적인 호칭으로 확장되기도 한다. 그녀들은 모두가 큰어머니이거나 작은어머니, 종살이 어머니이거나 씨받이 어머니, 고모이거나 이모, 침모이거나 유모였던 셈이다. 그렇다면 이 시는 역사 속에서 희생당한 어머니의 넋을 수동적으로 기리는 시이기보다는 역사를 인식하는 자로서의 여성 주체를 '어머니'라는 반복되는 호명 속에서 적극적으로 가시화한 시에 가까워진다. 마당극이나 마당굿의 형태를 차용한 고정희 시의 수행적 효과는 이러한 호명의 반복이 강화하는 '여성적 주체'의 가시화로부터 확인된다. 요컨대 여성의 고통과 수난을 직설적으로 그리는 고정희의 시에서는 피해자로서의 여성적 위치만이 강조되는 것이 아니라, 그것을 스스로 고발하는 자의 주체성이 오히려 두드러지는 것이다. 고정희 시의 '어머니'는 단순히 재현의 대상이 아니라, 공적 발화의 발신자이자 수신자로서 여성을 강조하는 전략적 장치로 이해된다. '어머니'는 어떤 방식으로 재현될 때 여성주의적 표상이 될 수 있을까. 고정희는 '어머니'라는 주술적 호명을 반복함으로써 이 같은 난제에서 벗어나 말하고 듣는 존재로서 여성을 한국 시사에 각인시켰다고 판단된다.

재현의 대상이 아니라 호명의 주체로서 여성이 강조되는 것은 1990년 출간된 『여성해방출사표』에서 과거와 현재, 계급의 차이를 넘나들며 여성들이 활발한 대화의 장을 만들어내는 〈이야기 여성사〉 연작시에서도 확인된다. 그들이 어떤 대화를 나누고 있는지를 검토하기에 앞서 고정희의 시에서 이처럼 여성들만의 목소리로 이루어진 공론장이 형성되고 있다는 사실을 재차 중요하게 지적할 필요가 있다. 고정희 시에서 '어머니'라는 명명이 신화화된 모성의 상징이기보다는 앞선 세대의 여성을 지칭하는 일반적인 호명일 수 있다는 점을 상기하자면, 〈이야기 여성사〉에 등장하는 수다한 역사적 실존 인물들 역시 고정희 시의 '어머니'와 유사한 역할을 하는 존재가 되는 셈이다.

고정희 시의 '어머니'가 단순히 수난자이자 희생자인 것만은 아니라는 사실은 다음과 같은 시에서도 확인된다. 〈이야기 여성사〉 연작 중 「하늘에 계신 우리 어머니」라는 시에서 어머니가 재현되는 방식은 특별히 주목을 요한다.

대지를 멱감기는 어머니

인간에게 번쩍번쩍 광나는 모습이 있다면, 어머니
그것은 한여름 푸르고 넓은 들밭에서
곡식들의 싱그러운 뿌리를 토닥이며
줄기를 쓰다듬으며 지심이란
지심을 모조리 뽑아
강물 같은 하염없는 땀으로

대지를 멱감기는 어머니의 모습입니다
가을이 오기 전에
지상에서 가꿔야 할 수확을 헤아리며
불볕더위와 함께 한증막 같은 무더위 막더위와 함께
사래 긴 밭고랑에서
석양을 맞으시는 어머니의 모습이
내게는 이 세상에서 가장 감격적인 모습이며
광나는 모습이고
서럽도록 그리운 모습입니다 그 모습이 내게는
한국의 모나리자상이며 성모 마리아상입니다

[……]
땅거미가 내려야 이마에 자욱한 소금기를 닦으며
집으로 돌아오던 어머니와 여자들의
왁자지껄 웃음소리 속에는
밤하늘 별빛 같은 한 세대의 안식이 있었습니다
두 다리 쭉 뻗고 잠드는
한 식구의 평화와 기쁨과 기다림이 있었습니다
땅을 가장 소중하게 보듬고 입 맞추는 사람들의
기나긴 희망이 있었습니다
대저 권력이 무엇이며
일국의 재상인들 그게 뭐 그리 대수로운 일이랴,
당당하고 겸허한 밤이 있었습니다

하오나 어머니,
땅이 농사꾼의 믿음이고 신념이고 자랑이던 시대는
이제 끝이 난 것일까요
땅이 어머니의 그윽한 사랑이고 힘이고 빛이던 시대는
이제 영영 사라진 것일까요
아아 한여름을 푸르고 넓은 들밭에서
곡식들의 싱그러운 뿌리를 토닥이며
줄기를 쓰다듬으며
지심이란 지심을 모조리 뽑아
강물 같은 땀으로 대지를 멱감기던 어머니의 모습은
이제 다시 볼 수 없는
도시화 시대의 전설이 된 것일까요
—「하늘에 계신 우리 어머니: 이야기 여성사 7」(『여성해방출사표』, 2: 301~03) 부분

〈이야기 여성사〉 연작 중 한 편인 「하늘에 계신 우리 어머니」는 "대지를 멱감기는 어머니" "칠월 백중날 물 맞는 어머니" "외롭다는 말을 쓰지 않은 어머니" "따순 밥 정을 담는 어머니" "씨알들이 최후까지 부를 어머니"라는 소제목들이 달려 있는 일종의 장시이다. 어머니의 생전 모습을 떠올리며 애도의 감정을 담아내는 이 시에서 줄곧 강조되는 것은 "발바닥에 불이 나도록 허리가 휘어지도록/일터를 누비시던 어머니"(2: 304)의 모습, 즉 언제나 "충직스런 노동"(2: 305)과 함께였던 그녀의 모습이다. 이 중 첫번째 소제목이 달린 "대지를 멱감기는 어머니"의 부분에서는 특히 건강한 육체성

을 드러내는 노동자로서 어머니가 두드러진다. 위에 인용된 부분에서 보듯 "강물 같은 하염없는 땀"을 흘리며 "대지를 멱감기는 어머니의 모습"은 "이 세상에서 가장 감격적인 모습이며/광나는 모습"이라고 회상되고 있다. "이마에 자욱한 소금기를 닦"는 어머니의 노동은 "한 식구의 평화와 기쁨"을 보장하는 "당당하고 겸허한" 행위로 그려진다. 이 시의 "어머니와 여자들"은 가족의 생계를 책임지는 가부장의 조력자로 묘사되기보다는, '집 안의 노동자'가 아닌 생산 현장의 노동자로서 그 육체성이 가시화된다. 어머니는 "따순 밥 정"(2: 307)을 나누는 집 안의 일꾼이기 이전에 집 밖의 "농사꾼"(2: 302)인 것이다.

산업화 시대의 한국 문학에서 여성의 육체가 주로 남성적 폭력에 의해 훼손된 것으로, 혹은 도시화에 저항하는 외설적인 건강성을 드러내는 것으로 대상화되었다는 점을 상기할 때, 이처럼 노동하는 여성의 건강한 육체가 긍정적인 방식으로 재현되는 장면은 특별하다. 페미니즘과 채식주의의 관계를 탐색한 케럴 제이 애덤스Carol J. Adams에 따르면, 육식과 관련된 언어에서 동물의 죽은 몸이 부재하듯, 남성의 문화적 폭력에 관한 묘사에서 여성 역시 '부재하는 지시 대상'이 된다. 여성의 몸에 가해지는 폭력이 다른 억압을 묘사하는 매개 수단으로 쓰일 때 이러한 폭력을 '경험'하는 '여성'은 삭제됨으로써 '부재하는 지시 대상'이 된다는 것이다.[45] 이러한 점을 고려할 때 고정희 시에서 '어머니'라는 호명은 여성의 경험

45 캐럴 J. 애덤스, 『육식의 성정치: 여혐 문화와 남성성 신화를 넘어』, 류현 옮김, 이매진, 2018, pp. 106~07.

을 여성들 자신의 것으로 재현하는 장치가 된다는 점에서 의미가 크다. 「하늘에 계신 우리 어머니」가 "내 이름이 저기 호명되는 날까지/씨알들이 부르다 죽을/이름 어머니……"라는 구절로 끝을 맺고 있는 것도 의미심장하다. '어머니'를 호명하는 주체와 '어머니'로 호명되는 주체가 이 마지막 구절을 통해 '여성'이라는 이름 안에서 동일시되면서, 여성은 서로가 서로를 가시화하는 관계를 형성한다고 할 수 있다. 〈이야기 여성사〉를 비롯하여 고정희의 무수한 시를 통해 여성들은 역사적 주체의 자리에 위치하게 된다.

농사일로 단련된 굳건한 여성들의 신체가 역사적으로 그다지 낯선 것은 아니라고 해도, 1960~70년대 이후 성별 분업 체제와 공사 영역의 분리가 확고해지며 공적 영역과 생산노동에서의 여성 배제[46]는 물론 노동에 대한 젠더의 나이 체제까지 확연해지던 시점에서[47] 이 같은 농민의 형상을 현장의 여성 노동자로 재현했다는 점은 의미심장하게 읽히지 않을 수 없다. 공적 영역에서 여성들이 배제되었다는 것이 말 그대로 공적 영역에 여성들이 완전히 부재했음을 의미하지는 않는다는 통찰을 참조할 수 있다.[48] '여성'이라는 추상적 범주에서 여성이 동질적인 존재가 아니라는 점을 생각한다면, 여성들이 공적 영역과 사적 영역에서 다양한 역할로 배치되고

46 장미경, 「1960~70년대 가정주부(아내)의 형성과 젠더정치: 『여원』, 『주부생활』 잡지 담론을 중심으로」, 『사회과학연구』 15(1), 서강대학교 사회과학연구소, 2007 참조.

47 전희경, 「1960~80년대 젠더-나이체제와 '여성' 범주의 생산」, 『한국여성학』 29(3), 한국여성학회, 2013, pp. 60~71.

48 너멀 퓨워, 『공간 침입자: 중심을 교란하는 낯선 신체들』, 김미덕 옮김, 현실문화, 2017, p. 50.

있음을 인식할 필요가 있다.[49] 어떤 여성은 공적 영역에서 덜 특권적인 노동에 종사하면서 그 공간에서 보이지 않는 존재로 삭제되고, 특정 여성의 사적 공간은 또 다른 여성의 일터로서의 공적 공간이 되기도 한다. 고정희가 몸담은 '또하나의문화'가 다름 아닌 여성들의 일상을, 즉 "가정과 학교를 일터와 다름없는 '현장'으로 범주화하면서 현장에 대한 인식의 패러다임을 획기적으로 바꾸"[50]고자 제안했다는 점을 환기한다면, 즉 이러한 과정에서 '가정과 학교'가 여성의 '현장'으로 획일화되기도 했다면, 고정희 시에 나타난 이 같은 '여성 농민'으로서 어머니의 형상은, 여성운동과 민중운동이 교차되던 1980년대 후반의 시기에 고정희가 고민했던 지점이 무엇이었는지를 짐작하게 한다. 고정희의 여성해방적 인식에는 성별 정체성은 물론 계급 정체성에 대한 고려까지 포함된다는 사실이, 이처럼 노동자로서의 어머니가 재현되는 장면에서 확인된다.

자유롭고 평등한 생활을 위한 인간해방을 '일상'의 차원에서 문제 삼고자 했으며, 여성에게 억압적인 현실을 고발하는 일을 넘어 이를 해결할 대안을 찾고자 했고, 나아가 이를 위해 여성들의 연대를 강조했던 것이 '또하나의문화' 동인의 입장이었음을 환기할 때, 그들과 함께 작업하면서도 고정희가 여성 수난의 역사를 여성의 목소리로 가시화하고자 하고 여성의 억압적 현실을 가로지르는 계급 모순에 대해서도 민감하고자 한 점은 중요하게 평가될 필요가 있다. 어머니라는 보편적 존재를 재현하는 과정에서 고정희는 역

49 같은 책, p. 51.

50 손유경, 같은 글, p. 146.

사를 인식하는 주체로서의 여성적 목소리를, 노동하는 주체로서의 여성적 신체를 가시화하는 전략을 취한다. 이러한 전략 속에서 '희생자 어머니' 혹은 '보이지 않는 노동'에 관한 모성의 신화가 자연스럽게 해체됨도 물론이다.

4 '여성해방문학'의 '여성'은 누구인가

고정희의 시에서 '어머니'라는 반복되는 호명이 여성들의 목소리를 공적인 영역에 기입하려는 전략적 장치일 수 있음을 살폈다. 앞서 간략히 언급했듯 고정희는 여성들의 차이를 드러내는 데에도 주저하지 않았다. 『여성해방출사표』에서는 다양한 입장 차를 지닌 여성들의 대화를 생생하게 전달하면서 여성 내부의 역사적, 계급적 차이를 가시화하기도 한다. 허난설헌, 이옥봉, 황진이, 사임당 등 역사적 실존 인물들의 입을 빌려, "작금의 조선엔 매맞는 여자 문제 스스로 해결하는 여성의전화 기관이 있고 관청내 성폭력 추방하는 여자 모임 따로 있고 법적으로 억울한 여자들을 위하여 가정법률상담소 여자들이 운영하고 여자 설움 학문으로 연구하는 여성학회도 있다"는 사실을 뿌듯하게 전하기도 하지만, "조선 여자해방의 뿌리가 당대의 잘난 맛에" 있기만 한 것이 아니라 "오천년 피눈물로 짜낸 이 여자해방의 기름샘"에도 있음을 잊지 말아야 한다고 지적해본다.[51] 「정실부인회와 보수대연합: 이야기 여성사 5」「여자가 하나 되는 세상을 위하여: 이야기 여성사 6」 같은 시에서는 가부장제로 인해 생겨나는 여성들 간의 적대가 풍자적으로 그려지기

51 「이옥봉이 황진이에게: 이야기 여성사 2」, 『여성해방출사표』, 2: 248.

도 한다. 『여성해방출사표』의 「서문」에서 고정희는 "민중의 해방이 강조되는 곳에 몰여성주의가 잠재되어 있"듯, "여성해방이 강조되는 곳에 몰역사, 탈정치성이 은폐되어 있"[52]는 것은 사회변혁운동으로서의 한계가 아닐 수 없다며, 이 시집의 기획 의도를 분명히 제시한다. 여성들 간 서로 다른 위치성을 강조하면서 여성해방운동의 주체가 어떻게 형성되어야 하는지를 묻고 있는 것이다.

이러한 장면들에서 흥미롭게 추출되는 것은 과거의 여성들이 오히려 현재의 여성들보다 더 급진적인 시각을 드러내기도 하며, 결국 전근대적 시간을 살아냈던 선배 여성들의 목소리로 1980년대 당대의 여성 문제들이 비판되고 있다는 점이다. "무릎을 칠 만한 여남해방세상 시가" 아직 씌어지지 않았다고 타박을 하거나, "조선의 남녀 문사 머릿속엔/[……]/가부장제 허세가 은연중 남아 있"[53]다고 비판하면서, '여류' 문인으로서 자신들의 일생이 "얼마나 앞지른 삶"[54]이었는지를 과거의 여성들은 스스로 말하고 있다.

> 오늘 조선의 딸들에게 나는
> 사랑과 결혼 애길 쓰고자 합니다
> 내 살아생전 이루고자 했던 꿈
> **여자의 사랑과 결혼의 멍에가**
> **이승에 아직 대를 잇고 있기 때문입니다**
> 사십 안팎의 물 같은 내 생애

52 「서문」, 같은 책, 2: 339.

53 「황진이가 이옥봉에게: 이야기 여성사 1」, 같은 책, 2: 238~39.

54 「이옥봉이 황진이에게: 이야기 여성사 2」, 같은 책, 2: 247.

나는 사랑했지만 머물지 않았고
결혼했지만 집을 짓지 않았습니다

[……]

흐름과 머묾이 마주치는 그곳에
나의 계약결혼이 있었습니다
삼삼육합이라 하여 육 년으로 정하되
앞 삼 년은 남자가 내 집에 머물고
뒤 삼 년은 내가 남자 집에 머물러
밥도 반반 돈도 반반 분담했지요
밥과 돈을 똑같이 책임지는 일
정해진 시간만 서로 하나 되는 일
이것이 결혼에서 매우 중요합니다
이것이 깨질 때 머물게 됩니다
이것이 깨질 때 집을 짓게 됩니다
머물면 마땅히 쌓이는 것이 정이요
집을 지으면 대범 남는 것 미련이라
정과 미련 훌훌 털어내는 화두 하나,

[……]

사랑하되 머물지 않으며
결혼하되 집을 짓지 않는 삶

거기에 해방세계가 있기 때문이외다
사랑이 멍에라면 잘못 가고 있사외다
결혼이 집이라면 잘못 살고 있사외다
나는 급진주의 세대가 아니지만
사랑하는 법이야 능히 알고 있사외다

—「황진이가 이옥봉에게: 이야기 여성사 1」(같은 책, 2: 243~46) 부분

황진이가 이옥봉에게 보내는 편지 형식으로 되어 있는 이 시에서 고정희는 황진이의 목소리로 사랑과 결혼에 대한 자신의 급진적 견해를 피력한다. "사랑과 결혼의 멍에"에서 벗어나는 일은 사랑과 결혼에 결코 의존하지 않는 독립된 태도로 가능해진다고 그녀는 말한다. "나는 급진주의 세대가 아니지만"이라는 단서를 달고 있지만 황진이의 목소리를 차용한 시적 화자는 후대의 여성들에게 매우 급진적인 결혼관을 전달하고 있는 셈이다. 물론 이러한 전언 자체도 의미 있게 읽히지만, 〈이야기 여성사〉 연작의 여성주의적 전략은 과거의 여성들로 하여금 '스스로 말하도록 한다'는 점에서 좀더 확연히 드러난다. 이러한 장치의 효과를 몇 가지로 분석해볼 수 있을 것이다.

첫째, 실존 인물들의 관점에서 과거가 생생히 평가된다는 점이다. 둘째, '급진주의 세대'가 아닌 이전 세대로부터 1980년대 당대의 여성주의적 성취를 비판적으로 논평하게 함으로써, 이미 성취한 것보다는 아직 성취되지 못한 것을 훨씬 더 무겁게 인식하도록 한다는 점이다. 셋째, 여성 시인으로서 이른바 자신의 뿌리로 거슬

러 올라가보는 고정희는 '여류 문인'들을 역사화하거나 신화화는 방식으로가 아니라 그녀들과 동등한 입장에서 '대화'를 나누고자 함으로써, 결국 '여성의 역사'가 어떤 방식으로 기술되어야 하는지를 자신의 시를 통해 실험하고 있다고 할 수 있다. 여성에 속하는 다양한 인물이 서로 자신의 이야기를 대등하게 나눔으로써 '여성사'가 형성될 수 있다는 사실을 증명하는 것이 〈이야기 여성사〉의 핵심적 성취로 판단된다. 여성사의 재구성도, 나아가 여성해방의 실천 역시 어떤 특정한 주체에 의해 대표되거나 주도될 수 없다는 입장을 고정희는 이처럼 시적 전언과 시적 형식을 통해 동시에 주장하고 있다. 자신의 이름을 기념하는 "사임당상"을 "기상천외"한 것으로 비판하는 '사임당'의 목소리가 등장하는 「사임당이 허난설헌에게: 이야기 여성사 3」 같은 시에서도 이러한 태도가 확인된다. 자신의 이름을 기념하는 상이 사임당에게 "기상천외"한 것으로 여겨지는 이유는 무엇일까.

사임당상이라니 기상천외이외다

[……]

오늘에사 나는
조선의 정실부인들이 모여 해마다
신사임당상이라는 것을 주고받으며
원삼 족두리 잔치를 벌이고
신사임당 사당까지 지어
여자 예절교육 본으로 삼고 있다 하는

비보를 접했기 때문이외다
아니 이는 분명 흉보 중에 흉보요
재앙 중에 재앙이라 아니할 수 없사외다

[……]

그런 조선 땅에 아직
손가락 하나 끄떡 않는 세 가지
바뀔 줄 모르고 변할 줄 모르는 세 가지가 있으니
무엇이니까
여자에게 현모양처 되라 하는 것이요
남자에게 현모양처 되겠다 빌붙는 것이요
여자가 남자 집에 시집가는 것이외다
시집가서 아들 낳기 원하는 것이외다
그 현모양처 표본이 바로 나 신사임당이라 하여
내 시대 율법으로
내 시대 관습에 특출한 여자 골라
여자들 이름으로 상 주고 박수 친다니
이 무슨 해괴한 시대 변고이니까
[……]

또 내가 현모양처 모범이니
영원한 구원인 여인상이니 하여
칭송 아닌 칭송을 늘어놓는 것도

똑바른 사람 할 짓이 아니외다
솔직히 말하건대 내
당대의 율곡을 길러 냈다고는 하나
당대의 여자 율곡을 길러 내는 일보다
자랑이 못 되며

—「사임당이 허난설헌에게: 이야기 여성사 3」(같은 책, 2: 255~57) 부분

자신의 이름이 "여자 예절교육 본"이 되고 "현모양처 모범"이 된다는 사실을 사임당은 "재앙 중에 재앙"이자 "해괴한 시대 변고"로 비판한다. 인용하지 않은 위 시의 뒷부분에서는 "베를린 장벽이 무너진 시대"에 "체제 장벽" "국토분단 장벽" "민족분단 장벽"보다 더 견고한 것이 "남녀분단 장벽"일 것이라 말해본다. 다소 풍자적이고 위트 있는 목소리로 전개되는 위 시에서 그 위트가 절정에 달하는 순간은 아마도 현모양처의 모범이라 추앙되는 사임당의 입으로 "당대의 율곡을 길러"낸 일이 "당대의 여자 율곡을 길러"낸 일보다 자랑할 것이 못 된다고 고백한 장면일 것이다. 이처럼 과거에는 물론 현재에 이르기까지 여성에게 양처이자 현모일 것만을 강요하는 가부장제의 논리를 신랄하게 비판하는 것으로 이 시를 이해하는 것이 그리 어려운 일은 아니다.

그러나 이러한 표면적 전언을 넘어 좀더 중요하게 읽혀야 할 것은, 특정한 역사적 인물이 대표성을 띠며 신화화되는 방식을 조롱하고 그것을 해체하고자 하는 시인의 의지 그 자체라고 해야 할 것이다. 여성 억압적인 유구한 역사로부터 여성의 해방과 독립을 촉

구하는 것이 고정희 시의 궁극적인 목적이라 할 때, 이러한 여성운동을 실천하는 장으로서 고정희의 시에서는 언제나 수많은 목소리가 겹쳐지고 있다는 점을 재차 유의미하게 지적할 필요가 있다. 여성들 사이 "자매애"[55]를 강조했던 그녀지만 고정희가 추구하는 자매애는 서로의 다름을 아예 무화하거나 그 차이를 그저 인정하는 방식의 연대는 아니었다는 점도 특별히 음미되어야 한다. 중심과 위계를 만들지 않는 방식의 여성 연대를 고정희는 자신의 시 쓰기 안에서 실천하고 있었던 것이다.

「정실부인회와 보수대연합」 같은 시에서는 누가 "여자계"를 대표할 것인가의 문제를 두고 "정실부인"과 "독신여성" 사이의 적대가 적나라하게 재현되기도 하며, 「여자가 하나 되는 세상을 위하여」에서는 "결혼한 여자와 결혼 안 한 여자" 사이의 적대가, "왜 우리는 단순하게 손잡지 못할까요"라는 질문 속에서 반성적으로 사유되기도 한다. 여성해방문학으로서 고정희의 시를 읽을 때 우리는 여성운동으로서 시 쓰기의 행위 자체가 갖는 의미는 물론, 여성운동의 주체는 누가 되어야 하는지, 여성운동의 방식은 어떠해야 하는지에 관한 고정희의 진지한 고민들과 나름의 실천적 전략들을 함께 읽어내게 된다. 여성해방운동은 미완의 것이고 이러한 고민들에 간명한 답을 구하기 어렵다는 점에서, 고정희의 시는 1980년대 당대의 맥락을 넘어 현재에 이르기까지도 여전히 여성해방을 위한 운동을 실천 중이라고 할 수 있다.

55 「허난설헌이 해동의 딸들에게: 이야기 여성사 4」, 같은 책, 2: 271.

강남역 살인 사건과 #문단_내_성폭력말하기운동 이후 한국 문학장에 '여성성의 미학'보다는 '여성의 현실'을 중시하는 페미니즘적 요청이 강력해지면서, 1980년대 고정희의 다양한 실천적 전략은 여성시사를 새롭게 의미화하는 데에 있어 중요한 준거가 되고 있다. 그러한 과정에서 고정희의 시 텍스트들이 아직 풍부하게 읽히지 못했다면 그 이유는 무엇일지, 이 글은 이러한 질문에도 함께 답해보고자 했다. 『여성 해방의 문학: 또하나의문화 제3호』에 실린 좌담에서 박완서는 "한국에서 본격적인 페미니즘 소설이 나오기에는 조금 이른 것 같"다고, 고정희는 "3호 작품을 모으는 과정에서 처음에는 페미니즘 시각이 잘 표현되지 않은 것 같아서 걱정이 됐었"[56]다고 고백한 바 있다. 최근의 연구들은 여성주의운동가로서의 고정희에 주목하면서 편집자이자 연구자로서의 그녀의 작업들에 더 집중하는 경향이 있는데, 아마도 시 텍스트보다는 이러한 작업들을 통해서 고정희의 여성주의적 비전이 훨씬 더 섬세하게 드러난다고 파악했기 때문일 것이다. 김승희는 고정희의 시가 "개인 서정시의 닫힌 형식을 열린 형식으로 전환하는 시적 혁명을 시도했다"고 상찬하면서도, 이러한 과정에서 "그녀가 자주 사용한 이분법적 선악 구도는 [……] 어떤 때는 거부감을 주기도 했다"[57]고 그녀 시의 미학적 한계를 지적한 바 있다.

그러나 이러한 사정들이 결국 '운동으로서의 시'가 갖게 되는 본질적 한계, 아니 더 정확하게 말하자면 문학의 정치성에 대한 우선

56 조형 외, 같은 좌담, p. 29.

57 김승희 발문, 같은 글, 2: 568.

적 고려가 언제나 문학의 미학성을 희생시키고 만다는 고질적 편견을 재확인시키는 것은 아닌지 점검해볼 필요는 있다. 고정희의 시는 어떤 면에서 도식적이고 투박하고 전형적인 것으로 읽히기는 하지만, 이 글에서 분석했듯, 시 쓰기를 통해서 그녀는 여성주의 운동의 원칙을 고민하며 그것을 시의 여러 장치를 통해 실천하고자 노력했다고 판단된다. '토해내듯' 시를 쓴 일, '어머니'라는 호명을 반복하며 여성들을 역사의 주체로 가시화한 일, 여성적 억압에 대해 말하기를 멈추지 않은 일, 그리고 그 과정에서 다양한 차이를 지닌 여성 인물들을 대화하도록 함으로써 어떤 중심이나 위계도 형성하지 않는 방식의 여성주의운동을 실천하고자 한 일들을 충분히 읽어냄으로써, 우리는 고정희에 대한 새로운 평가를 내릴 수 있을지 모른다. 그녀는 여성시의 정치성과 미학성을 근본적인 차원에서 재사유하고자 한 시인이라고 생각한다. 고정희의 시에서 1980년대 여성주의 운동가의 날것 그대로의 목소리를 읽어냄으로써 우리는 당대의 여성주의적 인식이 어떤 단계에 이르고 있었는지를 점검하는 한편, 전위적 사유가 결코 기존의 형식에 담길 수 없다는 재현의 원칙도 재확인하게 된다. 여성해방의 문학을 실천함으로써 고정희의 텍스트는 진정한 해방의 문학에 육박하게 된다.

최승자 시에 나타난
독신자 여성 삶의
재현 양상

I 여성의 글쓰기를 이해하는 두 가지 방식

리타 펠스키는 '저자성의 알레고리'라는 용어를 사용하여, '저자의 죽음'이라는 바르트의 선언 이후에도 여성 저자의 작품에 접근하는 특정한 두 관점이 지속적으로 통용됨을 비판적으로 살핀 바 있다. 샌드라 길버트Sandra Gilbert와 수전 구바Susan Gubar의 고전적 저작에서 따온 '다락방의 미친 여자'라는 알레고리가 그 하나이며, 엘렌 식수Hélène Cixous가 「메두사의 웃음」(1976)에서 인용한 콜레트의 짧은 이야기 「그 여자의 감춰진 얼굴The Hidden Woman」에서 가져온 '가면무도회로서의 저자성'이라는 알레고리가 다른 하나이다. 남성적 가부장제 사회에 강력하게 저항하는 여성적 '광기'의 목소리에 주목하는 전자의 관점이 '구속'이라는 여성의 현실적 조건을 전제한다면, 후자의 관점은 미학적 차원에서의 '해방'에 더 많은 관심을 둔다고 할 수 있다.

잘 알려져 있듯 길버트와 구바의 『다락방의 미친 여자*The Madwoman in the Attic*』(1979)는 자신을 구속하는 것에 무의식적으로 저항했던 빅토리아 시대 여성 저자들을 '원조 여성주의자'로 재배치하는 데 성공한 저작으로 평가된다. 저자들은 이 책에서 "19세기의 모든 여성들은 어떤 면에서는 남자의 집에 수인으로 갇혀 있었다"라고 말한다. 펠스키는 19세기의 영국 소설인 샬럿 브론테의

『제인 에어』와 19세기 미국 소설인 샬럿 퍼킨스 길만의 「노란 벽지」 같은 작품들을 이 저작과 함께 살피며, 여성의 광기를 "여성이 된다는 것의 불가능한 상황에 대한 논리적인 대응"이자 "남성이 주인이 된 문화가 초래한 병리학을 폭로하는 것"[1]이라 설명한다. 펠스키의 설명에 따르면 '다락방의 미친 여자'는 여성의 공간과 심리, 그리고 그들의 언어를 함께 묶어주는 강렬한 알레고리로서, 여성이 된다는 것이 "추방의 상태를 경험하는 것"[2]이라는 사실을 효과적으로 폭로한다. 빅토리아 문학의 여성 인물들은 남성적 세계로 '도배'된 곳에서 살아가도록 선고받은 "실존적 홈리스 상태"[3]에 있었다는 것이 이들 주장의 핵심이라는 것이다. 그녀들의 광기 혹은 그것과 대응되는 행위인 글쓰기는 이 같은 상황에 대한 강력한 저항의 실천으로 해석된다.

이후의 여성주의 비평가들은 길버트와 구바의 입장에 공감하면서도 여성 저자에 접근하는 이러한 단일한 알레고리에 강한 반감을 드러냈다. '다락방의 미친 여자'라는 이미지가 가부장제에 구속된 빅토리아 시대 평범한 중산층 여성들의 소극적 정황만을 염두에 두기 때문에 당대 여성들의 '다른' 조건이나 적극적 활동 등이 간과된다는 점, 나아가 이러한 알레고리가 여성주의의 '단일 신화'로 간주되며 문학의 모호성 및 다층성이 소거된다는 점을 우려한 것이다.[4]

1 리타 펠스키, 『페미니즘 이후의 문학』, 이은경 옮김, 여이연, 2010, p. 114.
2 같은 곳.
3 같은 책, p. 113.
4 같은 책, pp. 116~17.

이처럼 초기의 여성주의 비평가들이 여성의 저자성을 '광기'의 저항성으로 해명했다면, 최근까지도 지지되고 있는 또 다른 관점은 해체적 텍스트의 모호함을 여성 텍스트의 정치적 실천으로 간주하는 것이다. 그 대표적 이론가로 프랑스 여성주의자 엘렌 식수를 들 수 있다. 그녀는 남성 욕망이 투사된 존재로 여성을 이해하는 태도를 강력하게 비판한다. '희생적인 성녀'는 물론 '유혹하는 세이렌'의 형상도 모두 여성을 대상화하는 것에 불과하다는 지적이다. 펠스키의 문장을 빌려 식수의 주장을 요약하면 다음과 같다. "혁명적인 여성주의적 글쓰기는 정체성을 반영하기보다 그것을 폭파시켜야만 하고, 일관성과 진리에 대한 욕망을 전복시켜야 하며, 글쓰기의 지칠 줄 모르는 범람을 해방시켜야 한다."[5] 이처럼 식수에게 "여성적 글쓰기는 여성성을 표현하는 것이 아니며 영원히 그것을 심문하는 것"[6]이다. 여성 텍스트의 모호성이 남성적 권위를 전복시키는 장면에 관심을 두는 이 같은 관점이, 버틀러의 '수행성으로 젠더' 혹은 '규제적 허구로서의 젠더'라는 개념과 함께 강화되었음은 주지의 사실이다.[7]

'가면무도회로서의 저자성'이라는 알레고리는 모더니즘 혹은 포

5 같은 책, p. 122.

6 같은 곳.

7 『젠더 허물기*Undoing Gender*』에서 버틀러는 젠더를 '장치apparatus'의 개념으로 설명해본다. "젠더는 정확히 어떤 사람'인' 것도 아니고, 그 사람이 '가진' 것도 아니다. 젠더는 남성적인 것과 여성적인 것의 생산과 규범화가 그 젠더 특유의 호르몬, 염색체, 심리적인 것과 수행적인 것 사이의 형태들을 따라 생겨나는 장치다. [……] 젠더의 정의를 젠더의 규범적 표현물normative expression과 융합해버리면 자기도 모르게 젠더의 정의를 규제하는 규범의 권력을 강화하게 된다." 주디스 버틀러, 『젠더 허물기』, 조현준 옮김, 문학과지성사, 2015, p. 73.

스트모더니즘 소설에서 여성주의의 새로운 가능성을 발견해왔다. 펠스키의 지적대로 이러한 관점 역시 그 한계는 분명하다. '의미의 비결정성'이라는 텍스트의 모호성 혹은 전복성이 젠더 정치학의 새로운 형식으로 굳어질 경우, 그것은 언어적 전복의 목적과 맥락을 모호하게 흐림으로써 정치나 예술 중 어느 쪽의 요구에도 제대로 부응하지 못하는 것이 될 수 있기 때문이다.[8]

여성적 글쓰기가 결국 '광기'를 통한 저항의 형식이 되거나 의미의 결정 불가능이라는 해체의 형식이 된다는 이러한 두 가지 견해는, 일레인 쇼월터가 지적했듯, 그 해석의 실효성에도 불구하고 여성의 글쓰기를 전적으로 젠더의 시각에서 설명할 수 있다는 '과잉 여성화'의 관점을 취한 것이기에 문제적이다.[9] 이렇게 여성적 글쓰기의 정치성을 손쉽게 양분하는 태도가 여러 한계를 내포함은 분명하다. 문학작품을 저자 정체성의 반영물로 인식하며 저자의 성별에 과도하게 집착하는 전자의 관점이 여성 글쓰기의 의미를 필요 이상을 축소한다면, 저자와 텍스트를 분리하고 여성 저자의 고정된 정체성을 거부하면서도 '의미의 결정 불가능성'이라는 또 다른 정형화된 해석을 '여성성'에 부여함으로써 여성적 글쓰기의 의미를 '해체적 글쓰기'라는 미학의 차원에서 일반화하는 후자의 관점 역시 문제적이다. 거칠게 말해 전자가 여성적 글쓰기의 정치성을, 후자가 여성적 글쓰기의 미학성을 좀더 강조하는 것이라 할 때, 이 둘이 매끄럽게 분리된다고 생각한다는 점에서도 각각의 관점은

8 리타 펠스키, 같은 책, pp. 129~30.

9 같은 책, p. 148.

한계를 지닌다. 나아가 여성은 '미쳤거나 알 수 없다'라고 말하는 이 두 관점은 여성의 글쓰기를 이성적이고 논리적인 방식의 자기 표현으로 인정하지 않는다는 점에서도 비판될 수 있다.

리타 펠스키는 이러한 알레고리들이 결국 여성이라면 마땅히 그렇게 써야 한다는 식의 당위적 주장으로 기능하게 될 위험까지도 경고한다. 여성적 글쓰기에 대한 한정된 이해는, 해석의 차원에서 여성 저자 작품의 다양성을 축소함은 물론이거니와, 창작의 차원에서도 여성 저자들의 가능성을 제한하게 된다. 그렇다면 여성적 글쓰기가 정치성을 포기하지 않으면서도 그 미학적 가능성을 축소하지 않는 방법은 무엇일까. 정확히 말해 그렇게 읽어낼 수 있는 방법은 무엇일까. "정치성과 미학을 중심으로 이중적 시각을 가져야 한다"[10]는 것으로 요약되는 펠스키의 대안적 주장도 이러한 난점을 훌륭하게 극복한 것으로 보기는 힘들다. 미학을 정치로 환원하지도 않고 미학이 언제나 정치와 혼재되어 있음을 인정해야 하며, "저자성은 텍스트의 신비를 푸는 마법적인 열쇠라기보다 텍스트의 조직결의 하나"[11]로 간주해야 한다는 그녀의 주장은 '페미니즘 이후의 문학'이 나아가야 할 방향을 원론적인 차원에서 지적할 뿐이다.

정치성과 미학성에 관한 오랜 논쟁으로까지도 이어지는 이러한 질문은, 최근 '페미니즘 리부트' 현상을 겪으며 여성주의 비평이 심각하게 고민하게 된 문제와도 일치한다. 최근의 여성 비평이 반성

10 허윤 주제서평, 「이중적 시각으로 바라본 여성문학: 리타 펠스키, 『페미니즘 이후의 문학』(여이연, 2010)」, 『여/성이론』 2010년 겨울호, p. 257.

11 리타 펠스키, 같은 책, p. 148.

하는 지점은, 1990년대 중반 이후 '정체성 정치' 혹은 '타자 담론'과 접속한 여성비평이 여성성을 타자성이라는 포괄적 개념 속에 무화시킨 현상이다. 이러한 현상을 김양선은 '여성성의 과잉담론화' 탓으로 지적한다. 1980년대의 여성비평이 민족 혹은 계급 담론과 대등한 것으로서 성차의 문제를 쟁점화하는 데 주력하고, 1990년대의 여성비평이 여성적 글쓰기의 미학적 특성과 그것의 윤리적 성격을 해명하는 데 집중했다면, 2000년대의 비평은 작가의 생물학적 성보다는 텍스트의 성별에 집중하고 이를 '타자성'이라는 포괄적인 범주로 지칭하게 되면서, 성차에 기반한 페미니즘의 정치성이 2000년대 이후 거의 폐기되기에 이르렀다고는 보는 것이다.[12] 결국 "여성작가는 있되 여성문학은 없는 결과"[13]로 이어졌다고 김양선을 지적한다.

최근의 여성주의 비평 혹은 여성문학 연구는 2000년대 이후 여성성이 타자성이라는 포괄적인 범주로 이해되며 여성문학의 정치성이 급격히 소거된 이 같은 사정을 반성적으로 돌아보고 있다. 이는 '인정'은 물론 '분배'의 차원에서도 여성이 처한 사정들이 전혀 개선되지 않은 현실적 상황에 대한 강력한 문학적 대응이라고 볼 수 있다.[14] 이처럼 페미니즘 문학의 미학성보다는 오히려 정치성이,

12 김양선, 「탈주체·탈중심 시대의 여성문학비평: 여성문학비평의 실천성 회복을 위한 제언」, 『경계에 선 여성문학』, 역락, 2009, pp. 33~41.

13 김양선, 「차이와 기억의 성 정치학: 2000년대 여성문학비평의 쟁점과 과제」, 같은 책, p. 19.

14 제2물결의 페미니즘이 '평등의 정치'에서 '정체성 정치'로 즉, '분배'의 문제에서 '인정'의 문제로 이동하는 과정에서, 정치경제의 변혁을 추구하는 사회 투쟁이 문화 투쟁에 의해 완전히 희생되었음은 주지의 사실이다. 이와 관련하여 낸시

텍스트의 성별보다는 저자의 성별이 다시금 새롭게 의미화되는 상황에서, 여성주의 문학이 단순히 과거로 회귀하는 것이 아니라 이 둘을 생산적으로 통합하는 것은 어떤 방식으로 가능할까. 이 글은 한국문학사에서 '여성주의' 문학이 본격적으로 개화되기 시작했다고 평가되는 1980년대를 돌아보며 그 해결의 실마리를 찾아보고자 한다. 1980년대에 활발히 활동한 여성 시인 중 고정희가 '여성-민중'의 정체성을 강조하며 계급과 성차의 문제를 함께 사유했다면,[15] 김혜순은 '여성이 시를 쓴다는 것'의 의미를 미학적 차원에서 새로움을 추구하는 방식으로 개척해간 시인으로 평가된다. 정치성과 미학성이라는 기준으로 1980년대 여성시의 좌표를 그릴 때 고정희와 김혜순은 양극단을 점하는 경우로 해석되어온 것이다.[16] 한편 김승희의 시는 가부장제, 자본주의, 제국주의 등 여성에게 억압적인 이데올로기 일체를 비판적으로 성찰하는 중산층 지식인 여성의 정체성을 드러내고 있다는 점에서 1980년대 여성시의 영역을 확장했다고 평가된다.[17]

프레이저Nancy Fraser는 이 둘이 양자택일의 것이 아님을 강력히 주장한다. 젠더 부정의injustice는 분배의 차원에서는 계급 불평등 문제와, 인정의 차원에서는 지위 차별화 문제와 관련되는바, 이러한 젠더 부정의를 바로잡기 위해서는 현대 사회의 지위 질서와 경제적 구조 모두의 변화가 요청된다는 것이다. "젠더 '차이'는 경제적 차등뿐만 아니라 문화적 가치의 제도화된 패턴으로써 동시적으로 구성되며, [……] 여성의 종속과 투쟁하려면 분배의 정치와 인정의 정치를 결합한 접근법이 요청된다"고 그녀는 주장한다. 낸시 프레이저, 『전진하는 페미니즘: 여성주의 상상력, 반란과 반전의 역사』, 임옥희 옮김, 돌베개, 2017, pp. 222~42.

15 이 책의 제2부와 제3부 참조.

16 안지영, 「'여성적 글쓰기'와 재현의 문제: 고정희와 김혜순의 시를 중심으로」, 『한국현대문학연구』 54, 한국현대문학회, 2018.

17 조연정, 「김승희의 초기시에 나타난 '여성적 말하기'의 전략과 그 윤리」,

이 책의 앞선 글들에서 필자는 1980년대 여성 시인들에 대한 기존의 평가들을 돌아보면서, 김혜순과 고정희의 시를 적극적인 '여성해방문학'으로 읽고자 시도했다. 이제 이 글에서 관심을 두는 대상은 시인 최승자이다. 최승자는 『문학과지성』 1979년 가을호에 작품을 발표하며 시인으로 데뷔했으며 1980년대에 『이 시대의 사랑』(문학과지성사, 1981), 『즐거운 일기』(문학과지성사, 1984), 『기억의 집』(문학과지성사, 1989)을 연달아 출간하며 활발한 활동을 이어갔다.[18] 고려대학교 독문과에서 수학했으며 시인이자 번역가[19]로서 독신의 삶을 살아온 최승자의 시에는 자본주의 가부장제가 요구하는 어머니, 가정주부, 딸로서의 정체성이 뚜렷하게 작동하지는 않는다. 시인-번역가라는 직업이 (실제로 그녀의 생존 양태가 어떠했는지와는 무관하게) 최승자 시인의 정체성을 '여성-민중' 혹은 '여성-노동자'의 그것과는 거리를 두게 했던 것도 사실이다. 평범한 중산층 가정의 일원도 아니며, 시를 쓰고 번역을 하는 문필가임에

『석당논총』 70, 동아대학교 석당학술원, 2018 참조.

18 여기 언급한 시집 이외 1990년대 이후 출간된 최승자의 시집 목록은 다음과 같다. 『연인들』, 문학동네, 1999; 『쓸쓸해서 머나먼』, 문학과지성사, 2010; 『물 위에 씌어진』, 천년의시작, 2011; 『빈 배처럼 텅 비어』, 문학과지성사, 2016.

19 최승자가 번역한 도서들은 다음과 같다. 니체의 『짜라투스트라는 이렇게 말했다』(청하, 1984), 리처드 브라우티건의 『워터멜론 슈가에서』(어진소리, 1995), 알프레드 알바레즈의 『자살의 연구』(청하, 1995), 메이 사튼의 『혼자 산다는 것: 한 고독한 영혼의 시간 여행』(까치, 1999), 폴 오스터의 『굶기의 예술』(문학동네, 1999), 막스 피카르트의 『침묵의 세계』(까치, 2001), 데이비드 폰태너의 『상징의 비밀』(문학동네, 1998), 어빙 스톤의 『빈센트, 빈센트, 빈센트 반 고흐』(까치, 1981), 디팩 초프라의 『중독보다 강한』(북하우스, 2004), J. D. 샐린저의 『아홉 가지 이야기』(문학동네, 2004), 빈센트 밀레이의 『죽음의 엘레지』(읻다, 2017), 이냐치오 실로네의 『빵과 포도주』(고래의노래, 2017).

도 제도권에 안착한 '여성-지식인'이라 볼 수는 없고, 하물며 육체 노동자로서 '여성-민중'의 정체성을 부여받지도 않았던 최승자의 시를 '여성시'의 관점에서 읽는다는 것은 어떤 의미를 지닐까.

1980년대의 여성들이 대개는 자본주의의 재생산을 담당하는 '보이지 않는 노동'[20]의 주체이며, 그 이외의 경우 계급적으로 '여성-노동자' 혹은 '여성-지식인'으로 양분되어 있음을 감안할 때, 문필 노동에 종사하면서 가족, 학계, 문단 등 어떠한 공동체의 제도적 보호도 받을 수 없었던 최승자의 존재는 여성의 실존적 목소리를 날것 그대로 드러낸 경우라 볼 수 있지 않을까. 그러나 엄밀히 말해 이러한 최승자의 여성적 실존이 결국 여성의 현실적 생존 문제와 밀접하게 관련된다는 점에서, 그녀의 시는 자기 삶의 양식을 스스로 선택할 수 있는 가능성에 관한 '젠더 부정의'의 양상을 뚜렷하게 증명하는 정치적 텍스트의 한 사례로 읽힐 수 있다. 이 글은 이러한 문제의식하에 이제껏 최승자의 시가 읽혀온 방식을 비판적으로 독해하면서 기존의 문학 연구가 '여성시' 혹은 '여성성'을 이해하는

20 가사 노동을 비생산적인 것으로 간주했던 고전적 마르크스주의 입장이 비판되기 시작한 것은 이탈리아의 노동운동에서였다. 마리아로사 달라 코스타Mariarosa Dalla Costa는 「여성의 힘과 공동체의 붕괴」라는 논문에서 가사 노동이 잉여가치 생산과정의 외부에 있는 것이 아니라 자본축적 과정의 원천임을 지적한다. 1970년대에 진행된 이러한 가사 노동 논쟁으로 인해, '사적' 가정을 떠나 남성과 동등하게 임금노동자로 '사회적 노동'에 참여하는 것만을 여성의 해방의 유일한 조건으로 생각했던 기존의 관점들이 해체되기 시작한다. 이에 대해 마리아 미즈Maria Mies는 이 같은 노동의 성별 구분과 국제적 구분의 상호작용을 통해 자본주의적 가부장제의 식민지가 만들어진다고 파악한다. 마리아로사 달라 코스타, 『집안의 노동자: 뉴딜이 기획한 가족과 여성』, 김현지·이영주 옮김, 갈무리, 2017, pp. 209~15; 마리아 미즈, 『가부장제와 자본주의: 여성, 자연, 식민지와 세계적 규모의 자본축적』, 최재인 옮김, 갈무리, 2014, pp. 96~105 참조.

방식의 문제점을 적극적으로 지적하고, 나아가 최승자 시를 여성주의의 관점에서 새롭게 읽을 것을 제안해보고자 한다.

2　'방법론'으로서의 여성성 혹은 여성성의 '과잉담론화'

첫 시집 『이 시대의 사랑』 이후 1980년대에 활발하게 발표된 최승자의 시에 드러난 기본적 정서는 절망과 고통이다. 주로 자기 학대의 방식으로 드러나는 이러한 고통의 정서는 '사랑' '죽음' 등의 키워드를 중심으로 청춘의 낭만적 발화로 읽히기도 했으며, 노동시와 해체시로 양분된 1980년대 시단의 구도 안에서 억압적 사회현실을 비극적으로 인식·표현하는 해체시의 사례로 읽히기도 했다. 첫번째 시집 『이 시대의 사랑』의 해설에서 김치수는, 최승자의 시적 주체가 자기 존재는 물론 혈연관계를 비롯한 모든 관계를 부정하는 것은 "철저한 긍정의 바람 때문에 가능한 것"[21]이라고 논평한다. 그리고 이러한 태도를 사랑의 실패를 경험한 청춘의 절망을 넘어서는 시인의 "운명론적 불행"[22]으로 연결한다. 그녀 시에 나타난 비극적 현실 인식의 태도는 비루한 일상에 만족할 수 없는 시인의 이상주의적 태도를 반증하는 것이라는 해석이다.

최승자의 시에서 "낭만적 선민주의자"[23]의 태도가 느껴진다는

21　김치수 해설, 「사랑의 방법」, 『이 시대의 사랑』, 문학과지성사, 1981, p. 95.

22　같은 글, p. 93.

23　김현, 「게워냄과 피워냄: 최승자의 시세계」(최초발표: 『문예중앙』 1990년 봄호), 『젊은 시인들의 상상세계/말들의 풍경』(김현문학전집 6), 문학과지성사, 1992, p. 228.

김현의 관점이나, 최승자 시의 비극적 태도가 위악적인 현실을 비판하고 그것을 충격적으로 깨닫게 하는 "방법적 비극"[24]과 같다고 판단하는 정과리의 관점도, 김치수의 평가와 크게 다르지 않다. "사랑의 방법"(김치수), "방법적 비극"(정과리), "방법적 부정"(진형준)[25] 등 1980년대에 출간된 세 권의 최승자 시집에 붙은 해설들이 나란히 '방법적'이라는 수사를 차용하고 있다는 점은 당대 남성 비평가들에게 그녀의 시가 읽혀온 공통된 방식을 뚜렷하게 증명하는 듯하다. 최승자 시에서 날것 그대로의 생생한 목소리로 토로되는 고통과 절망의 태도는 '현실'에 대한 부정적 인식을 드러내는 방법론 혹은 수단의 일종으로만 이해되었던 것이며, 시인이 발설한 고통의 사실성에 주목한 경우는 극히 드물었다고 하겠다.

이때 남성 평론가들이 염두에 둔 문학 밖의 '현실'이란 무엇일까. 그것은 물론 유신과 군사정권으로 이어지는 1970~80년대의 억압적 정치 현실이었을 뿐, 특별히 여성에게, 나아가 번역가-시인으로 독신의 삶을 영위하는 여성 시인 최승자에게만 유독 가혹했던 현실이었던 것 같지는 않다. 시인의 성별을 비롯하여 일체의 개인적 사정에 괄호 치며 시인과 텍스트를 분리하는 이 같은 비평적 태도는 문학의 자율성을 주장하는 세련된 텍스트주의의 소산일 텐데, 이러한 비평들이 예외적으로 외부의 정치 현실은 심각하게 고려

24 정과리 해설, 「방법적 비극, 그리고: 최승자의 시 세계」, 『즐거운 일기』, 문학과지성사, 1984, p. 125.

25 진형준 해설, 「긍정에 감싸인 방법적 부정, 혹은 그 역」, 『기억의 집』, 문학과지성사, 1989.

한다는 점은 아이러니하다. 문학의 자율성을 고수하면서도 현실에 대한 비판적 인식을 담아낼 방법을 고민하지만, 문학이 고려해야 할 외부 사정에서 '여성의 현실'만은 배제됐던 셈이다. 이러한 일견 모순된 태도는 최승자 시의 '여성성'을 해석하는 장면에서도 확인된다.

정과리와 김현의 비평이 최승자 시의 '여성성'에 아예 눈감았던 것은 아니다. 이 둘은 공통적으로 최승자 시의 '불모(不毛/不母)의 여성성'에 주목한다. 죽음의 세계와 친연하고 "빈 껍데기"(「겨울에 바다에 갔었다」, 『즐거운 일기』)에 불과한 것으로 묘사되는 최승자 시의 "모태"를, 정과리는 근원 상실의 자본주의 세계에 대한 메타포로 읽어낸다.[26] 이러한 해석에 전제되어 있는 것은, 여성의 몸을 세계의 근원에 대한 상징으로 파악하는 태도, 즉 여성을 철처히 신성화하고 관념화하는 시선이다. "여자들은 저마다의 몸 속에 하나씩의 무덤을 갖고 있다./죽음과 탄생이 땀 흘리는 곳"이라는 구절로 시작되는 「여성에 관하여」(『즐거운 일기』)라는 시를 읽으며, 김현은 "여자들의 몸 속에 [……] 불모의 죽음은 풍요한 탄생과 얽혀 있다"[27]는 사실이 최승자의 시에서 발견된다고 말한다. 죽음과 탄생을 신비롭게 연결하는 것이 여성성의 본질이라고 파악하는 김현에게도 여성은 추상화된 관념일 뿐이다.

최승자의 시를 '여성 주체'의 관점에서 살펴본 최근의 논의들은 주로 라캉 등의 정신분석을 참조하며 '성차'에 관한 일반론의 관점

26 정과리, 같은 글, p. 109.
27 김현, 같은 글, p. 230.

에서 그녀 시의 여성성을 의미화한다. 이혜원[28]은 최승자 시에 "사랑의 실패로 절망에 빠진 여성 주체"가 빈번하게 등장한다는 점에 주목하여 이를 죽음충동을 통해 고통을 향유하는 '여성적 주체'로 분석한다. 최승자 시에 나타난 죽음충동은, 사랑의 실패라는 일상적 절망을 토로한 것으로 단순히 이해될 것이 아니라, 고통을 향유하며 무한을 지향하는 숭고한 행위로 읽혀야 한다는 것이다. 사랑에 관한 라캉의 성차 공식을 충실히 따르는 이러한 논의는 최승자 시에 나타난 '사랑'과 '죽음'의 의미를 '여성적 향유'라는 관점에서 역동적으로 파악하면서 기존 연구와의 차별화를 시도한다. 그러나 이 글이 말하는 최승자의 '여성적 주체' '여성적 향유' '여성성' 등은 당대의 여성이 처한 현실적 조건과는 무관한 텅 빈 이론적 개념들에 불과하다는 점에서, 이러한 분석은 타자성의 개념으로 여성성을 무화한 이른바 '차이의 페미니즘'이 당도한 역설적 사정을 증명하는 한 사례로 읽히게 된다.

이광호는 좀더 적극적인 방식으로 최승자 시에서 젠더 정치가 실현되는 과정을 살핀다. 그는 버틀러의 '애도불가능의 정치' 혹은 '수행성으로서의 젠더' 개념에 착안하여 최승자 초기 시의 여성 주체를 "애도의 '수행자'로서의 시적 주체"로 파악한다.[29] 이러한 관점에서 최승자 시에 나타난 "사산(死産)의 주체"를 "가부장적인 규율권력이 국가의 법과 담론에 의해 규정한 '정상적인 여성의 몸'의

28 이혜원, 「최승자 시에 나타나는 사랑의 정신분석학적 연구」, 『비평문학』 59, 한국비평문학회, 2016.

29 이광호, 「최승자 시의 애도 주체와 젠더 정치학」, 『한국시학연구』 45, 한국시학회, 2016.

바깥"으로 추방한 "비주체"로 읽으며, 이를 가부장적 상징 질서가 여성을 호명하는 방식에 철저히 저항하는 것으로 의미화한다. 최승자의 시가 제도화된 젠더 시스템을 파열시키고자 한다는 이광호의 주장은 설득력이 없지 않지만 다음과 같은 점들이 함께 고려되어야 한다. 최승자의 '낳는 주체'와 '사산의 주체'를 분석하며 그것이 가부장적 모성 이데올로기를 해체하는 젠더 정치를 수행한다고 할 때, 그 글이 상정하는 '여성=모성'의 전제 자체가 매우 한정적이라는 점이다. 모성의 거절을 통한 젠더 재배치는 최승자 시의 부분적 성취에 불과할 수 있기 때문이다. 나아가 언어적·시적 차원에서의 이러한 젠더 재배치가 현실의 젠더 정치로 어떻게 이어질 수 있는지에 대해서도 생각해야 한다. 그런 점에서 최승자의 시에 현실 환기력이 비교적 강한 대목들이 적지 않다는 사실이 중요하게 고려될 필요가 있다.

결국 최승자의 시가 죽음이라는 타자성을 어떻게 이해하는지 분석하는 이혜원과 이광호의 글은 그녀 시의 '여성적 주체'를 '차이의 페미니즘' 혹은 '문화적 페미니즘'의 사례로 읽은 것이라 할 수 있다. 최승자의 생물학적 성을 참조하긴 했으나 사실 이러한 논의들은 저자의 성별보다는 텍스트의 성별을 집중적으로 분석한 사례에 해당된다. 이처럼 과잉담론화된 '여성성'의 개념에 의존하는 분석들에 의해 최승자 시의 '여성적 말하기'가 그 의미를 충분히 부여받았다고 보기는 힘들다. '여성적 주체'에 집중했다고는 하지만 이러한 연구들 역시, 가령 정과리의 "방법적 비극"이라는 식의 해석이 노출한 한계를 공유한다. 여성의 몸을 '세계의 근원'으로 인식하거나, 여성적 주체를 '향유의 주체' 혹은 '애도의 주체'로 읽음으로써, 최승자 시의 여성적 발화는 구체적 현실을 살아가는 당대의 여성적 조건과는 접속하기 힘든 것이 된다. 최승자 시에 재현된 여성의 몸 나아가 여성 주체는 철저히 탈관념화, 탈대상화될 필요가 있다. 이와 관련하여 최승자 시에 나타난 여성의 현실적 체험 그 자체의 양상에 주목하는 다음의 두 연구는 시사하는 바가 적지 않다.

최승자 시에서 '유기'의 모티프에 주목하는 김신정의 논문이 적절히 지적했듯, 「겨울에 바다에 갔었다」와 「여성에 관하여」를 비롯한 다수의 시편에서 비교적 선명한 형태로 그려지는 '여성적 체험'으로서의 '낙태' 경험은, 그것이 한국 사회 공론장에서 말해지는 통상적 어법과 달리, 사회적 문제로서가 아닌 지극히 개인적인 체험으로서 생생하게 그려지고 있다는 점[30]에서 여전히 주목을 요한다. 기존의 연구들이 최승자 시에 그려지는 '불모의 여성성'을 '불임의 시대'에 대한 상징으로 읽으며 1980년대라는 시대적 비극성을 환기하기 위한 것으로 여성성을 활용하는 방식을 그녀 역시 비판한다. 김신정은 "최승자 시에 나타난 '죽음'이 어떤 것에 대한 비유나 표상이기 이전에 극단적인 개인적 체험의 고백이라는 면에서 이해"[31]되어야 한다고 말한다.

이러한 관점의 적절함에도 불구하고 김신정의 논문은 "극단적인 개인적 체험의 고백"으로서 낙태의 경험을 여성의 현실적 조건에 저항하는 것으로 연결하기보다는, '여성성 = 모성성'이라는 고정관념을 해체하는 것으로서만 담론화하여 읽는다는 점에서 역시 제한

30 김신정, 「강은교와 최승자 시에 나타난 유기(遺棄)의 모티프」, 『비평문학』 46, 한국비평문학회, 2012, pp. 187~93.

31 같은 글, p. 192.

적 독해가 된다. "출산하고 양육하고 희생하는 모성만이 아니라 출산하지 못하고 양육할 수 없는 모성"[32]에 대해 생각하게 한다는 점에서 최승자 시가 여성시의 한정된 테두리를 벗어난 것이라 할 수 있지만, 그것이 출산하는 여성에 관한 것이듯, 출산하지 않는 여성에 관한 것이든, 모성의 관점으로만 여성을 바라본다는 점에서는 김신정의 논의 역시 여성성의 개념을 충분히 확장했다고 보기는 힘들다. 나아가 "버려진 여성"을 형상화한 최승자의 시를 "'버려진 존재'들을 위한 시, 그리고 오염된 시대와 황폐화된 문명에 대한 비판과 통찰의 시"[33]로 그 의미를 확장하는 순간, 김신정의 해석은 정과리 등 남성 평론가들이 명명한 "방법론적 비극"처럼 그녀 시의 의미를 오히려 축소하게 된다.

이 글이 좀더 적극적으로 의미 부여 하고자 하는 선행 연구는 권명아의 것이다. 본격적으로 최승자의 시 텍스트를 분석하고 있지는 않지만 '싱글 라이프'를 선택한 여성 문인들의 계보 아래 최승자 시인을 놓아보는 권명아의 논의는 생물학적 여성으로서의 최승자 시의 '저자성'을 적극적으로 의미화하고 있다는 점에서 앞선 논의들과 차별된다. 1980년대 말에서 1990년대 사이 이십, 삼십대를 보낸 여성들에게 싱글 라이프를 선택한다는 것이 명백한 정치적 결단이었음을 회고하는 권명아는 신자유주의가 팽배한 2010년대의 현실 속에서 여성의 싱글 라이프가 '구호 대상'으로 전락해버린 그 낙차를 지적해본다.[34] 이때 권명아가 중요하게 문제 삼는 것은 여

32 같은 곳.

33 같은 글, pp. 192~93.

34 권명아, 「불/가능한 싱글 라이프: 연민과 정치적 주체성」, 『무한히 정치적인

성 싱글 라이프의 생존 불가능성이기보다는 그 존재 방식의 '번역 불가능성'에 관한 것이다. 이에 배수아와 최승자가 그 중요한 사례로서 제시된다. 혼자 감당해야 하는 고된 노동임에도 불구하고 여성의 싱글 라이프는 1980년대 말 상황에서는 "여성의 삶에 대한 새로운 열정의 한 표현"[35]으로 해석되었으며, 1990년대 이후에는 '칙릿chick lit 소설' 등의 등장과 함께 "문화산업의 새로운 개척지"[36]가 되기도 했다. 그러나 이후 기존의 정치 세력에 대한 불신이 커지며 페미니즘 역시 과거형이 되어버리고, 이러한 사정 속에서 여성의 싱글 라이프는 어떠한 정치적 함의도 지니지 못하는 것으로 전락하면서 한국 사회 구성원들의 공통의 관심사로부터 멀어지게 되었다. 이러한 맥락에서 여성의 싱글 라이프가 "재현 불가능한 어떤 영역"이 되어버렸다고 권명아는 진단한다.

배수아의 『북쪽거실』(문학과지성사, 2009)이나 『올빼미의 없음』(창비, 2010)이 번역 투의 문체를 활용하여 사실주의 문학의 의미화 기능을 해체하는 방향으로 나아간 것은 "여행 속에서 또 여행을 떠나는 자" "집 대신 임시 거처만을 가진 자" "가족 대신 우연한 만남만을 가질 수 있는"[37] 자의 존재 형식을 드러낸 것과 같다고 그녀는 말한다. 한편 최승자의 몇 안 되는 인터뷰들이 '윤색된 글reported narrative'의 형태를 통해 그녀의 '대화 불능' 상태를 전하는 방식에도 문제를 제기한다. 최승자의 '대화 불능'의 말하기 방식이 단순히

외로움: 한국 사회의 정동을 묻다』, 갈무리, 2012 참조.

35 같은 글, p. 44.

36 같은 곳.

37 같은 글, p. 64.

'정신병적 상태'의 문제로 환원될 수는 없으며, 소통 가능한 모국어로는 '번역이 불가능한' 그녀 삶의 독자적 양식을 보여주는 것으로 이해되어야 한다고 권명아는 말한다. '대화 불능'은 당연히 어느 한 쪽의 문제로만 치부될 수는 없다. 이러한 사정은 그녀가 선택한 삶의 태도 자체가 당대 현실과 서로 소통하지 못한다는 사실을 징후적으로 드러낸다. 그렇다면 앞 절에서 지적했듯 최승자의 삶과 시는 자기 삶의 양식을 스스로 선택할 수 있는 가능성에 관한 '젠더 부정의'의 양상을 증명하는 사례로 독해될 수 있다.

이러한 논의를 참조하여 이 글의 이어지는 장에서는 최승자의 시를 여성이 처한 현실적 조건을 사실적으로 폭로하는 재현의 텍스트라는 관점에서 읽어보기를 시도한다. 이러한 시도는 여성시에 관한 기존의 논의를 두 가지 차원에서 극복하려는 목적을 지닌다. 첫째, 이 글의 1장에서 살핀 바와 같이 여성문학에 관한 기존의 연구가 저자의 성별에 주목하여 (가부장제하의 중산층 여성의 저항이라는) 한정된 의미에서 텍스트의 정치성을 논하거나 텍스트의 성별에 주목하여 여성성을 과잉담론화함으로써 여성문학의 정치성을 현실적 맥락으로 접속시키지 못한 점을 동시에 극복하려는 시도이다. 둘째, 기존의 논의들이 여성시로서의 최승자의 시가 극복하려는 것을 '여성=모성'으로 한정해 이해하거나 '여성=모성'의 극복을 결국 시대적 불행을 드러내는 방법론의 일종으로 이해한 독법을 극복하려는 시도이다. 최승자의 시는 여성 일반의 불행이나 특정 시대의 불행, 혹은 타자성이라는 담론을 재현하는 텍스트로 읽히기 이전에 최승자라는 여성의 독특한 실존과 생존 그 자체를 표명하는 텍스트로도 읽힐 필요가 있다. 시 텍스트를 시인의 자기 고백 혹은 시인이 처한 현실의 사실적 재현으로 읽는 것은 여러모로 그 텍스트의 가능성을 제한하는 일이 되겠으나, 본 글은 위의 한계들을 극복하기 위한 방편으로 이러한 읽기를 제안하고자 한다.

3 '낙태'와 '공복'
—절대 자존(自存)의 공간으로서 여성의 몸

근대 여성 지식인들의 자기 서사에 주목하는 장영은의 최근 논문이 지적하듯 근대 여성 지식인들의 사회적·정치적 참여는 오로지 글을 써서 발표하는 행위로 한정되어 있었다. '글쓰기=공적 발화'라는 공식은 특히 여성 지식인들에게 더 강력히 작동했던 셈이다. 그녀들에게는 공적 영역에서 자신의 존재를 확인하고 증명할 방법이 글을 쓰고 발표하는 행위밖에 없었기 때문이다.[38] 여성의 공적 발화와 사회적 참여의 행위가 글쓰기에 한정되어 있었다는 이러한 관점은 1980년대 여성 시인의 시를 읽는 데에도 무리 없이 통용될 수 있다. 이러한 시각은 최승자의 시 쓰기를 적극적인 사회 참여의 행위로 읽게끔 한다. 나아가 최근의 연구들이 확인하고 있듯 한국 사회에서 여성해방운동이 본격화되기 시작한 시기가 1980년대임을 감안할 때[39] 이 시기 활발하게 발표된 최승자의 시가 '여성

38 장영은, 「근대 여성 지식인의 자기서사 연구」, 성균관대학교 박사학위 논문, 2017, pp. 1~23.

39 이 시기 1983년 여성평우회, 1987년 여연 등 다수의 여성운동 조직이 출범하였으며, 여성학이 대학 내에 자리를 잡기 시작했고, 번역서 발간을 중심으로 여성학의 학문적 생산 역시 활발해졌다. 이에 대해서는 허윤, 「1980년대 여성해방운동과 번역의 역설」, 『여성문학연구』 28, 한국여성문학학회, 2012, pp. 241~43 참조.

주의' 문학의 적극적 사례로 읽힐 맥락도 당시 충분히 형성되어 있었다고 볼 수 있다. 그렇다면 최승자의 시는 여성의 어떤 현실을 말하는 것으로 읽힐 수 있을까. 권명아가 지적했듯 최승자가 번역과 시 쓰기를 통해 생계를 이어가는 독신의 삶을 살았다는 점이 주목된다. 이러한 사실은 시의 곳곳에 표명되어 있기도 하다. 최승자 시에 드러나는 '고립'의 사정과 '고독'의 정서는 인간의 근본적 실존이나 그로 인한 보편적 감정을 드러내는 것이기 이전에, 그녀 삶의 실상을 보여주는 것으로, 나아가 여성적 삶의 새로운 양식을 보여주는 것으로도 읽힐 필요가 있는 것이다. 평범한 가정을 이루지 않았다는 점, 더불어 안정된 임금노동자로서 살지 않았다는 이중의 현실적 조건은 최승자의 시를 읽기 위해 좀더 적극적으로 참조되어야 한다.[40] 이러한 관점에 의해 최승자 시의 여성주의적 면모가 두드러질 수 있기 때문이다.

'성별 분업 노동'과 '국제 노동 분업'의 긴밀한 공조 속에 제3세계 여성의 노동력을 극도로 착취한 결과 서구 자본주의 사회의 풍

40 최근, 1980년대 여성해방운동과 여성문학의 접점을 살피는 연구들이 활발한 가운데, 그중 중요한 동인지로 검토되고 있는 것이 『또하나의문화』이다. 이 동인지가 주로 중산층이나 지식인 여성을 대상으로 그녀들이 가족과 직장에서 직면하는 문제들을 다루고자 했다는 점을 감안할 때, 최승자가 이 동인지에 한 번도 자신의 시를 발표한 적이 없다는 점도 주목해볼 만하다. '또하나의문화'의 동인이었던 시인 고정희의 주도 아래 박완서, 강석경 등의 소설가가 편집인으로 참여하여 제3호 잡지가 "여성해방의 문학"이라는 제호의 여성문학 앤솔로지를 출간했을 때 김혜순, 고정희, 김승희, 천양희 등의 시가 함께 묶였으나 여기에도 최승자의 이름은 없다. 당대 문단과 최승자의 관계를 실증적으로 검토하는 작업이 필요하겠지만, 주로 가정주부, 대학생, 지식인 등 중산층 여성들을 대상으로 여성주의 담론을 형성해나갔던 『또하나의문화』에 최승자의 흔적이 없는 점은, 최승자 시가 그리는 여성의 현실적 조건을 이해함에 있어 적지 않은 참조가 된다.

요가 가능해졌다고 말하는 마리아 미즈에 따르면, 여성을 가정주부로 규정하며 '자유 임금노동자'로는 인정하지 않는 태도는 두 가지 이점을 지닌다. 그녀들의 노동력을 값싸게 구매할 수 있을 뿐 아니라, 여성에 대한 정치적 통제도 가능해진다. "가정주부는 개별화·고립화되어 있"고 "그들의 일은 공동의 이해관계, 전체 생산과정을 간파하는 것이 아주 어렵게 조직되어 있"[41]기 때문이다. 1980년대에 비로소 여성문학이 '여성주의' 문학으로 의식화하면서 문제 삼았던 것도 대부분 이러한 '가정 내 여성'들의 위치에 관한 것이었다 할 수 있다.

그러나 최승자의 시에서 그려지는 것은 '가정 밖의 여성'이다. 그녀 시에 나타난 고립의 사정과 고독의 정서는 '다락방의 미친 여자'라는 상징처럼 가부장제라는 관계 안에서의 실존적 고립을 드러내는 것이기보다는 그녀의 극사실적 삶의 조건을 드러내는 것이라고 보는 편이 맞다. 선행 연구들이 최승자 시에 나타난 '불모의 여성성'에 주목하여 그녀 시가 그리는 '버려진 여성'과 '낙태'의 이미지를 모성 신화의 해체로 읽은 것도, '가정 내 여성'만을 염두에 두었기 때문에 가능했던 것이라 할 수 있다. 최승자의 시는 '여성=모성=생명력'이라는 의미망을 벗어나고자 하지만 그녀 시의 최종 목표가 이 같은 모성 신화의 해체라고만 보기는 힘들 것이다. 이러한 한정된 시각을 탈피하여 최승자가 여성의 삶의 조건이나 여성의 노동을 인식하는 장면들을 살필 필요가 있다. 이를 위해 이 장에서는 최승자 시에 그려지는 '낙태'와 '공복'의 이미지를 검토하기로 한다.

41 마리아 미즈, 같은 책, pp. 255~56.

3-1 '낙태' 이미지

여성주의 정치학자 아이리스 매리언 영Iris Marion Young에 따르면, 여성을 몸에 한정해 정의하고 남성을 비체현적인 것으로 정의하는 '문화제국주의'적 시각에서, "몸의 구분은 특정 집단을 열등한 것으로 만들어내는 데 결정적인 역할을 한다".[42] 동일한 관점에서 트실런은 여성들이 여성의 체현을 결정하는 다섯 가지 패러독스에 갇혀 처벌받고 있다고 주장한다. 여성들은 정숙한 유혹자가 되어야 한다는 '정숙'의 패러독스, 여성들을 인공물로 파악하여 진정성을 결여한 존재로 주변화하는 '표리부동'의 패러독스, 여성은 문화적으로 비가시적이지만 섹슈얼리티의 대상이 된다는 '가시성'의 패러독스, 여성은 아름답지만 추하다는 '아름다움'의 패러독스, 여성이 탄생과 죽음을 동시에 의미한다는 '죽음'의 패러독스가 그것이다.[43] 이러한 패러독스의 핵심을 추리자면, 여성은 오직 섹슈얼리티의 대상이나 생산의 모체로만 가시화될 뿐 자기 몸의 주체로 인정되지 않는다.

최승자의 시가 자신의 몸을 온갖 오물을 뒤집어쓴 '수치'스러운 것으로 그리거나 자기 몸의 생명력을 철저히 거부하는 것은, 여성의 몸에 대한 속박, 더 정확히 말하면 여성을 언제나 몸에 한정해 대상화하는 시선을 거절하는 위악적 자기 비하의 태도라 할 수 있다. 그녀의 시에서 시적 화자의 몸은 "마른 빵에 핀 곰팡이/벽에다

42 린다 맥도웰, 『젠더, 정체성, 장소: 페미니스트 지리학의 이해』, 여성과 공간 연구회 옮김, 한울아카데미, 2010, p. 97.

43 같은 책, pp. 97~98.

누고 또 눈 지린 오줌 자국/아직도 구더기에 뒤덮인 천년 전에 죽은 시체"(「일찌기 나는」, 『이 시대의 사랑』)에 지나지 않는 것으로 표현되며 혐오를 유발하기도 하고, "말 오줌 냄새"(「개 같은 가을이」, 같은 책)를 풍기는 방에 수치스럽게 놓인 것으로 그려지기도 한다. '뇌수를 쏟아내는 깨진 머리통'(「술독에 빠진 그리움」, 같은 책)으로 그로테스크하게 표현되거나, "피는 젤리 손톱은 톱밥 머리칼은 철사/끝없는 광물질의 안개"(「삼십세」)에서처럼 일체의 생명력이 없는 파편화된 광물질로 표현되기도 한다. "슬픔의 매독균을 간직한 여자"(「K를 위하여」, 『즐거운 일기』), "혈관을 타고 흐르는 매독균"(「네게로」, 『이 시대의 사랑』) 등의 표현에서 보듯 여성의 몸은 해로운 균을 품고 있는 것으로 그려지기도 한다. 이때 여성의 몸이 성관계를 통해 매독균에 전염되는 대상으로 그려지기보다 오히려 매독균을 적극적으로 전파하는 가학적 주체로 그려지기도 하는 점은 흥미롭다. 이처럼 최승자의 시에서 여성의 몸은 수치스럽고 '버려진' 것으로 재현되거나 더러운 것에 오염된 혐오스러운 것으로 그려진다. 이러한 양상은 여성의 몸을 섹슈얼리티의 대상이나 생명력을 지닌 모체로서만 가시화하는 남성적 시선에 대한 전면적 거절로 읽힌다.

선행 연구들이 살폈듯, 죽음과 결부된 자궁의 이미지는 최승자 초기 시에 빈번하게 그려지는데, 이는 여성의 몸에 대한 위악적 자기 비하의 태도가 가장 두드러지는 장면이라 할 수 있다. 특히 두번째 시집 『즐거운 일기』에 이러한 시들이 집중적으로 실려 있다. 빈손이기 때문에 아들에게 아무것도 줄 것이 없다고 말하는 엄마가 등장하거나[「197×년의 우리들의 사랑: 아무도 그 시간의 화상(火

傷)을 지우지 못했다」,『즐거운 일기』], "우리 엄마 자궁 속에 검붉은 암 기운이 번지나 봐"(「지금 내가 없는 어디에서」, 같은 책)와 같은 구절도 발견된다. 「여성에 관하여」에서는 "여자들의 내부"가 "모래바람" 부는 곳으로, "폐허의 사원"이자 "굳어진 죽은 바다"로 그려진다. 「겨울에 바다에 갔었다」에서는 겨울의 바다에서 죽은 여자의 "자궁으로부터 병약하고 창백한 아이들이" 쏟아져 나와 세계 각지로 흩어져 "매독을 퍼뜨리고 사생아를 낳으면서" "불발의 혁명을" 일으킨다고 적고 있다. "여자의 자궁"은 "오염된 바다"와 한몸인 것으로 표현된다. 이처럼 여성의 몸은 단순히 생명을 탄생시킬 수 없는 '불모'의 공간이기를 넘어, 오히려 오염된 생명을 만드는 장소로 그려지며 그 부정성이 극대화된다. '여성=모성=생산'의 연쇄에 한정해 여성의 몸을 이해하는 기존의 통념에 대한 매우 강력한 거절인 셈이다. 이때 좀더 섬세히 읽어내야 할 것은, 이러한 기존의 통념을 거절하는 최승자의 시들이 모태와 아기라는 2자 관계를 중심으로 씌어지기보다는 그 안에 남성적 존재를 적극적으로 개입시키고 있다는 점이다. 최승자의 시가 그리는 '불모의 여성성'을 단순한 상징으로만 읽을 수 없는 이유가 여기에 있다. 원치 않는 방식으로 여성의 몸이 변형되거나 훼손되는 데에는 분명한 외부적 원인이 존재한다는 사정이 강하게 환기되는 것이다.

너는 날 버렸지,
이젠 헤어지자고
너는 날 버렸지,
산 속에서 바닷가에서

나는 날 버렸지.

수술 대 위에 다리를 벌리고 누웠을 때
시멘트 지붕을 뚫고 하늘이 보이고
날아가는 새들의 폐벽에 가득찬 공기도 보였어.

하나 둘 셋 넷 다섯도 못 넘기고
지붕도 하늘도 새도 보이잖고
그러나 난 죽으면서 보았어.
나와 내 아이가 이 도시의 시궁창 속으로 시궁창 속으로
세월의 자궁 속으로 한없이 흘러가던 것을.
그때부터야.
나는 이 지상에 한 무덤으로 누워 하늘을 바라고
나의 아이는 하늘을 날아다닌다.
올챙이꼬리 같은 지느러미를 달고.
나쁜 놈, 날 널 죽여 버리고 말 거야
널 내 속에서 다시 낳고야 말 거야
내 아이는 드센 바람에 불려 지상에 떨어지면
내 무덤 속에서 몇 달간 따스하게 지내다
또다시 떠나가지 저 차가운 하늘 바다로,
올챙이꼬리 같은 지느러미를 달고.
오 개새끼
못 잊어!
—「Y를 위하여」(『즐거운 일기』) 전문(강조는 인용자, 이하 동일)

"오 개새끼/못 잊어!"라는 극언으로 마무리되는 「Y를 위하여」가 한국 여성시의 발화법을 확장했음은 주지의 사실이다. "수술 대 위에 다리를 벌리고 누"워 "하나 둘 셋 넷 다섯" 숫자를 세는 장면은 임신중절 수술을 받기 위해 마취주사를 맞고 있는 상황을 암시한다. 배 속의 아이를 없애는 체험에 대해 '나'는 "나와 내 아이가" 동시에 "도시의 시궁창 속"으로 빠지는 것 같다고 말한다. '나'는 '내 아이'와 함께 견디기 힘든 수모를 겪고 있는 셈이다. 수술로 죽게 되는 것은 아이만이 아니다. 아이는 하늘로 날아가고, 그와 동시에 '나' 역시 '무덤' 속의 죽은 목숨이 되어버린다. 그러나 배 속 생명의 사라짐과 동시에 여성의 몸이 '무덤'처럼 되어버린다는 사실이 이 시의 놀라운 통찰이라 보기는 어렵다. 「Y를 위하여」가 특별해지는 것은 "나쁜 놈" "개새끼"라는 욕설의 생생함 때문이기도 하지만, "날 널 죽여 버리고 말 거야/널 내 속에서 다시 낳고야 말 거야" 라는 표현의 애매함 때문이라고도 할 수 있다. 여기서 '너'는 누구일까.

그것은 일차적으로 '나'를 "수술대 위에 다리를 벌리"는 수치스러운 자세로 눕게 만든 '나'를 '버린' 남성일 것이다. 그러나 인용한 시에서 강조 표시를 한 부분을 연달아 읽으면, "올챙이꼬리 같은 지느러미를 달고" 하늘을 날아다니는 '나의 아이'와, 내가 극도의 증오로 표출하는 '너'가 은연중 겹치게 된다. "올챙이꼬리 같은 지느러미를 달고" 있는 '나의 아이'는 남성의 정자를 연상케 하며, '너'를 '다시 낳겠다'는 표현에서 '너'와 '아이'의 이미지는 중첩된다. 이렇게 읽힐 때 이 시는 배 속 생명을 죽인 여성의 죄책감과 수치심, 그리고 그 사태를 방관한 남성에 대한 증오를 드러내는 시로서만 한정될 수는 없게 된다. 이 시에서 낙태하는 여성의 죄책감 같은 것은 조금도 포착되지 않는다는 점에 주목해야 할 것이다. 최승자의 시가 '낙태'의 이미지를 통해 여성의 '몸'을 불모의 것으로 그림으로써 '여성=모성'의 신화를 비판했다는 것이 기존 연구들의 공통된 의견이며 「Y를 위하여」에 대한 해석도 크게 다르지 않다고 할 때, 이처럼 여성 주체의 목소리에 괄호 치고 여성의 몸이 어떻게 재현되는지를 분석하며 여성을 역시 '몸'으로 환원해버리는 것은 여성시에 관한 생산적인 독법이 될 수 없다. 그보다는 이 시에 드러난 시적 주체의 감정적 태도에 주목할 필요가 있다.

배 속의 '아이'를 "올챙이꼬리 같은 지느러미"를 달고 있는 것으로 묘사하고 그것을 증오의 감정과 함께 놓음으로써 「Y를 위하여」는 '여성=모성'이라는 통념을 극단적으로 해체하게 된다. 배 속 아이는 내 몸에서 태어나지 못하고 죽어버린 생명이기 이전에, '나'를 '수술대' 위에 눕히고 '나'를 '시궁창'에 빠뜨린 '너'와 분리되지 않는 대상이다. "올챙이꼬리 같은 지느러미"를 달고 있는 아이를 시적 화자는 내 몸과 일체화된 생명으로 인식하기보다는, 내 몸으로 침범해 들어온 타자적 존재로 인식하고 있다. 이 시는 이러한 이미지들을 통해 '낙태'의 경험이 여성 주체에게 죄책과 슬픔의 감정을 안겨준다는 통념을 완벽히 해체해버린다. 임신의 상황에서 여성 주체가 느끼는 일차적 감각은 이물감일 것이며, 낙태의 상황에서의 주된 감정은 죄책이 아니라 분노와 모멸감에 가깝다는 점을 「Y를 위하여」가 적극적으로 재현하고 있는 것이다.

이 같은 심리 상태는 「너는 즐거웠었니」라는 시에서 좀더 흥미롭게 그려진다.

네가 나를 차 버렸을 때
너는 즐거웠었니,
내 사랑 내 아가야.

어느 날 네가 병든 낙엽처럼
내 문간에 불려 떨어진다면
어느 날 네가 허깨비처럼
내 창가에 돌아와 선다면

네가 쓰러지기 전에
먼저 나를 차 주지 않겠니,

다시는 내가 이 세상에 기어나오지 못하도록
모가지를 꿈틀거리며 기어나오지 못하도록
네가 쓰러지기 전에
먼저 나를 차 주지 않겠니,
다정한 내 사랑 아가야.

가여운 내 사랑 내 아가야!!
—「너는 즐거웠었니」(『즐거운 일기』) 전문

"네가 나를 차 버렸을 때/너는 즐거웠었니"라는 힐난의 질문으로 시작하는 이 시는 최승자 시에서 흔히 볼 수 있는 '버림받은 여자'의 목소리를 담은 시로 읽히는 듯하지만, 바로 이어지는 행에 "내 사랑 내 아가야"라는 구절이 놓임으로써 '나'와 '너'의 관계가 애매해진다. "내 사랑 내 아가야"라는 호명만 없다면 "다시는 내가 이 세상에 기어나오지 못하도록/모가지를 꿈틀거리며 기어나오지 못하도록" "먼저 나를 차 주지 않겠니"라는 당부의 말은, 자신을 외면한 '너'를 공격하기 위한 적극적 자기 학대의 제스처로 읽히기도 한다. "내 사랑 내 아가야"라는 호명이 말 그대로 자신의 아이를 부르는 것이 아니라 한때 연인 관계에 있던 '너'를 부르는 애칭일 수도 있기 때문이다. 그러나 "너는 즐거웠었니"라는 힐난의 말투가 마지막 부분에 이르러 "다정한 내 사랑 내 아가야" "가여운 내 사랑 내 아가야!!"라는 따뜻한 말투로 뒤바뀌는 것은 어색할 수밖에 없다. 이 시에서도 이처럼 "내 아가"라는 호명과 '너'라는 대상을 향한 공격적 태도가 복잡하게 뒤섞여 있음을 볼 수 있다. "내 사랑 내 아가"는 사랑의 결실이기보다는 사랑의 실패로 인한 분노와 수치를 증명하는 존재일 뿐이다.

아이리스 매리언 영에 따르면, 여성에게 임신은 새로운 생명을 품게 되었다는 성스러운 체험이기 이전에, "내부에 존재하는 외부성"에 의해 자기 몸의 통합성이 손상되는 불쾌를 가장 뚜렷하게 체험하는 것이 된다.[44] 임신은 육체적 자기 동일성의 가장 강력한 훼손인 것이다. 최승자의 시는 여성의 몸에 대한 대상화를 거절함은 물론 자신의 몸을 침범해오는 어떠한 타자적 존재도 적극적으로

44 같은 책, pp. 111~15.

거부한다. 그녀 시에 빈번한 '낙태'의 이미지를 '여성=모성'의 자동 연쇄에 대한 단순한 해체로만 읽을 수 없는 이유가 바로 여기에 있다. "날마다 나는 버려진 거리 끝에서 일어나네"(「버려진 거리 끝에서」, 『이 시대의 사랑』)라고 적고 있는 최승자의 시는 '모성'을 거절하기보다는 '세상'을 거절하기 위해 씌어진 것이라 읽어야 적당하다. 최승자 시의 '낙태' 이미지는 일체의 관계를 버리고 완벽한 독자적 실존을 추구하는 여성의 또 다른 삶의 태도를 가장 강하게 환기하는 장치에 가깝다. 강력한 실제적 체험으로서의 '낙태'는 시적 화자의 명징한 감각 혹은 주체적 감정과 함께 읽혀야 한다. 그것은 불모의 여성성이나 불모의 시대성을 드러내기 위한 상징으로서만 읽힐 수 없다.

3-2 '공복'의 이미지

최승자 시에서 여성 주체의 명징한 감각과 주체적 감정이 드러나고 있음을 확인하기 위해 반드시 짚고 넘어가야 할 것은, 그녀 시에서 빈번하게 토로되는 '배고픔'이라는 감각이다. 공복의 상태는 그것이 텅 빈 육체를 전제로 한다는 점에서 앞 장에서 살핀 '낙태'의 이미지와 상통한다. 그러나 이러한 공복의 상태 역시 '불모의 여성성'을 상징하는 것으로 읽히기보다는 일단 시적 화자의 현실적 삶의 조건을 환기하는 것으로 해석될 필요가 있다. 최승자의 시에서 배고픔의 상태는 정신적 허기이기보다는 육체적 고통으로 드러나는 경우가 많다. 첫 시집의 「여자들과 사내들: 김정숙에게」에서는 사랑의 상실로서의 '이별'을 '배고픔'으로 비유해보기는 하지만("갑작스런 배고픔으로/찾아오는 이별"), 이때에도 배고픔은 상실감을 드러내는 감각적 표현이기에 앞서 이별의 상황에서 시적 화자가 느끼는 실제적 감각에 더 가깝다. "길고긴 울음 끝에/공복의 술 몇 잔,/불현듯 낄낄거리며 떠오르는 사랑,/그리움의 아수라장"이라는 구절에서는 이별을 겪은 '여자들과 사내들'의 상태가 생생하게 그려진다. 내내 울고 밥이 먹히지 않아 굶었으며 공복의 상태로 마신 술에 취해 떠난 사랑을 그리워하기도 했을 것이라는 이별 후의 일상적 사태가 생생히 그려지는 것이다.

배고픔이라는 감각은 동물적 존재로서 인간이 느끼는 가장 원초적인 욕구 중 하나이다. 그것은 전적으로 육체적인 것이며, 따라서 배고픔의 고통을 토로하는 것은 인간 존재가 육체적인 욕구에 완전히 굴복된다는 점에서, 수치심을 동반하기도 한다. 따라서 최승자의 시에서 이 같은 '배고픔'의 고통이 수시로 토로되는 것은 수치심을 무릅쓴 것이기 때문에 의미심장한 것으로 읽힐 만하다. 그것은 '버려진 존재'로서 시적 화자의 실존적 고독을 드러내기도 하며, 나아가 궁핍한 독신 여성의 삶의 조건을 환기하기도 한다.

㉠ 자신이왜사는지도모르면서 육체는아침마다배고픈시계얼굴을하고 꺼내줘어머니세상의어머니 안되면개복수술이라도해줘

—「다시 태어나기 위하여」(『이 시대의 사랑』) 부분

㉡ 모르겠네 모르겠네

흘러가는 시간과 손금 사이로

무엇이 사라지고 있는지.

자꾸 누울랴고 하는 病처럼

아직도 꿈의 身熱은 높고

쏟아지는 햇빛 속에서는

배가 고파 배가 고파

모르겠네 모르겠네

—「걸인의 노래」(같은 책) 전문

㉢ 해변가 쏟아지는 햇빛 속에서

배가 고파 배가 고파

만리포 큰바다와 혼자서 살아 있다

—「만리포 마카로니 웨스턴」(같은 책) 부분

㉣ 그러므로, 썩지 않으려면

다르게 기도하는 법을 배워야 했다.

다르게 사랑하는 법

감추는 법 건너뛰는 법 부정하는 법.

그러면서 모든 사물의 배후를

손가락으로 후벼 팔 것

절대로 달관하지 말 것

절대로 도통하지 말 것

언제나 아이처럼 울 것

아이처럼 배고파 울 것
그리고 가능한 한 아이처럼 웃을 것
한 아이와 재미있게 노는 다른 한 아이처럼 웃을 것.
—「올 여름의 인생 공부」(같은 책) 부분

"내가 살아 있다는 것,/그것은 영원한 루머에 지나지 않는다"(「일찌기 나는」, 『이 시대의 사랑』)라고 선언했던 최승자는 마치 자신이 살아 있다는 것을 확인하는 방편으로서 배고픔을 토로하는 듯도 하다. 앞 절에서 살폈듯 자신의 몸을 수치스럽고 혐오스러운 것으로 그리는 최승자의 시는 자신의 존재를, 나아가 인간의 실존 자체를 이상화하려는 의지 자체가 없어 보인다. 인용 ㉠과 ㉡에서 보듯 "자신이왜사는지도모르"는 그녀에게 "배고픈시계얼굴"(㉠)을 한 육체의 사실성만이 삶의 이유를 확인해준다. 그래서 그녀는 "배가 고파 배가 고파"라는 말을 반복적으로 내뱉는다. 나아가 그 배고픔은 "다르게" 살기 위한 자기 확인의 방법이기도 하다. "모든 사물의 배후를" "후벼 파"고 "절대로 달관하지 말"고 "절대로 도통하지 말"자고 다짐하는 그녀에게, 즉 모든 것에 대한 의심이 삶의 원칙인 듯한 그녀에게, 의심의 여지 없는 단 하나의 유일한 감각은 오로지 '배고픔'뿐인 것이다. 그것은 그녀가 살아 있음을 확인하는 유일한 감각이며, 나아가 그 공복의 상태는 남들과 다르게 살기 위해서 유지해야 하는 육체적 상태이기도 하다. 무슨 말일까.

"나는 아무의 제자도 아니며/누구의 친구도 못 된다"(「자화상」, 같은 책)라고 스스로를 설명하고, "날마다 나는 버려진 거리 끝에서 일어"(「버려진 거리 끝에서」, 같은 책)난다고 고백하는 최승자에게는 자기 존재를 증명해줄 것이 오로지 자신의 육체밖에 없는 것이다. 그리고 그 육체성을 확인할 수 있는 유일한 감각이 배고픔이다. "아시는지?/어느 날 갑자기 라면 먹고 싶은 것,/살고 싶음의 뿌리 그리하여/살아 있음의 뿌리 되찾고 싶은 것"(「아시는지」, 『기억의 집』)이라고 다소 능청스럽게 고백한 말들 속에 최승자가 추구하는 독자적 삶의 진실이 담겨 있다. 흔히 자신을 '버려진' 상태로 묘사하는 최승자의 시는 어긋난 관계 안에서의 외로움을 수동적으로 체험하는 주체를 그리는 데 집중하지 않는다. 그보다는 그러한 특정 관계로부터 자신의 정체성을 확인하기를 거부하는 독자적 주체의 모습을 그린다. '버려진 나'라는 표현은 일체의 관계를 '버린 나'에 대한 극단적·반어적 표현일 뿐이다. 그러니 나 자신의 삶을 확인해주는 것은 생생한 감각으로서의 '배고픔'뿐일 수밖에 없다. 최승자는 어떤 일상적 관계도 자신을, 자신의 삶을 '호명'할 수 없다고 단호히 말한다. 자신을 호명할 수 있는 것은 오직 '죽음'뿐이다.

> 많은 사람들이 흘러갔다.
> 욕망과 욕망의 찌꺼기인 슬픔을 등에 얹고
> 그들은 나의 창가를 스쳐 흘러갔다.
> 나는 흘러가지 않았다.
>
> 나는 흘러가지 않았다.
> 열망과 허망을 버무려
> 나는 하루를 생산했고
> 일년을 생산했고

죽음의 월부금을 꼬박꼬박 지불했다.

그래, 끊임없이 나를 호출하는 전화 벨이 울리고
나는 피해 가고 싶지 않았다.
그 구덩이에 내가 함몰된다 하더라도
나는 만져 보고 싶었다,
운명이여.

그러나 또 끊임없이 나는 문을 닫아 걸었고
귀와 눈을 닫아 걸었다.
나는 철저한 조건반사의 기계가 되어
아침엔 밥을 부르고
저녁에 잠을 쑤셔 넣었다.

궁창의 빈터에서 거대한 허무의 기계를 가동시키는
하늘의 키잡이 늙은 니힐리스트여,
당신인가 나인가
누가 먼저 지칠 것인가
(물론 나는 그 결과를 알고 있다.
내가 당신을 창조했다는 것까지)

끊임없이 나를 찾는 전화 벨이 울리고
그 전화선의 마지막 끝에 동굴 같은
썩은 늪 같은 당신의 구강(口腔)이 걸려 있었다.

어느 날 그곳으로부터 죽음은
결정적으로 나를 호명할 것이고
나는 거기에 결정적으로 응답하리라.
타들어가는 내 운명의 도화선이
당신의 썩은 구강 안에서 폭발하리라.
삼십 년 전부터 다만 헛되이,
헛되고 헛됨을 완성하기 위하여.

늙은 니힐리스트, 당신은 피묻은 너털웃음을 한번 날리고
그 노후의 몸으로 또다시 고요히
허무의 기계를 돌리기 시작하리라.
몇 천 년 전부터 다만 헛되이,
헛되고 헛됨을 다 이루었다고 말하기 위하여.

—「끊임없이 나를 찾는 전화 벨이 울리고」(『즐거운 일기』) 전문

인용된 시도 그렇거니와 최승자의 시에는 자신을 향한 호명에 귀 막고, 외부로부터의 수신을 일절 거절하는 장면들이 종종 등장한다. 그녀는 "수신인은 이미 죽었는데,/누가 암호를 보내는가"(「수신인은 이미」, 『기억의 집』)라고 묻거나, "그대들이 나를 찾을 때/나는 잠들어 있을 것이"(「그대들이 나를 찾을 때」, 같은 책)라고 말하거나, "더 외로운 여자들은/지상의 모든 애인들이/한꺼번에 전화할 때/잠든 체하고 있거나 잠들어 있다"(「외로운 여자들은」, 같은 책)라고 말한다. 수신인이 외부로부터의 수신을 거부하는 것은

주로 그들이 이미 잠들었거나 죽은 상태에 있기 때문이다. 수신의 가능성 자체를 차단함으로써 외부의 호명에 대한 매우 강력한 거절의 의지를 드러내는 것이다.

인용한 시에서 이러한 의지가 비교적 뚜렷한 형태로 드러나는데 이 시가 두번째 시집의 가장 첫머리에 놓인다는 점도 상징적이다. "나는 흘러가지 않았다"라고 반복해 말하는 이 시는 '나'의 '외부'에 '나를 흘러가고' '나를 호출하는' 것들을 놓아둔다. 그리고 그러한 외부로부터 스스로를 완벽히 차단한다("끊임없이 나는 문을 닫아 걸었고/귀와 눈을 닫아 걸었다"). 그렇게 고립된 '나'는 오로지 육체적 욕구에 따라 아침에 밥을 먹고 저녁에 잠을 자는 "철저한 조건반사의 기계"가 되어 있다. 밥을 먹고 잠을 자는 뚜렷한 육체적 행위로부터 '나'의 "하루", '나'의 "일년" "삼십 년"간의 '나'의 삶, 나아가 "죽음"까지의 '나'의 생이 설명되는 것이다("나는 하루를 생산했고/일년을 생산했고/죽음의 월부금을 꼬박꼬박 지불했다"). 오직 "죽음"의 "호명"에만 "결정적으로 응답"할 것이며, "헛되고 헛됨을 완성하기 위하여" 육체라는 "조건반사의 기계", 즉 "허무의 기계"를 끊임없이 돌릴 것이라고 말하는 이 시는 일견 '죽음'에 한 발 다가선 허무주의자의 삶의 태도를 드러내는 것으로 읽힐 수 있다. 그러나 앞선 인용문의 강조 표시한 구절에서 드러나듯, 시적 화자는 "누가 먼저 지칠 것인가"라며 자신의 이 같은 "니힐리스트"적인 태도와의 대결 의지마저 드러낸다. 죽음에 쉽게 생을 내어주지 않고, 결국 "운명"으로서의 "죽음"이 자신을 "호명"할 때까지 "허무의 기계"를 돌리듯 육체적 삶을 이어가겠다는 그 의지는 실상 자기 존재가 헛된 것이 될 수 없다는 자존감의 역설적 발화로 읽힌다.

그것이 결국 헛된 죽음으로 귀결될지언정, 모든 흘러가는 관계들과 무관하게 자신의 육체적 생존을 지치지 않고 독자적으로 이어가겠다는 태도는 허무주의자의 그것과는 분명 차별되는 것이다.

이처럼 남다른 방식으로 자신의 존재 이유를 확인하는 최승자의 시적 화자는, 흔히 관계성을 지향하는 것으로 설정된 여성적 삶의 태도와 거리를 두며, 규범화된 젠더 규칙의 수행을 철저히 거절한다. 이러한 양상은 여성시의 정치성을 근본적인 차원에서 다시 생각하게 한다. 흔히 가부장제가 부여하는 엄마, 딸, 아내로서의 역할들에서 벗어나려는 여성의 주체적 태도를 여성시의 정치성으로 연결하는 것이 일반적 관점이라 한다면, 최승자의 시에서는 애초에 이러한 관계 자체가 전제되어 있지 않기 때문이다. '배고픔'에 대한 반복되는 토로는 독자적이고 주체적인 방식으로 자기 삶을 영위하려는 독신 여성의 의지를 오롯이 보여주는 것이 된다.

이처럼 최승자 시에서 여성의 몸은 모성의 공간이나 성애의 공간으로 대상화되지 않으며 오로지 살아 있음의 감각을 사실적으로 체험하는 공간으로 그려진다. 이처럼 일체의 인간적 관계를 거절하고 오로지 배고픔이라는 육체성에만 몰두하는 태도는 앞 절에서 살핀바 자신의 몸을 혐오스러운 것으로 재현하는 태도와도 일맥상통한다. 마사 너스바움Martha Nussbaum에 따르면 오염에 대한 거부로서의 혐오라는 감정은 동물적인 것에서 벗어나려는 인간의 욕구와 결부된다. "우리 자신과 인간이 아닌 동물, 또는 우리 자신과 우리가 지닌 동물성 간의 경계를 정돈하려는"[45] 것이 혐오라는 감정

45 마사 C. 너스바움, 『혐오와 수치심: 인간다움을 파괴하는 감정들』, 조계원 옮김,

의 핵심인 것이다. 그런 점에서 배고픔이라는 육체적 감각을 중시하며 자신의 몸을 혐오의 대상으로 그리는 최승자에게 여성의 몸은 인간적인 것이기 이전에 동물적인 것이다. 이는 여성의 몸을 섹슈얼리티의 대상이나 생명력의 공간으로 대상화하는 남성적 시선에 대한 강력한 저항으로 이해된다.

민음사, 2015, p. 169.

4 여성시와 여성의 삶

물론 최승자의 시에 나타난 이 같은 독자적 삶의 태도가 마냥 자유롭고 즐거운 것으로 그려지지는 않는다. 물리적으로나 심리적으로나 어떤 관계에조차 의존하지 않으려는 이 같은 삶의 모습이 결국 온갖 '오물'을 뒤집어쓴 수치와 연결되거나 궁핍한 것으로 그려지는 것은 당대 여성이 처한 현실적 조건과도 무관하지 않아 보인다. 최승자의 시가 때로는 비애 섞인 자조적 유머로, 또 때로는 극단적인 욕설로 자기 삶의 불안을 드러내는 것은 독신 여성의 삶이 위태로운 것일 수밖에 없다는 당대적 상황을 증명하는 듯하다.

어느 빛 밝은 아침
잠실 독신자 아파트 방에
한 여자의 시체가 누워 있다.

식은 몸뚱어리로부터
한때 뜨거웠던 숨결
한때 빛났던 꿈결이
꾸륵꾸륵 새어나오고
세상을 향한 영원한 부끄러움,

그녀의 맨발 한 짝이
이불 밖으로 미안한 듯 빠져나와 있다.
산발한 머리카락으로부터
희푸른 희푸른 연기가
자욱이 피어오르고
일찌기 절망의 골수분자였던
그녀의 뇌 세포가 방바닥에
흥건하게 쏟아져 나와
구더기처럼 꿈틀거린다.
—「어느 여인의 종말」(『이 시대의 사랑』) 전문

"어느 빛 밝은 아침/잠실 독신자 아파트 방에/한 여자의 시체가 누워 있다"라는 문장으로 시작되는 「어느 여인의 종말」은 독신 여성의 삶에 드리운 불안과 절망을 충격적인 방식으로 보여주는 시이다. "이불 밖으로 미안한 듯 빠져나"온 "맨발"과 "산발한 머리카락"은 "세상을 향한 영원한 부끄러움"을 환기하는 것으로 그려진다. 나아가 "절망"으로 괴로워하던 "그녀의 뇌 세포"는 그저 꿈틀거리는 "구더기"에 불과한 것으로 묘사된다. 누군가의 죽은 몸인 "식은 몸뚱어리"는 그것이 "한때"의 생기를 잃은 채 완벽한 무방비 상태로 타인에게 노출될 수밖에 없다는 점에서 수치스러운 것임은 당연할 텐데, 이 시의 "여자의 시체"는 그것이 "독신자 아파트 방"에 놓여 있다는 점 때문에, 즉 그 부끄러운 몸뚱어리가 사실 누군가로부터 발견될 수조차 없다는 점 때문에 더욱 치욕스러운 것이 된다. 홀로 죽어 있는 자신의 모습을 상상하듯 씌어진 이 시에서는 외부와 차단된 독신 여성의 삶에 대한 시적 화자의 불안한 감정이 은연중 환기된다. 이러한 불안은 비단 관계로부터의 고립 때문에 생겨나는 것만은 아니다. 최승자 시에서 어떤 불안이 환기된다면 그것은 사실 실존적인 것이기보다는 생존과 더 깊이 관련된 것이기도 하다.

가령 「산산(散散)하게, 선(仙)에게」(『즐거운 일기』) 같은 시에서 시적 화자가 자신 자신을 "채워져야 할 밥통을 가진 밥통적 존재"라며 비하할 때, 다소 유머러스한 이 같은 표현 뒤로 독신 여성의 숨길 수 없는 불안이 감지되기도 한다. 모든 것이 새롭게 시작되는 '봄'이라는 시기가 최승자에게는 "삼십 삼 세 미혼 고독녀의 봄/실업자의 봄/납세 의무자의 봄"(「봄」, 같은 책)이라는 식으로 자신의 궁핍한 현실을 직시하게 하는 시기로만 인식되는 것을 볼 때에도, 그녀 시에 나타나는 절망과 불안과 허무의 감정들이 그녀의 실제 삶과 무관하지 않음을 확인하게 된다. 그런 점에서 "밀린 번역료를 받았고 낮의 어느 모임에서 수수한 남자를 소개받"아서 "오늘 나는 기쁘다"라고 반어적으로 적은 「즐거운 일기」(같은 책)가 "소시민적 삶의 안락함"[46]에 대한 "의문-깨달음의 명료화"라고 읽은 정과리의 해석은 반만 옳다고 할 수 있다. 그 "미혼 고독녀"에게 번역료의 연체는 그녀의 독자적 생존을 불가능하게 하는 요인이 되고, 남자를 소개받아야만 하는 일은 그녀의 독자적 실존을 부정하는 것이 될 수밖에 없기 때문이다. 이러한 상황에서 "오늘 나는 기쁘다"라고 적은 최승자의 시는, 제도권에 안착한 여성-지식인도, 근로하

46 정과리, 같은 글, p. 117.

는 임금노동자로 아닌 '가정 밖 여성'의 삶이 얼마나 위태로울 수밖에 없는지를 허망하게 증명하는 한 사례로 읽힌다.

이 글은 최승자의 시를 당대의 독신자 여성이 처한 현실적 조건들을 비교적 사실적으로 폭로하는 재현의 텍스트라는 관점에서 읽어보기를 시도했다. 이러한 시도는 여성시에 관한 기존의 논의를 두 가지 차원에서 극복하려는 목적을 지닌다. 첫째, 이 글의 첫 장에서 살핀 바와 같이 여성문학에 관한 기존의 연구가 저자의 성별에 주목하여 (가부장제하의 중산층 여성의 저항이라는) 한정된 의미에서 텍스트의 정치성을 논하거나, 텍스트의 성별에 주목하여 여성성을 과잉담론화함으로써 여성문학의 정치성을 현실적 맥락으로 접속시키지 못한 점을 동시에 극복하려는 시도이다. 둘째, 기존의 논의들이 여성시로서의 최승자의 시가 극복하려는 것을 '여성=모성'으로 한정해 이해하거나, '여성=모성'의 극복을 결국 시대적 불행을 드러내는 방법론의 일종으로 이해한 것을 극복하려는 시도이다. 최승자의 시는 여성 일반의 불행이나 특정 시대의 불행, 혹은 타자성이라는 담론을 재현하는 텍스트로 읽히기 이전에 최승자라는 여성의 실존과 생존 그 자체를 표명하는 텍스트로 읽힐 필요가 있다.

이를 위해 이 글의 3장에서는 최승자의 시에서 '낙태'와 '공복'의 이미지가 그려지는 양상을 살핌으로써 그간 여성의 몸을 성애의 공간이나 생명의 공간으로 대상화하는 남성적 시선을 최승자의 시가 어떻게 적극적으로 돌파하고자 하는지를 분석했다. 최승자 시에서 여성의 몸은 살아 있음의 감각을 철저히 독자적인 방식으로 확인하는 공간으로서 기능한다. 최승자 시에 그려지는 '낙태' 이미지와 그녀의 시에서 빈번히 토로되는 '배고픔'의 상태는 독신 여성의 현실적 삶의 조건을 증명하는 것임과 동시에, 특정한 관계에 얽매이지 않고 자기 자신의 실존을 육체적 감각을 통해 확인하려는 의지를 드러내는 것으로 기능한다. 그러나 여성의 이 같은 독자적 생존과 실존에의 의지는 위태롭고 불안한 것으로 그려지기도 한다. 이러한 최승자의 초기 시는 자기 삶의 양식을 스스로 선택할 수 있는 가능성에 관한 '젠더 부정의'의 양상을 증명하는 사례로 독해될 수 있을 것이다. 이 같은 관점에서 최승자의 시를 비롯한 여성시를 여성의 현실적 삶과 관련하여 재현의 텍스트로 좀더 풍부히 읽어내기 위해서는 당대 여성의 삶의 조건에 관한 사회학적 분석들이 적극적으로 참조될 필요가 있다. 이에 관한 확장된 연구를 지속적으로 시도할 것이다.

허수경

1990년대 젠더화된 문단에서 페미니즘하기

김정란과 허수경을
읽으며

I　'그들'의 페미니즘

—'김정란 죽이기'와 '김정란 구하기'

1990년대 한국 문단에서 여성문학에 관한 논의가 유례없이 활발했음은 주지의 사실이다. 이 글은 1990년대 문단에서 여성주의 비평이 외적·내적 맥락에 의해 다양하게 굴절되는 장면들을 검토하면서 이로 인해 여성시의 성과가 실상 어떻게 축소되고 있었는지를, 특히 김정란의 비평과 허수경의 시를 통해 살피고자 한다. 더불어 남성 중심적으로 젠더화된 당대 주류 비평의 한계를 논해볼 것이며, 이로 인해 제대로 발견되지 못한 여성시의 성과를 짚어볼 것이다. 김혜순은 1990년대 여성시의 성과를 정리하는 글에서 1990년대 여성 시인들의 주요한 성취로 "여성에 대한 억압과 피억압의 소용돌이를 문학 안으로 끌어들여 시적 언어로 승화해낸 데 있다"[1]고 말한 바 있다. 이러한 평가에 동의하면서도, 궁극적으로 이 글은 '여성에 대한 억압'이 문단 내 현실 혹은 시적 현실로 전환되는 과정에서 생겨났던 문제들을 섬세하게 사유해보고자 한다. 우선, 김정란을 둘러싼 논쟁을 살펴보자.

『문학동네』 2000년 겨울호에 실린 남진우의 평론 「메두사의 시:

1　김혜순, 「1990년대 시적현실, 어디에 있었는가」, 『"근대", 여성이 가지 않은 길』, 김영옥 엮음, 도서출판 또하나의문화, 2001, p. 120.

김언희의 시세계」는 김언희 시에 대한 분석보다도 글의 마지막에 붙은 "보유—김정란의 김언희 비판에 대하여"로 더 화제가 되었던 글이다. 이 글에서 남진우는 "폭로/은폐, 금기/위반, 남성/여성, 부성/모성, 신성/오염 등"의 가치를 가로지르는 김언희 시의 다양한 양상들에 주목하면서 크리스테바의 압젝션abjection 개념을 참조하여 그녀의 시를 "주체의 탈중심화"를 성취한 것으로 평가한다.[2] 김언희의 시는 "남성과 여성의 구분이 있기 이전의 무성적(無性的) 단계"를 그리고 있으며, 나아가 "체험과 감정"의 하중을 덜어내고 "자유로운 '기호의 놀이'"를 시도하고 있다는 것이 그의 평가이다. 결론적으로 그는 김언희의 시를 "금기를 위반하는 모험" 속으로 뛰어든 "극단의 시인들extremist poet"의 계보 안에 놓아보는데, 이러한 과정에서 사실상 김언희 시의 '여성시'로서의 성취가 충분히 고려되지 못했다고 할 수 있다. 1990년대의 여성문학에 관한 비평에서 이러한 '과소여성화'의 관점들이 문제적이었음은 최근 집중적으로 지적되고 있다. 여성시의 다양한 시도들이 '금기의 위반'으로 일반화되는 과정에서 '여성'이라는 범주가 단순히 저항의 형식처럼만 활용된 점이 반성적으로 고찰되는 중이다.

1990년대의 문단에서 당대의 문단을 주도한 여성 작가들의 글쓰기를 옹호하는 논리로, 나아가 1990년대 문학을 1980년대 리얼리즘 문학과 구분되는 새로운 현상으로 옹호하기 위해, 크리스테바를 위시한 프랑스발 페미니즘 이론이 폭넓게 활용되었음은 주지의 사실이다.[3] 남진우의 김언희론도 그런 사례 중 하나로 읽힌다. 이

2 남진우, 「메두사의 시: 김언희의 시세계」, 『문학동네』 2000년 겨울호.

명호에 따르면 1990년대 한국 문화 지형에서 크리스테바의 수용이 두드러진 것은 "문학/언어, 주체, 성차를 연결해 사유한 그의 문제 인식이 문학 연구와 페미니즘 양쪽에 새로운 사유의 지평을 열어 주었기 때문"[4]이다. 이 같은 프랑스발 페미니즘 이론과 더불어 이데올로기적 층위에만 머물러 있던 기존 정치성의 범위가 심리적·육체적 층위까지 확대될 수 있었다[5]는 점은 물론 중요하게 사유될 일이다. 그러나 이명호의 설명에서도 확인되듯, 크리스테바가 분석 대상으로 삼고 있는 말라르메나 로트레아몽의 시는 근대 부르주아 민족국가가 제국주의로 팽창하던 19세기 말 프랑스 사회에서 생산된 아방가르드 텍스트였다. 이러한 사실을 염두에 둔다면 다른 시대적 조건에 놓인 텍스트들의 "의미화 실천"을 동일한 효과로 논할 수 있을지에 관한 의문은 생긴다. 나아가 크리스테바 이론에 대한 마르크스 진영의 다음과 같은 비판, 즉 "심리적, 미학적 전복"과 "정치적 전복"을 동일시할 수 있는가라는 문제가[6] 그 이론을 원용한 논의들에도 똑같이 적용될 수밖에 없다. 재현의 장 안에서의 혁명이 곧장 정치성의 혁명으로 이어지기 어렵다는 점은 페미니즘이 '운동'과 '실천'으로서의 이론이라는 점을 감안한다면 치명적인 한계가 아닐 수 없다. 1990년대 여성주의 비평이 마주한 것은 일차적으로는 이러한 이론의 한계였다고 말할 수 있다.

3 이명호, 「언어의 혁명, 주체의 혁명: 쥘리아 크리스테바의 정신분석적 모성론」, 『누가 안티고네를 두려워 하는가: 성차의 문화정치』, 문학동네, 2014, p. 192.

4 같은 글, p. 197.

5 같은 곳.

6 같은 글, p. 214.

문제는 이러한 프랑스발 페미니즘의 이론이 여성주의에 대해 비교적 온건한 태도를 지닌 비평가들에게 여성문학의 성과를 최대치로 인정하는 마지노선의 이론처럼 활용되기도 했다는 점이다. 여성문학에 대한 이 같은 식의 인정, 즉 미학적 효과라는 모호한 기준을 페미니즘의 현실적 정치성보다 절대적으로 우위에 두는 태도가 간혹 비난받게 되면, 비판을 받은 당사자가 불쾌감을 드러내는 경우도 적지 않았다. 이어서 살펴보겠지만 김정란을 향한 남진우의 신랄한 비판도 이러한 반응으로 해석될 여지가 있다. 문학에 대한 학문적 연구를 심각하게 훼손하는 타락한 지식으로 페미니즘 비평을 폄하한 여성주의 비평가에 대한 편견, "즉 여성주의자들은 문학을 문학으로 정당하게 읽어내지 못한다"[7]라는 비판적 인식이 1990년대 후반 한 남성 비평가의 글에서 확인된다고 하면 이는 과장일까. 그렇다면 '김정란의 김언희 비판'의 내용은 무엇이었을까. 남진우가 인용했던 좌담의 한 대목을 다시 옮겨보기로 하자.

> 김정란: 이 부분에선 남 선생님의 견해는 제 견해와 정면충돌하는 것 같습니다. 김언희씨의 시는 제가 보기엔 문제가 많거든요. 두 가지 문제를 지적하겠습니다. 우선, 그녀가 제시하는 육체 전시 방법은 여성에 의해서 여성 육체에 가해지는 성폭행이라고 불릴 만한 요소를 가지고 있어요. 좀더 심하게 말하자면, 시의 이름으로 자행되는 강간이라고나 할까요. **가장 자극적인 방법으로 남성들의 가학충동을 만족시켜주고 있는 셈이지요.** 남성을 대신

7 리타 펠스키, 『페미니즘 이후의 문학』, 이은경 옮김, 여이연, 2010, p. 18.

해서 기꺼이 여성의 육체를 난도질해서 구경시켜주고, 그 몫을 문학적으로 챙기는 것이지요. 다음으로는 시인의 윤리적 태도가 문제인데요. [……] 그저 눈길만 끌어당겨서 자신의 몫만 챙기면 되는 겁니다. 그런데 이게 우스꽝스러우면서도 참담한 점인데요. 남성시인들은 대체로 그녀의 시를 아주 좋아하거든요. 여성시인들은 거의 모두 진저리를 치고 말이죠.[8] (강조는 인용자)

『현대시』 1997년 12월호에 게재된 한 좌담에서 김언희에 대해서 나눴던 대화를 인용하며 남진우는 사회자였던 김정란에게 대단한 불쾌감을 드러낸다. 김정란에 대한 비난은 다양하게 이루어지는데 김언희의 시에 대한 상이한 평가에 대해 본격적으로 반박하는 형태로 전개되지는 않는다. 인용한 김정란의 언급에 앞서 남진우는 김언희의 시가 "인간에 대한, 육체에 대한, 그리고 성에 대한 어떠한 환상도 거부하고 있다는 점에 그녀 시의 매력이 있는 것 같"다고 말하면서 김언희의 시를 "끔찍주의"라고 명명하며 상찬한다. 위 좌담이 현장의 대화를 그대로 재현한 것이 아니라 서면으로 주고받은 질문과 답변을 대화처럼 재구성한 것이라는 점을 강조하며 남진우는, 자신의 발언 뒤에 사후적으로 붙은 김정란의 비판은 답변자에게 재반박의 기회를 주지 않은 "지극히 비열한" "뒤통수 때리기"에 가깝다고 지적한다. 그를 불쾌하게 만든 것은 비판의 내용이기 이전에 '지면상으로' 자신이 "김정란의 극렬한 발언"에 아무런 항변도 하지 못한 "순한 양"이 되어버린 장면 그 자체이기도 했

8 남진우, 같은 글에서 재인용.

던 셈이다. 좌담이 진행된 지 몇 년이 지난 시점에서 이러한 반박문이 그것도 본격적인 김언희론의 말미에 보유의 형태로 붙은 것은, 크리스테바의 이론으로 무장한 그의 김언희론 전체가 사실 "비평적 무능력이나 방향 상실"의 상태를 보여준 여성주의 비평가 김정란을 향한 일종의 훈수였다는 점을 보여준다.

더불어 이 글이 텍스트 해석의 입장 차에 관한 김정란과의 논쟁으로 이어지기보다는 강준만과 남진우 사이에서 '김정란 죽이기'와 '김정란 일병 구하기'라는 논쟁의 구도로 확산된 것도 여러모로 문제적이다.[9] 대부분의 논쟁이 그러하듯이 각자의 상처 난 자존심을 회복하기 위해 상대방의 기분을 최대한 불쾌하게 하고자 애쓰는 이들의 원색적인 문장들은 피로감을 자아내기도 하는데, 이 논쟁이 결국 문단 권력론과 관련된 진영 싸움으로 확장되면서 서로의 앙금을 확인하는 것에 그치고 만다는 점은 눈여겨볼 만하다. 그 시기 남성 지식인들에게 여성주의 비평의 문제 제기는 애써 경청할 만한 것도, 심지어 진지하게 토론될 만한 것도 아니었음이 짐작되는 장면이다. 최근의 여러 연구가 지적했듯 1990년대의 여성문학은 '그들만의 리그'로 게토화되어 있었으며, "'여성적 정체성'에 입각한 문학 해석의 사회적 필요성과 이를 감당할 전문 인력은 증가"했음에도 불구하고 여성 비평가들이 "여성문학이라는 한정된 주제에서만 비평가로서 호명되며 전체 비평장에서는 소외되

9 다음의 글들에서 확인할 수 있다. 강준만, 「남진우, 어설픈 냉소주의자의 어설픈 '김정란 죽이기'」, 『인물과 사상』 2001년 1월호; 남진우, 「강준만의 김정란 일병 구하기 2」, 『인물과 사상』 2001년 2월호; 강준만, 「남진우의 글쓰기, 무엇이 문제인가?」, 『인물과 사상』 2002년 1월호.

었"[10]던 사실[11]은 재차 환기될 필요가 있다. 여성주의 비평은 이러한 자신들만의 리그를 벗어나서 주류 담론의 권위에 도전하는 순간 견제되기도 했던 것이다.

"남진우의 가장 큰 문제는 그가 상대편의 문제 제기에 전혀 답하지 않으면서 오직 인신공격으로만 대응한다는 점"[12]이라는 강준만의 지적은 그 사실 여부에 대한 검토가 필요하긴 하지만, 김언희의 시가 남성들의 가학적 충동을 만족시켜주는 "여성에 의해서 여성 육체에 가해지는 성폭력"일 수 있다는 김정란의 지적에 남진우가 정확히 답하지 않는 것은 사실이다. 아마도 답변할 필요를 느끼지 못할 정도로 김정란의 비판이 원색적이라 느껴졌기 때문일 수 있다. 하지만 그가 김언희의 시를 "스스로 배설물-폐기물이 됨으로써 자신을 추방한 세계의 완전성과 신성성을 모독하는 은밀한 복수를 수행하고 있다"[13]라고 분석할 때, 담론적 차원의 효과뿐 아니라 그녀 시의 현실적 효과에 대해서도 고민할 필요가 있었다고 생각된다. 나아가 이러한 효과를 산출하기 위해 김언희 시에서 '육체의 전시'가 '끔찍'하게 이루어지고 있다는 점에 대해서도, 생경한 그 장면들을 의미화하기 이전에, 다양한 고려가 필요했다고 생각된다. 그러나 남진우는 김언희의 시에 대한, 아니 정확히 말해 '시인 김언희'에 대한 김정란의 비판이 '저열한' "막무가내식의 언어

10 서영인, 「1990년대 문학 지형과 여성문학 담론」, 『문학은 위험하다: 지금 여기의 페미니즘과 독자 시대의 한국문학』, 민음사, 2019, p. 77.

11 김은하, 「1980년대, 바리케이트 뒤편의 성(性) 전쟁과 여성해방문학운동」, 『상허학보』 51, 상허학회, 2017 참조.

12 강준만, 「남진우의 글쓰기, 무엇이 문제인가」, p. 91.

13 남진우, 「메두사의 시: 김언희의 시세계」.

폭력"이자 억측과 모함에 불과하다고만 집중적으로 비난한다. "김씨는 김언희의 시가 "시의 이름으로 자행되는 강간"이라고 주장하는데 내가 보기엔 정작 김정란이야말로 김언희라는 한 구체적인 개인에 대해, 그리고 그의 텍스트에 대한 강간을 하고 있는 것 같다"라고 말하거나, "소녀적인 자기애와 관념 편향에서 벗어나지 못한 시를 주로 쓰고 좋아하는 김정란이 김언희의 시를 제대로 이해하기는 쉽지 않을 것이다"라고 말할 때, 이러한 언급이 김언희 시에 대한 김정란의 평가에 본격적으로 반론하는 형태라고 보이지는 않는 것이다.

김언희의 시에 대해 자세히 분석하는 것은 이 글의 범위를 벗어나기 때문에 그녀 시의 '육체 전시'라는 사정에 대해서만 잠시 생각해보고자 한다.[14] 가령 다음과 같은 질문들이 환기될 수 있다. 여

14 참고 삼아 김언희 시의 '육체 전시' 혹은 '해체된 몸'에 주목하는 다음의 글들을 확인해볼 수 있다. 문혜원은 김언희의 첫번째 시집 『트렁크』(세계사, 1995)로부터 『말라죽은 앵두나무 아래 잠자는 저 여자』(민음사, 2000), 『뜻밖의 대답』(민음사, 2005)에 이르는 과정이 '전시하는 몸'에서 '전시되는 몸'으로 옮겨 가는 과정, 즉 '아버지'와 '어머니'의 육체를 모독하는 단계에서 그것을 자기 모멸로 이해하게 되는 단계로 옮겨 가는 과정이라고 설명한 바 있다. "자신이 훼손하고 전시한 육체가 결국 자신의 것이었음을 발견"(p. 69)하는 과정이 김언희 시에 나타난다는 것이다. 문혜원은 김언희 시의 '전시된 몸'과 '자기 환멸'을 "시 쓰는 행위 자체에 대한 반성과 질문"(p. 68)으로 확장해 이해한 것이다. 문혜원, 「전시하는 육체와 전시된 육체, 바라본 구멍과 내 몸의 구멍」, 『오늘의 문예비평』 2005년 여름호 참조. 한편 1990년대 여성시의 성과와 한계를 포괄적으로 정리하는 글에서 임지연은 김언희의 시에 대해 다음과 같이 평가한다. "김언희의 여성 주체 모델은 고정된 젠더 시스템을 해체하고 새로운 탈근대적 주체를 상상하기 위한 것이었지만, 위치 바꾸기 전략으로 기존의 젠더 시스템을 뒤흔들기에는 역부족이었다." 남성과 여성의 위치를 뒤바꾸는 것으로 지배 시스템을 교란시킬 수는 없다는 점이 김언희 시의 한계로 지적된다. 임지연, 「1990년대 여성시의

성의 육체가 즉물적으로 재현되는 과정에서 그것이 타자의 육체에 대한 폭력적 대상화인지 혹은 여성 육체의 가시화라는 자기 수행적 행위의 실현인지를 우리는 어떻게 구분할 수 있을까. 그것이 단순히 시인의 성별 혹은 시적 화자의 성적 정체성을 확인함으로써 구분될 수 있는 문제일까(당연히 아닐 것이다). 나아가 시라는 장르의 속성상 전시되는 육체를 둘러싼 욕망의 관계가 상세히 분석될 수 없을 경우, 간혹 부분적인 육체의 전시 자체만이 강조되는 문제적 상황을 우리는 어떻게 바라보아야 할 것인가. 김언희의 시를 여성에 의해 가해지는 '여성 육체에 대한 성폭행'이라고 지적할 때 그러한 비판적 시선이 오히려 김정란이 품고 있던 남성적 시각의 한계를 확인시켜준 것일 수도 있겠으나, 시인의 성별과 무관하게, 그리고 담론화한 육체성의 범위를 넘어, '전시된 육체'의 긍정적·부정적 효과에 대해 토론할 기회를 그녀가 마련해본 것이라 생각할 수도 있었을 것이다.[15] 그러나 남진우의 글은 김정란의 비판을 의미

이상화된 판타지와 역설적 근대 주체 비판」, 『한국시학연구』 53, 한국시학회, 2018 참조.

15 가령 이러한 문제 제기는 성 자유주의에 관한 당대의 사회·문화 담론을 참조하면서 더 깊이 있는 논의를 촉발할 수도 있었을 것이다. 1990년대의 '포르노' 이슈와 페미니즘적 사유가 교차하는 장면을 살핀 이명호에 따르면, "1990년대 이후 한국 사회에서 성 자유주의 담론은 남성의 무제한적 성적 자유를 위한 전제이자 알리바이로 여성의 성해방을 거론한 측면이 다분"했다. 그렇기 때문에 여성의 육체가 대상화되는 재현에 접근할 때 "이 재현 속에 내재된 남성 중심성과 폭력성을 비판하는 작업"과 "그 비판이 여성 자신의 쾌락의 표현을 가로막지 않는 해방적 기획으로 이어"지도록 하는 일이 동시에 진행되어야 한다고 이명호는 지적한다. 이명호, 「포르노 트러블」, 같은 책, pp. 133~35. 이러한 통찰을 고려한다면 '여성 시인에 의한 여성 육체의 외설적 재현'이 단순히 위반의 전략으로 읽힐 수 있는지에 대해서는 사회적 맥락과 텍스트의 맥락을 충분히

있는 토론으로 확장하지는 않는다. 김정란의 태도에 대한 비판을 경유해 결국 페미니즘 비평 자체에 대해 반감을 드러내는 것으로 방향을 선회해버린다.

사실 우리가 이 '보유'에서 은연중 확인하게 되는 것이 여성 비평가 김정란에 대한, 나아가 페미니즘 비평 자체에 대한 남진우의 절대적인 반감이라고 해도 과언은 아닐 것이다. 인용문에서 볼 수 있듯 김언희 시의 "육체 전시"가 그저 독자의 눈길을 끌어 "문학적 몫"을 챙기려는 의도일 수 있다는 김정란의 주장 자체는 물론 텍스트의 범위를 벗어난 과잉 해석에 가깝지만,[16] 이러한 비판을 단순히 여성 시인 사이의 "야비한" "질투"로 해석하는 남진우의 관점도 문제적이다. 결국 그는 좌담에서 이루어진 김정란의 몇 마디 언급에 긴 주석을 붙여 그녀의 판단을 "객관성과 공정성을 상실한, 가장 타락한 형태의 페미니즘" 비평이자, "단순하고 폭력적인 가장 부정

고려한 섬세한 독해가 필요하다. 이에 대해서는 차후에 연구를 이어갈 수 있을 것이다.

16 좌담의 형태로 표명된 의견이기 때문에 글보다는 덜 정제된 것임을 감안하더라도 김언희 시에 대해 "여성 시인들은 거의 진저리를 치고" 있다는 식으로 거칠게 표현한 것은 오히려 그녀의 해석에 반감을 사는 원인으로 작용했다고 볼 수 있다. 『창작과비평』 1998년 가을호에 마련한 좌담 「90년대 문학을 결산한다」에서도 김정란은 최영미의 시에 대해 "최영미 시인은 창비의 최대 실수"라는 식으로 신랄하게 비판한다. 성적으로 솔직한 최영미의 시가 어떤 방식으로 소비되는지 살펴야 한다는 주장 역시 중요하지만, 남성으로부터 독립하지 못한 여성이 "문학의 이름으로 공적인 어리광을 부리고 있다"라는 식의 표현이 과도하기는 마찬가지다. 김정란·방민호·김영하·김사인 좌담, 「90년대 문학을 결산한다」, 『창작과비평』 1998년 가을호, pp. 28~29. 김정란의 이러한 태도는 2장에서 살펴보듯 여성시운동이 추구해야 할 여성적 억압의 자리를 문단 내 여성 시인의 자리로 한정한 탓도 크다고 생각된다.

적인 형태의 페미니즘 비평"으로 낙인찍는다. 그러니 결국 남진우의 반론은, 페미니즘 비평 자체가 객관성과 공정성을 상실한 구호에 불과하며 문학 텍스트를 단순하게 폭력적으로 재단하는 비평이라는 자신의 편견을, 김정란에 대한 반감을 통해 표명한 것일지도 모르겠다.

이 같은 신랄한 비판의 형태는 아니더라도, 오히려 무관심의 형태로, 페미니즘 비평에 대한 반감은 1990년대에는 물론 적어도 2015년 '페미니즘 리부트'의 이전 시기까지 한국 문단에서 무리 없이 공유된다. 페미니즘 비평에 대한 이러한 불필요한 편견과 반감을 걷어낼 수 있었다면, 우리는 20여 년 전에 이미 '여성 육체의 문학적 전시'라는 문제에 대해 더 많은 고민을 할 수 있었을 것이다. 시인의 성과 텍스트의 성을 자의적으로 붙였다 떼는 문제에 대해서도, 서사 장르에서와는 달리 이미지가 전면화되는 시에서 육체가 대상되는 문제에 대해서도, 혹은 여성의 실재하는 몸을 "모호하면서도 불확실한 미지의 경계 저편"[17]의 것으로 추상화하는 과잉 담론화된 비평의 한계에 대해서도, 더 풍부하고 정치한 문제 제기가 가능했을 것이다. 이러한 고민들이 모여 지금과는 다른 문학적 현실을 만들어내고, 나아가 지금보다 더 나은 여성의 현실에 이르게 했을지도 모를 일이다.

17 남진우(2000), 같은 글.

2 '여성적 글쓰기'와 여성의 현실

서영인의 지적대로 1990년대를 통틀어 주요 문학지에서 여성문학이라는 주제로 특집을 꾸린 것은 1995년 『문학동네』 가을호와 1999년 『실천문학』 가을호가 전부였기는 하지만,[18] 1990년대 문학을 결산하는 자리에서 빠지지 않고 중요한 항목으로 검토된 것은 여성문학 혹은 여성주의 비평에 관한 것이었다. 1990년대를 결산하는 『문학동네』의 좌담에서도 '문학위기론' '내면성' '문학주의' '비평위기론' 등의 주제와 함께 '여성문학과 페미니즘'이 중요하게 검토된다. "90년대 문학 중에서 가장 과격하고 정치적인 것이 바로 여성문학과 관련된 논의"라는 김미현의 언급이나, "90년대 여성문학이 모종의 혐의와 석연찮음에도 불구하고 대세였던 것은 사실"이라는 신수정의 언급, 그리고 "90년대 문학의 많은 성과가 여성문학이나 페미니즘이라는 개념과 관련이 있는 것은 부정할 수 없"[19]다는 이광호의 언급 등은 여성문학의 당대적 중요성을 확인해준다.

물론 좌담에 참석한 황종연과 이성욱이 다른 이슈들에 대해 활

18 서영인, 같은 글, p. 78.

19 신수정·김미현·이광호·이성욱·황종연 좌담, 「다시 문학이란 무엇인가」, 『문학동네』 2000년 봄호.

발히 언급한 것에 비해 여성문학 이슈에 대해서는 별다른 언급이 없는 점[20]이나 "남성 비평가의 자의식"을 고백하는 이광호가 페미니즘 개념에 대해 "약간의 억압을 느낀다"며 거리를 두는 장면은, 여성문학 이슈에 관한 여성과 남성 평론가의 온도차를 확연히 보여준다. 『창작과비평』이 마련한 비슷한 성격의 좌담에서 한 남성 소설가는 "제 속에 뿌리깊이 남아 있는 남성성 때문인지는 잘 모르겠습니다만 어쨌든 여성 시인의 시를 썩 좋아하게 되지는 않더군요"[21]라며 '여성시' 이슈에 대한 무관심을 망설임 없이 드러낸다. 개별 시인들에 대한 문학적 관심의 정도는 문인마다 다를 수 있겠지만, 1990년대 문학을 전반적으로 결산하는 자리에 패널로 초대된 사람으로서 이러한 무관심을 거리낌 없이 드러낼 수 있다는 것 자체가 일종의 문단 내 젠더 권력을 확인해주는 장면이 아닐까 싶다. 또 다른 좌담에서 한 남성 평론가가 "여성문학이나 여성적 글쓰기에 관해서 깊이 생각해보지 않았"으며 "'여성의 말'이라는 것도 잘 이해가 안 되는 측면이 있"[22]다고 말하며 비평가의 직무유기를 스스럼없이 고백하는 장면도 마찬가지이다. 여성문학이 1990년대에 중요한 이슈가 되었던 것은 "주로 1990년대 여성 작가의 약진에 바탕한 작가론의 차원에서 구성되었다고 보는 편이 온당하다"[23]거나 "상업성에 따른 어쩔 수 없는 사후추인의 성격"[24]이 강했다고

20 다음 글에서 이미 지적되었다. 장은정, 「죽지 않고도」, 『문학은 위험하다』, p. 114.

21 김정란·방민호·김영하·김사인, 같은 좌담, p. 24.

22 황종연·진정석·김동식·이광호 좌담, 「90년대 문학을 어떻게 볼 것인가」, 『90년대 문학 어떻게 볼 것인가』, 민음사, 1999, p. 48.

23 서영인, 같은 글, p. 78.

지적하는 논평들은 1990년대 여성문학 혹은 여성주의 비평의 성과를 오히려 축소하는 것일 수 있지만 그 타당성을 인정하지 않을 수는 없는데, 이러한 결과가 초래된 것은 여성주의 자체에 대한 이 같은 형태들의 거리 두기, 즉 젠더화된 비평 권력의 결과로 이해해볼 수 있다.

"페미니즘에 대한 태도는 1990년대 들어 더욱더 보수화하고 있"다는 조한혜정의 말을 인용하며 김정란이 지적했듯, "90년대 초에 한바탕 불어닥쳤던 포스트모더니즘 바람은 적어도 지식사회 안에서만은 이제 더 이상 드러내 놓고 반페미니즘적 발언을 할 수 없는 분위기를 정착시"켰다. "문화적 지체(遲滯)를 들키지 않기 위해서라도 반페미니즘을 표방하지는 않는" 분위기가 형성되어 있었던 탓에[25] 페미니즘에 대한 반감은 간접적인 방식으로만 실천된다. 따라서 1990년대의 한국 문단에서는 여성문학을 불가피하게 주류 문단에 편입시키는 과정에서, '문학성'이라는 주관적 잣대와 1990년대라는 시대적 특성, 그리고 포스트페미니즘의 추상적 담론들을 주로 활용하였다. 여성주의라는 좁은 틀 안에 가둘 수 없는 것으로 상찬되면서 여성문학의 '여성'이 지워지기도 했으며, 정치와 일상, 집단과 개인, 역사와 내면 등의 이분법적 구도 안에서 1980년대와 달라진 1990년대적 상황을 의미화하기 위해서만 혹은 '여성적 글쓰기'라는 타자성의 '담론'으로 분석해내는 한에서만, 여성문학은 주류 문단에 수용될 수 있게 된다.[26] 소설에 한정할 경우, 1990년대

24 신수정·김미현·이광호·이성욱·황종연, 같은 좌담.

25 김정란, 「비평정신과 여성시」, 『한국현대여성시인』, 나남출판, 2001, pp. 21~22.

26 이와 관련하여 오히려 시선을 넓혀 "문단 밖의 페미니즘" 실천을 재구하는

의 신경숙, 은희경, 전경린, 배수아, 한강 등으로부터 2000년대의 편혜영, 황정은, 윤성희, 김애란, 정이현 등에 이르기까지 많은 여성 작가가 때마침 각자의 고유한 방식으로 문학적 성취를 이뤄낸 것이 이러한 상황을 가능하게 했다는 사실은 아이러니가 아닐 수 없다. 1990년대 여성문학이 '여성'의 문제를 다양한 방식으로 예각화하지 못했다면 그것은 '문학성'이라는 텅 빈 개념과 구체적 현실과는 단절된 '이론'의 늪에 빠져 여성문학의 다양한 시도를 정치하게 읽어내지 못한 비평의 탓이 크다.

1990년대를 되돌아보는 한 좌담에서 여성문학의 성과라는 세부 주제가 제시되었을 때, 황종연은 '소설이란 성숙한 남성의 형식'이라는 루카치의 말을 인용하면서 '문제적 개인'이 사라지고 '탐색의 퇴화'가 일어난 1990년대의 상황 속에서 "그날그날 보통의 삶을 살

연구가 진행될 필요가 있다. 최근의 주목할 만한 성과로는 문단의 주류 담론의 한계를 돌파하는『또하나의문화』의 포스트모던 전략에 주목한 손유경의 연구를 참조할 수 있다. 손유경,「페미니즘의 포스트모던 조건」,『여성문학연구』 50, 한국여성문학학회, 2020. 한편 1980년대에 관한 논의이기는 하나 이혜령은 '1980년대 여성해방문학의 저자는 누구인가'라고 물으며 "1980년대 여성해방문학은 성차별적 젠더 체계에 대한 비판과 종식을 위한 글쓰기를 포함한 다양한 표현 행위에 대한 아카이브의 축적 속에서 구성되어야 한다"고 주장한 바 있다. 중앙과 지역의 무크지뿐만 아니라 대학생의 여대생 교지, 다양한 여성주의 매체, 현재로서는 재연되기 힘든 모임과 조직에 관한 회고들이 광범위하게 연구되어야 한다고 그녀는 주장한다. 이혜령,「여성해방문학의 저자란 무엇인가」,『메타-문학사: 문학과사회 하이픈』 2019년 봄호, pp. 71~72. 이러한 선행 연구들을 참조하자면, 1990년대 대학생 사회에서 혹은 주류 담론의 바깥에서 활발하게 진행된 여성주의운동 및 이론에 관한 폭넓은 자료들이 함께 참조되었을 때, 이른바 1990년대의 젠더화된 문단 권력의 양상이 좀더 명료하게 확인될 것으로 판단된다. 앞으로 이러한 연구들이 확장될 필요가 있다.

고 있는 여성들의 경험과 욕망"[27]이 표현되는 현상은 '자연스러워' 보인다고 말한다. 거대 서사가 불가능해진 시대에 "일상성의 미학적, 도덕적 복권"이 시도되면서 여성 작가들이 중요한 활로를 개척하고 있다고 짧게 언급하는 대신에, 그는 유사한 도식으로 설명될 수 있는 윤대녕의 소설을 주어진 지면의 범위 안에서 좀더 공들여 분석한다. '성숙한 남성의 모험/여성의 일상적 경험'이라는 도식 자체도 그렇지만, 후자의 경향마저도 윤대녕이라는 남성 작가로 대표되어 설명된다는 점에서도, 젠더화된 당대 문단의 상황을 짐작하게 된다. "일상의 복원이 현실의 사사화(私事化)로 떨어지는 경향"[28]이 있다고 1990년대 여성문학의 한계를 지적한 진정석의 논평도 같은 맥락에서 이해된다. 이러한 맥락을 염두에 둘 때, 『문학동네』의 좌담에서 신수정이 "문학이 주변화되는 과정과 여성문학의 부상은 아무런 관련이 없는 것인지"[29]를 묻는 장면은 더욱 의미심장할 수밖에 없다. 만연한 상업주의와 대중문화의 확산 등으로 인해 문학의 위상이 하향 조정되고 있다는 것이 당시 문학 위기론의 골자였음을 환기해보자. 1990년대 문단에서 여성문학의 부상이 문학의 이 같은 위치 조정과 무관하지 않을 것이라는 불편함이 신수정의 언급 속에서 드러나는 것이다. 나아가 일상, 개인, 내면 등의 키워드가 언제나 '여성성'과 나란히 놓이면서, 1990년대 문단에서 여성문학은 여성과 관련된 더 다양하고 첨예한 이슈들을 개발하지 못하는 상황에 이르게 된다고 볼 수 있다.

27 황종연·진정석·김동식·이광호, 같은 좌담, pp. 45~46.

28 같은 좌담, p. 49.

29 김미현, 신수정, 이광호, 이성욱, 황종연, 같은 좌담.

그런데 1990년대의 여성문학의 담론이 전체 문학장의 핵심적 이슈로 쟁점화되지 못하고 게토화되거나 거대 서사가 불가능해진 시대의 대안으로 설명되거나 저항 담론을 대표하는 것으로 이론화할 수밖에 없었던 사태는, 페미니즘 자체에 대해 관대하지 못했던 이 같은 외부적 조건만으로는 온전히 설명되지 않는다. 저항 세력으로 인해 여성주의가 탄력을 얻지 못하고 좌초될 수밖에 없었다는 분석은 현재에도 유효하긴 하다. 하지만 이처럼 여성주의 문학 혹은 비평을 불가능하게 했던 외적 요인만을 지속적으로 확인하는 과정은 오히려 그 가능성을 봉쇄해버리는 역설적 결과를 가져올 수 있다. 나아가 내부 문제에는 눈감아버리는 역효과가 발생될 수도 있다. 따라서 현재의 관점에서 1990년대 여성주의 비평의 공과를 돌아볼 때 우리는 다음과 같은 사실을 중요하게 지적해야 한다. 페미니즘 자체가 운동으로부터 촉발된 이론이라는 당연한 전제를 환기한다면, 당대의 여성주의 비평이 운동과 이론, 나아가 현실과 문학의 교차를 얼마나 구체적으로 사유하고자 했는지를 점검할 필요가 있는 것이다. 이와 관련하여 이 장에서는 1990년대 여성주의 비평이 전제한 '현실'이 무엇이었는지를 '여성시 담론'을 경유해 살펴보고자 한다. 1990년대 비평이 여성의 억압적 현실들을 충분히 다양하게 고려하지 못했다면 그 원인이 무엇일지 고민하기 위해서이다.

'여성문학의 게토화'라는 '문단 내' 사정과 관련하여 이 문제를 구체화해볼 수 있을 것이다. 1990년대 여성주의 비평이 처한 '현실'이란 정확히 말하자면 '문단 내 현실'로 좁혀진다. 1990년대 담론에서 유독 여성적 '글쓰기'가 주목받은 이유에 대해 "당시 여성문학 담론이 체감한 '현실'이 제도권 내의 문학 시스템이었기 때문은 아닐까?"[30]라고 물었던 선행 연구의 질문이 이 문제를 지적한 바 있다. 이에 대해 좀더 숙고하기 위해 "90년대 여성시 운동의 성과와 가능성"이라는 부제가 붙은 김정란의 「비평정신과 여성시」라는 글을 비판적으로 읽어보기로 하자.

"한국 사회에서 여성의 이름으로 문학한다는 것"이라는 제목으로 씌어진 이 글의 첫째 장에서 김정란은, "주로 남성 비평가들을 중심으로 거대 언론권력과 유착하면서 권력을 생산해 내는"[31] 문단의 구조적 문제를 지적하면서, 여성주의 비평이 갖게 되는 불안과 두려움에 대해 설명한다. 나아가 1990년대의 여성소설을 이러한 문단 권력과 친연한 "여자가 쓴 남자를 위한 소설"[32]로 저평가하고, 이에 반해 '여성시'를 "90년대적 맥락에서 태동한 매우 문학적인 '운동'"이라고 평가한다. 『시21』의 1999년 여름호에 실린 여성 시인들의 좌담 중 특히 노혜경의 발언에 주목해보는 그녀는, 1990년대의 여성시가 소외된 계급으로서의 주체성을 확보하고 있다는 점에서 1980년대의 민중시와 동일한 발생론적 조건을 갖고 있지만 민중시와는 달리 '문학적·언어적 소외'에 대한 첨예한 인식을 갖추게 되면서 '문학적 실천'의 국면으로 접어들게 되었다고 분석한다. 언어의 문제에 민감한 여성 시인들이 "제도의 인지를 수동적으로 기다릴 수 없다는 절박감"[33]으로 비평가의 역할을 병행하면서,

30 장은정, 같은 글, p. 115.
31 김정란, 같은 글, p. 22.
32 같은 글, p. 42.
33 같은 글, p. 24.

즉 '텍스트 생산'과 '담론 구성'의 실천을 동시에 도모하게 되면서, 이들 여성 시인-비평가의 존재로 인해 1990년대의 '여성시운동'은 '남성들의 오염된 언어'를 전복하려는 시도를 성공적으로 수행하게 되었다는 것이 그녀의 주장이다. 이와 같은 방식으로 1990년대 여성시운동을 설명하는 김정란에게, '여성의 현실'은 오로지 문단 내 언어 행위로 한정된다. 여성 시인 혹은 비평가가 현장에서 혹은 문학사에서 소외되어왔다는 것이 그녀들이 처한 여성적 억압의 구체적 조건이었음은 명백한 사실이더라도, 김정란의 논의에서 '여성의 현실'이 '언어 행위' 너머로까지 고려되지 못한 점은 아쉬움을 남긴다.

심진경은 1990년대 여성시의 성과를 짚어보는 글에서 김정란의 시에 대해 "미분화, 비결정성의 원리를 여성적인 것과 동일시함으로써 여성성을 남성 중심적인 문명의 폐해를 치유할 수 있는 원리로 신비화하고 특권화"[34]한다고 비판한 적이 있다. 남성성과 여성성의 이분법적 구도는 물론 그 안에 내재된 남성 중심적인 시각을 그녀의 시가 오히려 재생산하는 역설이 발생한다는 것이 비판의 요지이다. 주목할 점은 심진경이 이 글에서 '여성적 시 쓰기'라는 용어를 "여성적 정체성을 기반으로 한 미적 특성을 갖는 시쓰기"[35]로 그 의미를 한정해 쓰고 있다는 점이다. 이러한 정의가 편협해 보이기보다는 오히려 자연스럽게 느껴지는 이유는, 1990년대의 여성시가 여전히 여성의 고정된 정체성, 나아가 시인의 성별까

34 심진경, 「여성성, 육체, 여성적 시쓰기」, 『실천문학』 1999년 여름호, p. 70.

35 같은 글, p. 63.

지를 중시하며 씌어지고 읽혔다는 점이 환기되기 때문이다. 언어 행위 혹은 글쓰기의 문제로 한정된 페미니즘이 버틀러의 젠더 수행성 이론과 결합하여 과잉담론화 혹은 과소여성화의 결과로 이어진 것은, 황병승, 강정 등의 남성 시인들이 텍스트 안에서 '여성-되기'를 시도하며 여성성을 전유했던 2000년대 소위 '미래파'의 시에 이르러서야 강화된 현상이라고 할 수 있다. 여성 시인/비평가의 문학적 실천을 강조한 김정란의 앞서 제시된 논의에서도 읽히는바, 1990년대 여성시는 '글 쓰는 여성'이 처한 억압적 현실에 저항한 실천적 언어 행위로서 한정된 측면이 크다. 『여성 없는 페미니즘』(1991)의 저자 타니아 모들스키Tania Modleski가 지적했듯 포스트페미니즘의 "탈본질화(페미니스트 반본질주의), 탈여성화(젠더 연구) 과정이 육체적·사회적·역사적 '경험의 주체'로서 여성을 담론과 실천에서 배제시키는 역설적인 결과를 가져왔다는 것"[36]은 주지의 사실이다. 이처럼 '여성성'이 강조되며 '여성'이 사라지는 현상이 2000년대 이후의 문단에서 두드러진 것이라면, 1990년대의 여성시운동의 문제는 여성이 사라진 것이 아니라 '글 쓰는 여성'의 문제로만 국한되었다는 점에서 찾을 수 있을지도 모른다.

김정란이 의미화하는 여성시운동의 문제는, 여성주의를 '문단 내 여성'의 문제로 축소한 점, 여성적 글쓰기를 남성적 언어의 대타항으로 설정하면서 남성 대 여성이라는 이분법적 논의를 반복한 점, 나아가 '성'을 재현에 선행하여 존재하는 것으로 이해한 점 등에서 찾을 수 있다. 소외된 여성의 현실을 문제 삼는 것이 오히려

36 이명호, 「남성, 남성성, 페미니즘 이론」, 같은 책, p. 386.

"스스로에게 권위를 부여하는 여성적 전략을 취"[37]한 것으로 읽힐 수 있다는 지적을 참고하자면, 1990년대의 '여성시운동'에서 '여성 시인'이 처한 문단 내 현실적 조건을 강조한 것은 오히려 여성 시인을 특권화하고 결과적으로 여성문학을 게토화하는 역설로 이어졌다고도 볼 수 있다. 스스로에게 권위를 부여하는 이 같은 여성적 전략이, 생물학적 여성의 글쓰기를 애초에 이해하지 못할 것으로 배제하는 여성문학에 대한 남성적 항변의 알리바이로 작용했을지도 모를 일이다. 여성 비평가들이 문단 내 여성문학의 위치를 고민하기보다 좀더 구체적이고 다양한 '현실'로 눈을 돌렸을 때 여성문학의 다양한 이슈가 더 많이 발견되고 개발되었을지도 모른다는 생각을 하게 된다.

37 낸시 암스트롱, 『소설의 정치사: 섹슈얼리티, 젠더, 소설』, 오봉희·이명호 옮김, 그린비, 2020, p. 57.

3 여성적 서정시에서 여성주의적 서정시로

—허수경의 경우

이제까지 이 글은 1990년대의 젠더화된 문단 구조 안에서 여성문학 논의가 어떤 방식으로 이루어졌는지를 살폈다. 김정란을 둘러싼 논쟁을 중심으로 급진적인 페미니스트 시인-비평가의 존재가 1990년대 문단과 충돌하는 지점들을 확인하였고, 여성의 현실을 다소 협소하게 설정한 여성주의 비평의 내적 문제에 대해서도 지적하였다. 이러한 논의들을 종합해보자면 1990년대 여성문학 담론의 문제는 다음의 두 가지로 압축된다. 페미니즘의 문제의식이 한국 문단의 보편적 문제로 확장될 수 없었다는 점과, 문학 내부의 실천이 문학 외부의 현실과의 접점을 충분히 고려하지 못했다는 점이 그것이다. 이러한 과거의 한계를 답습하지 않기 위해 '페미니즘 리부트' 이후의 한국 문단에서 이 두 가지 논점이 더욱 섬세하게 고민되었던 것 같기도 하다. 2000년대 중반 이후부터 '페미니즘 리부트'의 시기 이전까지 페미니즘에 관한 논의가 활성화되지 못했던 것은 비단 문단만의 사정이라고 한정할 수는 없으며 이에 관해서는 사회 구조적인 분석들이 참조되어야 하겠지만, 여성주의가 중요한 이슈로 쟁점화되던 1990년대 문단에서 여성문학의 성과들이 충분히 발굴되지 못한 탓도 크다는 점을 간과해서는 안 된다. 이러한 문제의식을 강조하는 차원에서, 이 장에서는 허수경의 초기 시를 한 사례로 1990년대 여성주의 비평이 보지 못했던 지점이 무엇일지를 고민해보고자 한다.

잘 알려져 있듯 허수경(1964~2018)은 1987년 『실천문학』으로 등단한 이후 『슬픔만 한 거름이 어디 있으랴』(실천문학, 1988)와 『혼자 가는 먼 집』(문학과지성사, 1992)을 연달아 출간한 뒤 독일로 유학을 떠난다. 한국 문단과 물리적 거리를 두고 있는 이러한 국외자적 위치로 인해 세번째 시집 이후 허수경의 작업에서는 여러모로 특별한 경험들이 녹아든다. 가령 김정란은 허수경이 독일 유학 중 건네준 작품들을 읽는 글에서 "시인은 자신의 잃어버린 개인적인 사랑의 의미를 인류와 문명에 대한 사랑으로 확대시키고 있다"[38]고 평가한 바 있다. 달라진 허수경을 읽는 김정란의 글에서 우리는 허수경의 초기 시에 대한 그녀의 독법에 오히려 주목해볼 수 있는데, 사랑을 통한 자기 유지 능력에 기대 생의 허위와 역사의 참혹함을 견뎌내었던 것들로 허수경의 초기 시들이 평가된다. 1980년대와 1990년대 초반에 씌어진 허수경의 초기 시는 급진적인 형태의 여성시로 읽히지는 않았으며, 이처럼 사랑을 둘러싼 슬픔과 연민 또는 우울이라는 특유의 정서로 더욱 주목받았던 것이다.

시인 이시영은 "확실히 허수경은 우리 정서의 깊숙한 어디를 건드릴 줄 아는 시인"[39]이라고 언급하기도 한다. 두번째 시집 『혼자 가는 먼 집』의 해설을 쓴 박해현은 허수경의 시가 "기형도의 우울한 기이함의 세계를 연상케 한다"[40]고 평하기도 했는데, 기형도의

38 김정란, 「노래와 예언 사이에서: 허수경, 아버지의 집을 떠나는 한 명의 카산드라」, 『영혼의 역사』, 새움, 2001, p. 285.

39 이시영, 「고은의 시, 허수경의 노래」, 『창작과비평』 1992년 가을호, p. 285.

시가 그렇듯 허수경 시에 나타난 슬픔의 정서는 환멸 혹은 상실로 대표되는 1990년대적 정서와 맞아떨어지면서 그녀를 1990년대를 대표하는 서정시인으로 자리매김하게 한 요인이 되기도 했다. 허수경의 시는 '여성적 서정시' 정도로 읽혀온 셈이다. 그렇다면 그녀의 시를 '여성주의적 서정시'로 읽을 방법은 없을까. 이를 통해 1990년대 여성시의 외연을 확장할 수 있는 방법은 없을까. 이어지는 논의에서 그간 허수경 시의 중요한 특징으로 거론되어온 '모성적 사랑'의 의미를 재검토하면서 이 같은 질문들에 답해보고자 한다. 특히 허수경의 시가 '아버지-딸'의 관계 안에서 규범적 젠더 체계를 해체하는 장면들에 주목하면서 그녀의 시에서 오히려 '모성성=여성성'의 신화가 해체되는 과정을 살펴보고자 한다.

여성시로서 허수경의 초기 시에 주목한 당대의 논평이 당연히 없지는 않다. 두번째 시집의 리뷰 형태로 씌어진 글에서 신범순은, "영미의 혹은 불란서의 페미니즘은 모더니즘의 지류 정도로 인식되"[41]는 당대 시단에서 『실천문학』을 통해 문단에 나온 허수경의 시가 독특한 위치를 점할 수밖에 없음을 지적한 바 있다. "프랑스적인 시선으로 그녀의 시들을 말끔히 씻어"[42]낼 수 없다고 말하는 신범순은 서정주의 '떠돌이' 시편과의 관련 속에서 허수경의 시를 읽으며, 신산한 삶의 아픔을 적극적으로 긍정할 수 있게 하는 "처

40 박해현 해설, 「마음의 관능, 세간의 혼몽」, 허수경 , 『혼자 가는 먼 집』, 문학과지성사, 1992, p. 98.

41 신범순, 「부서진 육체와 사랑의 공간: 채호기·허수경론」, 『문학과사회』 1992년 가을호, p. 1017.

42 같은 곳.

녀신의 사랑스러운 헌사"이자 "한없는 모성적 여성성"[43]의 발현이라고 그녀의 시를 분석한다. 이처럼 허수경의 초기 시를 여성시로 읽는 논의들은 대체로 그녀 시에 나타난 '모성적 사랑의 실천'에 주목해왔다. 첫번째 시집의 해설을 쓴 송기원은 그녀 시에 나타난 "크고 넉넉한 사랑"의 힘을 "사람을 사로잡는 괴물 같은 힘"이라고 명명하기도 하였으며,[44] 정끝별은 허수경 시의 문체에 주목하면서도 "특유의 모성과 관능성을 모태로 하는 '사랑'은 시 전체의 일관된 흐름이"[45]라고 덧붙인다. 그녀 시의 "비의적 모성은, 온갖 질병과 상처를 받아들이면서도 언제나 삶 그 자체인 생명을 새롭게 배태하는 여성의 원형적 자궁에 대한 감각에서 비롯된다"고 설명되는 것이다. 이광호 역시 "세계의 불우를 감싸 안는 청승스러운 모성적 여성성"[46]을 그녀 시에서 읽어낸다. 폭력의 공간에 내던져진

43 같은 글, p. 1020.

44 송기원은 이렇게 덧붙인다. "벼락맞을 상상이지만 나는 앳되고 풋내나는 단발머리의 그녀를 앞에 놓고, 세상의 모든 남정네들에게 버림받고, 그렇게 버림받아 자유로운 몸이 되어, 드디어 세상의 모든 남정네들을 제 살붙이로 여기는 진주 남강이나 혹은 낙동강 하류의 어느 가난한 선술집의 주모를 떠올렸다. [……] 나는 어린 나이의 그녀가 어떻게 하여 그처럼 크고 넉넉한 사랑을 획득하였는지 알지 못한다." 송기원의 이러한 언급에서 우리는 여성 시인들의 텍스트를 대하는 어떤 경향을 확인할 수 있다. 시적 화자와 시인은 보통 동일시되면서 이들은 직접적으로 여성혐오적 시선의 대상이 되기도 한다. 송기원 해설, 「저주와 은총의 사랑」, 허수경, 『슬픔만 한 거름이 어디 있으랴』, 실천문학, 1988(개정판 2010), p. 152.

45 정끝별, 「고로(古老)를 좇는 마음의 역사(歷史)」, 『오늘의 문예비평』 1995년 가을호, p. 122.

46 이광호, 「그녀의 시는 오래되었으나: 허수경의 오래된 편지」, 『문학과사회』 2001년 여름호, p. 803.

여성들의 수난에 주목하기도 하지만 이러한 여성들의 수난이 "역사적인 것이며 동시에 신화적인 것"[47]으로 그려진다고 판단하면서 이광호는 허수경의 시가 그려내는 여성의 수난을 관념적인 것으로 이해하기도 한다.

허수경의 시에서 삶의 고통을 위로하는 포용과 사랑의 힘을 읽을 수 있다는 점과, 그녀 시를 '위대한 모성성'의 시로 읽을 수 있다는 점은 전혀 다른 문제이다. 이 둘을 혼동하는 순간 '모성성'은 '위대한 희생'을 의미하는 것으로 그 범위가 한정되고 결국 여성에게 이러한 모성은 강요가 된다. 나아가 다양한 현실의 고통들이 '모성의 부재' 탓으로 돌려질 위험도 있다. 모성 신화를 비판적으로 해체한 『숭배와 혐오』에서 재클린 로즈Jacqueline Rose가 지적하듯 현실의 실패와 불의에 대한 책임을 모성에게 전가할 때 피폐해지는 것은 모성만이 아니다.[48] 허수경의 시를 이처럼 '여성성=모성성'의 부당한 동일시를 경유해 읽을 경우, 여성의 희생이 신비화되고 결국 현실의 여성적 고통들은 대체로 무화된다는 문제가 생기는 것이다. 최근의 연구들이 허수경 시에 나타나는 사랑의 힘을 '모성'이라는 말 대신 '생명 의식'[49] 혹은 '애도의 정동'[50] 등 다른 개념으로 의미화하려는 것은 이와 같은 문제의식을 공유한 결과라고 생각

47 같은 글, p. 804.

48 재클린 로즈, 『숭배와 혐오: 모성이라는 신화에 대하여』, 김영아 옮김, 창비, 2020, p. 184.

49 이혜원, 「허수경 시에 나타난 전쟁 표상과 생명의식」, 『문학과환경』 18(1), 문학과환경학회, 2019 참조.

50 이경수, 「1980년대 여성시의 주체와 정동: 최승자·김혜순·허수경의 시를 중심으로」, 『여성문학연구』 43, 한국여성문학학회, 2017, pp. 70~73.

된다.

허수경의 시에서 이처럼 '위대한 모성'이 공통적으로 언급된 이유는 그녀 시에서 여성과 남성 사이의 흔한 대립이 잘 드러나지 않았기 때문이라 짐작된다. 첫번째 시집의 〈원폭수첩〉 연작이나 〈남강시편〉 연작에는 수난당하는 여성의 이미지가 반복적으로 재현되고 있지만, 이때 두드러지는 것은 성차에 의한 억압이라기보다는 역사에 의한 억압이다. 그녀 시에 그려지는 여성과 남성은 모두 피식민지인이라는 점에서 공통적으로 수난당하고 있다. "다시 태어나면 돌아오지 않으리/사람으로 돌아오지 않으리/식민지 백성으론 돌아오지 않으리"(「원폭수첩 1」)라고 말하는 자들은 "히로시마 징병대 끌려가던"(「원폭수첩 5」) 청년이기도 "학도보국대 미쓰비시 군수공장 잡역부"로 일하던 "조선 소녀"(「원폭수첩 2」)이기도 한 것이다. 물론 '실려가고 있는 소녀'의 이미지가 반복되고, 원폭 피해자로서 아이를 낳을 수 없어 계속해서 유산을 감행하는 여성의 "거덜난"(「원폭수첩 4」) 육체가 강조되기도 한다. 그러나 "용서해라/나의 자궁은 저 만월만큼 꽉 차보지 못할지니/조국이여/빼앗기기만 했던 원통한 에미의 삶과/에미한테 죽은 아기의 태어나지 않은 꿈과"(「원폭수첩 4」)라는 구절에서도 드러나듯 임신과 유산의 과정을 반복하도록 만든 적대의 대상은 남성이기 이전에 "조국"이며 나아가 조국을 침략한 외부 세력으로 규정된다. "조국이여, 나의 아버지에게 이름 석 자 등기된 한 뼘의 땅이라도 허락해다오"(「나는 스물넷, 아버지」, 『슬픔만 한 거름이 어디 있으랴』, 이하 인용 시는 모두 첫 시집의 것이다)라며 전쟁 세대로서의 아버지의 곤궁한 삶을 연민할 때에도 화자에게 적대의 대상은 역시 조국이다.

이처럼 허수경의 시에서 여성과 남성의 대립이 두드러지지 않는 것은 그녀의 시가 여성성과 남성성을 기존의 통념과는 '다르게' 규정하고 있기 때문일 것이다. 허수경의 시를 여성주의의 관점에서 새롭게 의미화할 수 있다면 바로 이 지점이, 즉 기존의 젠더 규범을 해체하는 모습이 핵심적으로 논해져야 할 것으로 보인다.

선행 연구에서 이경수는 1980년대 여성시의 중요한 성취 중 하나로 허수경의 시를 거론하면서, 기존의 연구들을 극복할 수 있는 흥미로운 논점을 제안한다. "허수경 시에 스며든 남성적 목소리를 어떻게 볼 것인가?"[51]의 문제가 그것이다. 허수경의 시가 모성성 혹은 여성성의 측면에서만 읽힌 점에 대해 의문을 표하는 이경수는 그녀의 시에서 아버지와 딸의 관계가 자주 묘사되고 나아가 아버지가 부정적 대상으로 그려지지 않는다는 점에 착안하여 허수경의 시를 "'아버지-딸'로 이어지는 이 땅의 역사에 주목한 여성시"[52][53]의 최초 사례로 읽는다. 이러한 관점을 통해 이경수가 강조하는 것은 역시 "헌신적인 사랑의 태도"[54]이기 때문에 허수경 시에 관한 기존의 독법이 유사하게 반복되기도 한다. 본고는 논점을 조금 달리하여 허수경 시의 부녀 관계에 주목한 선행 연구의 성과를 규범적 젠더의 해체라는 관점에서 더욱 예각화해보도록 하겠다. 다음에서

51 같은 글, p. 65.

52 같은 글, p. 67.

53 "부녀관계의 형상화가 우리 시대의 젠더-세대 문제를 첨예하게 드러내고 있"음을 1990년대 이후 한국 소설을 통해 점검한 최근의 논의로는, 손유경, 「젠더화된 세대교체 서사를 패러디하기」, 『한국현대문학연구』 58, 한국현대문학회, 2019 참조.

54 이경수, 같은 글, p. 68.

도 보듯 허수경 시에서 아버지는 어머니의 자리를 대신해 딸과 감정적 동일시를 이루는 인물로 등장하곤 한다.

시민으로서 행복했던 적이 없는
나의 아버지로서 언제나
행복한 아버지여

나는 시민으로서 행복을 회복하기 위하여 젊고
당신은 아버지로서 행복하기 위하여
늙어갑니다

세월의 잔뿌리를 털어
서툰 표본을 해두고

해 어스름에 커피를 마시는 아버지
해 어스름에 유인물을 쓰는 나는
우리는 그렇지만
어떻게 만나게 될까요
—「그렇지만 우리는」 전문

당신은 당신의 집으로 돌아갔고
돌아갈 집이 없는 나는
모두의 집을 찾아 나섭니다
[……]

배고픈 어미가 아이를 낳고 기르는
땅을 가로질러
함께 일을 하고 밥을 먹고 함께 노래를 하고 꿈을 꾸고

아버지 나는 갑니다
모두의 집을 찾아 칼을 들고
눈물 재우며
—「아버지, 나는 돌아갈 집이 없어요」 부분

인용된 시에서 보듯 '시민-되기'에 실패했던 그는 '아버지'로서의 행복을 찾고자 하고, 그 곁에서 '딸'인 '나'는 '시민-되기'에 몰두하고 있다. 시민으로서의 아버지, 그리고 딸로서의 내가 거쳐온 시절은 "서툰 표본"에 불과하다. (물론 이 시에서 '나'의 성별이 드러나지는 않지만 시집의 다른 시들을 참조해 읽는다면 '나'는 딸이 분명하다.) 이처럼 아버지의 위치 조정, 그리고 딸의 위치 조정을 통해 이 시는 부녀 관계를 새롭게 만들어낸다. 아버지-남성은 사회적 존재이기에 앞서 가족 관계 안에서 의미화되고, 반대로 딸-여성은 사적 존재이기에 앞서 공적 존재로서 의미화된다. 유인물을 쓰고 있는 딸의 이미지는 많은 청년이 학생운동에 투신했던 1980년대의 상황에서 익숙하기도 하지만, 이러한 딸과 해 질 무렵 여유롭게 커피를 마시고 있는 늙은 아버지와의 대비는, 남성을 가정 안에, 그리고 여성을 가정 밖에 위치시킨다는 점에서는 낯선 풍경이라고 할 수 있다.

두번째 인용한 시에서는 '집'과 관련된 남성과 여성의 역전된 위

치가 훨씬 두드러지게 나타난다. 아버지는 "당신의 집"으로 돌아가고 '나'는 "모두의 집"으로 나아간다. '나'는 "배고픈 어미가 아이를 낳고 기르는 땅"으로부터 멀어져, 즉 출산과 양육이라는 자연화된 몸의 구속을 탈피하여, "함께 일을 하고 밥을 먹고 함께 노래를 하고 꿈을 꾸"는 사회적 존재로 확장되고자 한다. 여성주의적 관점에서 허수경의 시를 읽을 때 의미심장하게 확인해야 하는 지점은 바로 아버지와 딸 사이, 나아가 남성과 여성 사이의 이러한 장소성의 역전이라고 할 수 있다. 그리고 이러한 역전은 결국 젠더 규범의 해체를 지향하게 된다. "우리는 그렇지만/어떻게 만나게 될까요"라는 질문은 관계의 어긋남 자체를 의미하는 것이 아니라, 현재의 관계가 앞으로 어떻게 조정될지 알 수 없다는 또 다른 가능성을 암시하기도 한다. 첫번째 시집의 다른 연작 〈조선식 회상〉에서는 아버지의 "사춘기 소년"(「조선식 회상 3」) 시절이 아련하게 상상되기도 하며, 아버지는 "병역기피자 출신 로맨티스트"(「조선식 회상 13」)로 그려지기도 한다. 「아버지와 얘기를 나눌 만큼」에서는 딸이 생리를 처음 시작하던 날을 회상하는 아버지가 그려지기도 하는데 1980년대의 시에서 마주하는 이러한 장면은 꽤나 낯설다. 더군다나 시의 시간적 배경이 1970년대 말로 거슬러 올라간다는 점에서 더 그렇다.

딸은 눈이 퉁퉁 부어 돌아왔다
왜냐고 물어도 울기만 할 뿐이었다

영부인이 죽었어. 총에 맞아. 우리는 수업을 중단하고

분향소에 갔어. 차례로 줄을 지어 절을 했어. 선생님들이
우리를 데려가서 절을 시켰어.

[……]

선생님은 얘기했어. 우리는 죄 지은 사람처럼 고개를
숙여야 했어. 아. 배가 아파.
아랫도리에 불덩이가 치밀고 뭔지 모를 통증이
머리칼까지 곤두서게 했어.
이게 뭐지. 이게.

아내는 팥밥을 짓고 광목개짐을 내놓았다
비릿한 핏내를 담은 채
막무가내 도리질하던 딸이
잠자리에 들 즈음

아버지는 보았다
처녀좌의 별들이 딸의 머리맡에 내려앉는 것을
그것 참

시대여 그대는 얼마나 수상하냐
[……]
—「아버지와 얘기를 나눌 만큼」 부분

생리를 처음 시작한 날 고통과 당황 속에서 울다 잠든 딸의 머리맡에서 아버지는 "처녀좌의 별들이 딸의 머리맡에 내려앉는 것을" 본다고 적는다. 아버지는 이날을 신비롭게 미화해서 기억하고자 하지만, 딸에게 이날은 '퉁퉁 부은 눈'과 '머리칼이 곤두서는 통증'과 '비릿한 핏내'로 기억될 뿐이다. 눈물과 피로 범벅된 이날의 통증은 영부인의 죽음과도 겹쳐진다. 정확히 말하면 영부인의 죽음 앞에서 영문도 모른 채 "죄 지은 사람처럼 고개를/숙여야 했"던 왠지 모를 억울함이 이날의 고통과 오버랩된다. 육체적 고통과 사회적 분노를 이와 같은 방식으로 교차시킴으로써 허수경은 '딸-여성'들을 정치적 존재로 확장한다. 딸이 여성으로서 성장하는 과정과 정치적으로 성숙하는 과정이 동일시된다는 점에서 무척 흥미로운 시가 아닐 수 없다. 아버지의 사춘기와 로맨티스트 아버지의 존재는, 독재 정권 앞에서의 무력감에 분노하는 딸들의 모습과 선명하게 대비된다(「우리는 같은 지붕 아래 사는가 2」).

기존의 비평들은 허수경 시에 등장하는 다소 허약하고 선한 남성들의 존재를, 그리고 그들이 자아내는 연민의 감정을, '모성적 여성성'을 증명하는 장치로 읽어냈었다. 그러나 우리의 주목을 끄는 것은 이러한 남성들을 보듬어 안는 '어머니-여성'이기보다는(실제로 거의 등장하지 않는다) 그들과 동질감을 느끼고 있는 '딸-여성'들이다. "칼 마르크스와 레닌을 알고 있"지만 더 이상 "불심검문을 당하지 않"(「우리는 같은 지붕 아래 사는가 3」)으며 '행복한 시민'이 되지 못한 '아버지의 현재'는 결국 '나의 미래'가 될 것이라는 점을 그녀들은 알고 있다. 늙음과 젊음의 시간만 교차될 뿐 "아버지와 나는 공범자이다"(「우리는 같은 지붕 아래 사는가 4」). 아버지에 대한 연민(나아가 허약한 '사내'들에 대한 연민)은 결국 '나'에 대한 연민으로 되돌아오는 것이다. 허수경의 시는 이처럼 가해자 남성과 피해자 여성, 집 밖의 남성과 집 안의 여성이라는 이분법적 구도를 반복하지 않는 방식으로 여성주의적이 된다. 좀더 적극적으로 말하자면 관념화된 '모성의 신화'에 기대기보다는, 오히려 '아버지-남성'에 대한 연민을 경유해 온전히 '나'에 집중하는 방식으로 여성주의적이 된다. 자신보다 더 약한 존재를 훼손하는 '여성혐오'를 통해서만 세계에 대한 혐오를 드러내고 역사에 의한 억압을 보상받으려 했던 피식민 지식인 남성들의 글쓰기와는 다른 자리에 허수경의 시가 놓이는 것이다.

모성 이데올로기는 현실의 여성에게 희생과 포용을 강요한다. 허수경의 시를 '모성성의 위대한 실천'으로 읽은 당대 비평들은 그녀의 텍스트를 섬세하게 독해하기보다는 이러한 이데올로기를 그녀 시에 선험적으로 적용하며 정해진 결론으로 나아간 것이라 볼 수도 있다. 그 결과 허수경의 시는 여성해방을 현실적으로 도모하는 문학적 실천으로는 소홀히 읽혔다. 물론 그녀의 시에 '어머니-여성'의 억압의 역사가 그려지지 않는 것은 아니다. "피와 물로 엉긴 몸뚱어리를 세상에 들이밀며/울어"대는 "어머니"(「조선식 회상 12」)의 형상도 어김없이 등장한다. 그러나 문학 텍스트를 통해서 우리가 현실의 생생한 반영이나 억압적 현실에 대한 고발만을 읽어내는 것이 아니라면, 즉 다른 현실을 상상할 수 있는 가능성이나 보편을 새롭게 사유하는 시각도 발견해낼 수 있는 것이라면, 허수경의 시에는 이러한 '어머니-여성'의 곁에 오히려 '아버지-남성'의 색다른 모습이 더 뚜렷하게 보인다는 점도 주목되어야 했을 것이다.

가령 「조선식 회상 12」에서 모체(母體)와 갓 분리된 "신생아"가 어머니가 아닌 "아아아 버어어 지이이"를 부르고 있으며, 아버지를 부르는 말이 "사람의 말"이 아닌 "자연의 말"로 명명된다는 흥미로운 사실에 주목했다면("아아아 버어어 지이이//신생아는 사람의 말이 아니라/자연의 말로 그를 부릅니다"), 허수경의 시가 남성과 여성의 자리바꿈을 통해 '모성=여성=자연'이라는 모성의 신화를 오히려 해체하는 장면을 포착할 수 있었을 것이다. 요컨대 여성시로서 허수경 시의 성취는 모성의 위대한 사랑의 힘을 형상화했다는 점이 아니라, 모성에 덧씌워진 희생의 관념을 해체하고 이러한 모성의 수행자를 여성으로 고정하지 않는 방식을 고안했다는 점에서 찾아질 수 있다.

4 선배 여성 시인을 읽는 일[55]

1990년대의 문학을 갈무리하기 위해 1990년대 후반부터 2000년대 사이에 이루어졌던 문학잡지의 다양한 기획은 빠짐없이 1990년대 문학의 중요한 성과로 '여성문학'을 꼽는다. 여성문학에 관한 논의가 "게토나 레스보스 섬처럼 제한적인 영역을 주고 그 안에서만 소통시켰던 담론"이기도 하며 1990년대 문단이 고평한 여성문학의 성과는 "상업성에 따른 어쩔 수 없는 사후 추인의 성격"을 지녔던 것인지도 모른다는 김미현의 냉정한 지적이 있기도 했지만, 1990년대 한국 문단에서 여성주의 담론이 "제도권 바깥의 대항담론의 형태에서 시스템 내부의 주류담론"으로 자리를 이동한 것은 틀림없는 사실이었다.[56] 한국 문단 내부의 담론으로 들어오는 과정에서 여성문학은 '그녀들만의 리그'로 축소되거나 오히려 '페미니즘은 휴머니즘'이라는 기치 아래 확대되기도 하는데, 이러한 과정을 겪으며 페미니즘의 급진적, 실천적 측면이 다소 희석되었다는 것이 1990년대 여성문학에 대한 일반적인 평가이다.[57] 1990년대 여

55 이 장의 내용은 조연정, 「2000년대 한국시의 '여자-아이'들」, 『여성문학연구』 53, 한국여성문학학회, 2021의 1장을 수정·보완함.

56 신수정·김미현·이광호·이성욱·황종연, 같은 좌담.

57 1990년대 문단의 여성문학에 관한 논의를 살피는 글로는, 김미현, 「이브, 잔치는

성문학에 관한 논의에서 실재하는 여성의 문제가 크게 고려되지는 못한 셈이다.

이처럼 여성주의 담론이 제한된 방식으로 전개될 수밖에 없었던 1990년대의 남성 중심적 문단에서 여성시의 성과가 충분히 고찰되지 못했다는 문제의식을 바탕으로 이 글은 씌어졌다. 첫 장에서는 김정란을 둘러싼 논쟁을 중심으로 당시의 급진적인 페미니스트 시인-비평가의 존재가 1990년대 문단과 충돌하는 지점들을 살펴보았다. 다음 장에서는 여성의 현실을 다소 협소하게 설정한 여성주의 비평의 내적 문제에 대해서도 짚어보았다. 이러한 논의들을 종합해보자면 1990년대 여성문학 담론의 문제점들은 다음의 두 가지로 압축된다. 페미니즘의 문제의식이 한국 문단의 보편적 문제로 확장될 수 없었다는 점과, 이와 동시에 문학 내부의 실천이 문학 외부의 현실과의 접점을 충분히 고려하지 못했다는 점이 그것이다. 이러한 문제들은 물론 현재적인 것으로도 호출된다. 2000년대 중반 이후부터 '페미니즘 리부트'의 시기 이전까지 페미니즘에 관한 논의가 활성화되지 못했던 것이 비단 한국 문단만의 사정이라고 한정할 수는 없으며 사회 구조적인 분석이 병행되어야 하겠지만, 여성주의가 중요한 이슈로 쟁점화되던 1990년대에 문단에서 여성문학의 성과들이 충분히 발굴되지 못했던 탓도 크다는 점은 간과될 수 없다. 이러한 문제의식을 토대로 이 글의 마지막 장

끝났다」, 『문학동네』 1999년 봄호; 김영옥, 「90년대 한국 '여성문학' 담론에 대한 비판적 고찰: 여성 작가 소설에 대한 담론을 중심으로」, 『상허학보』 9, 상허학회, 2002; 심진경, 「2000년대 여성문학과 여성성의 미학」, 『여성과 문학의 탄생』, 자음과모음, 2015; 서영인, 같은 글; 장은정, 같은 글 등을 참조할 수 있다.

에서는 1980년대 후반부터 1990년대 초까지 씌어진 허수경의 초기 시를 대상으로, 1990년대 여성시에 관한 담론이 간과했던 지점이 무엇인지를 되짚어보았다. '위대한 모성성의 실천'으로 허수경의 시를 읽은 당대의 비평들을 비판적으로 검토하고, 허수경의 시에서 흥미롭게 추출되는 '아버지-딸'의 역전 관계가 젠더 규범을 어떻게 교란하는지 증명하고자 하였다. 이러한 문제의식을 바탕으로 1990년대 이후 여성시의 성과를 다양하게 검토하는 후속 작업이 지속적으로 실행되어야 할 것이다.

책을 마무리하는 마지막 장에서 간략히 언급하고 싶은 것은 이 책의 논의들이 갖는 현재성에 관한 것이다. 1990년대 이후 2000년대를 지나오며 한국 문단의 '페미니즘 실종' 사태가 심화되었다는 것은 주지의 사실이다. 2006년에 발표된 글에서 김양선은 "여성문학 비평과 이론의 좌표 상실, 작품의 실상과는 동떨어진 여성문학 비평의 과잉 담론화가 2000년대 들어 더욱 심화되고 있다"[58]고 지적한 바 있다. 영문학자 이명호는 "2000년대 젊은 여성 작가들 사이에서 페미니즘은 '후지다'는 느낌, 그리하여 자신을 페미니스트로 정체화하고 싶지 않다는 태도가 편재"[59]하게 된 상황을 짚어보면서, 이러한 현상을 1990년대 중반 미국 페미니즘 운동 진영의 사

58 김양선, 「2000년대 한국 여성문학 비평의 쟁점과 과제」, 『안과밖』 21, 영미문학연구회, 2006, p. 41.

59 이명호, 「젠더 지형의 변화와 페미니즘의 미래: 1990년대 미국과 2000년대 한국 페미니즘 담론 비교」, 『누가 안티고네를 두려워 하는가: 성차의 문화정치』, 문학동네, 2014, p. 365.

정과 겹쳐 설명하기도 한다. 1998년 발표된 "무엇이 페미니즘을 병들게 하는가?"라는 제목의 글에서 수전 구바Susan Gubar는 탈식민적·탈구조주의적 페미니스트들이 여성들을 수많은 차이로 분할하면서 "여성이라는 범주 자체를 해체시켜 페미니즘의 근거이자 행위 주체를 지워버리고 '여성주의적 여성 혐오증'을 유포했다"고 비판한 바 있다.[60] 한국 문단에서 페미니즘의 실천성이 실종된 이유도 1990년대 중반 이후 다양한 포스트 담론이 활성화되면서 여성 내부의 동질성보다는 차이가 중요해지고 나아가 젠더 수행 이론을 바탕으로 복수의 젠더들이 출현하게 된 사정과 관련이 깊다고 이해된다.

이처럼 확장된 여성성의 개념은 2000년대에 들어서면서 당대 문학의 새로움이나 급진성을 긍정하기 위한 개념으로 호출되기도 한다. 대표적으로 다음과 같은 논의를 참조해볼 수 있다. 심진경은 천운영 소설의 '남근적 여성'의 형상, 황병승 시의 '여장 남자', 강영숙 소설의 '국경을 넘는 리나'를 분석하면서, 성차의 이분법을 해체하고 '여성성'의 범주를 탄력적으로 재구성하는 이러한 2000년대의 문학들이, 1990년대 여성문학에서 제한된 범주로 재현된 '여성성'의 미학을 훌륭히 확장하고 있다고 적극적으로 의미부여한 적이 있다. "이제 여성성은 '여성'이라는 단일한 정체성의 정치의 주체가 아니라 새로운 미학의 가능성을 모색할 수 있는 방법론적 거점으로 전유될 수 있는 단계에 이르"[61]렀다는 것이 그녀의 주장이

60 같은 글, pp. 354~55.

61 심진경(2015), 같은 글, pp. 247~48.

다.[62] 심진경은 또 다른 글에서 이리가레, 크리스테바, 라캉 등을 인용하여 여성성을 "형식의 결여 자체" "기호계the semiotics와 같은 무언가" "이를테면 라캉의 '실재the real'에 가까운 개념"으로 정의하면서, 결국 "여성성이 문학 자체와 맞닿아 있"다고 주장하기도 하였다.[63] 이처럼 2000년대 문학의 전복적 상상력 혹은 새로운 미학을 '여성성'이라고 명명하면서, "여성성은 더 이상 여성성이 아니"[64]게 되어버린다.

2015년경에 점화된 '페미니즘 리부트'의 관점에서 이 같은 사정들은 반성적으로 재고찰되어왔다. 그러나 우리는 심진경의 논의에서, '여성적 현실'과는 무관하게 미학성의 차원으로 축소(/확장)된 의미로나마 '여성성'의 범주를, 혹은 '여성성'이라는 용어 자체를 한국 문학 비평의 핵심 개념으로서 포기하지 않으려 했던 2000년대 여성주의 비평가의 전략적 태도도 함께 읽게 된다. 2000년대가 이른바 '나는 여성 작가가 아니다'라는 여성 작가들의 선언이 자주 들리고 여성문학이 "폐업 정리된 진부한 저급문학 혹은 철지난 특

62 천운영 소설에 나타난 여성성의 전복과 남성성의 재성찰을 "관습적인 성 역할을 신화소의 차원에 이르기까지 전도"시킨다고 평가한 김형중의 분석도 같은 맥락에서 이해될 수 있다. 김형중, 「Vagina Dentata: 씹어 먹는 자궁」, 『변장한 유토피아』, 랜덤하우스중앙, 2006, p. 159.

63 백지은도 같은 부분을 인용하면서 이러한 언급에서 2000년대 문학 담론들이 '여성(성)'을 사유하는 지평을 읽어낼 수 있다고 지적한 바 있다. '페미니즘의 역설'이라는 논리적·구조적 모순을 통해 2000년대 문단을 섬세히 재고찰하는 백지은의 선행 연구가 이 글에 시사하는 바가 컸음을 밝힌다. 백지은, 「전진(하지 못)했던 페미니즘: 2000년대 문학 담론과 '젠더 패러독스'의 패러독스」, 『대중서사연구』 24(2), 대중서사학회, 2018.

64 심진경, 「여성성 혹은 문학적 상상력의 원천」, 『떠도는 목소리들』, 자음과모음, 2009, p. 150.

수 하위장르가 되어버린"[65] 시기였다는 점을 고려하면, 위와 같은 논의는 여성문학의 계보를 무화하지 않고자 한 소극적 시도의 일종으로 읽히기도 하는 것이다. 조앤 스콧Joan Scott의 논의를 빌려 소영현이 말했듯 "성차를 거부하면서도 성차에 호소해야 하는 역설"이 페미니스트의 공과로 판단될 수는 없는 페미니즘 자체의 역설이기도 하다는 점도 충분히 음미될 필요가 있다.[66] 단순화해서 말하기는 어렵지만 1990년대 문단에서는 '여성성=모성성=내면성'이라는 한정된 개념으로, 2000년대 문단에서는 '여성성=타자성=미학성'이라는 확장된 개념으로라도 여성성에 관한 논의를 이어가고자 했던 사정은, 이 같은 '페미니즘의 역설' 그 자체와도 무관하지는 않다.

주지하듯 2000년대 중반 이후 한국 문단 안팎에서 특별히 쟁점화되지는 못했던 페미니즘 논의들은 2016년을 기점으로 한국 문단의 중요한 이슈가 된다. 더불어 『82년생 김지영』을 위시하여 다양한 여성 서사가 창작되기 시작하면서 그간 어느 정도는 무감해져 있었던 페미니즘운동을 회생시키기 위한 각성의 목소리들이 돌출된다. 페미니즘의 잃어버린 10년 동안의 가장 뼈아픈 반성은 미학성의 차원에서만 가까스로 혹은 가장 급진적인 형태로 논의된 여성주의 담론이 실상 여성들에게 가해지는 현실의 억압들과는 무관하게 이루어졌다는 사실일 것이다. 그렇다면 과거에 대한 반성을 통해 우리가 나아가야 할 곳은 어디일까. 여성의 억압적 현실을 고

65 같은 글, p. 224.

66 소영현, 「페미니즘이라는 문학」(최초 발표: 『문학동네』 2017년 가을호), 소영현 외, 같은 책, p. 215.

려하며 운동으로서 혹은 실천으로서의 페미니즘을 강화하기 위해서는 여성이라는 젠더 범주의 동일성이 강화되어야 하는 것일까. 최근 몇 년간 학계 및 문단에서, 그간의 젠더화된 문학사에 대한 비판적 해체의 작업이 활발해지고, 여성을 해체하거나 무한히 다원화하지 않는 방법으로 여성들의 역사적 삶의 조건을 고민하는 '교차성' 이론에 대한 소개가 적극적으로 이루어지고, 특히 문단에서 퀴어 담론에 대한 논의가 치열하게 진행되었던 것은, 오로지 '성차'에만 기대지 않는 방식으로 페미니즘을 실천할 수 있는 새로운 가능성을 찾으려 한 시도들의 일면을 보여준다.

한국 문단의 페미니즘은 현재 시점에서 돌파해야 할 문제들이 많다. '여성서사'를 어떻게 다양화할 것인가. 또 다른 중심을 만들지 않는 방식으로 어떻게 여성문학사를 다시 쓸 수 있을 것인가.[67] 스스로에게 타자로서의 권위를 부여하지 않는 방식으로, 혹은 정체성 정치의 폐쇄성을 넘어서는 방식으로 페미니즘을 한국 문학사와 문단의 보편적 의제로 확장할 수 있는 방법은 무엇일까. 길이 막혔다고 생각이 될 때에는 이미 걸어온 길을 꼼꼼하게 되짚으며 숨을 고를 필요가 있다. 1980년대 여성 시인들을 읽어본 이 책은 한국 여성시사를 어떻게 써야 할 것인가라는 전공자의 고민에서 시작되었지만, 나아가 2021년 한국 사회의 페미니즘이 돌파해야 할 점이 무엇인지 숙고하는 과정으로 씌어진 것이기도 하다. 서문에 인용한 고정희의 말처럼 "래디칼이 아니면 대안이 없"는 것일까. 지혜

67 이에 대한 최근의 연구 성과로는, 이경수, 「여성시문학사 서술 방법론 고찰」, 『여성문학연구』 48, 한국여성문학학회, 2019 참조.

를 모으기 위해서는 앞선 시대 여성 시인들과 선배 페미니스트들의 시행착오를 우리의 일로서 읽는 일이 필요하다고 생각한다. 필자는 앞으로도 선후배 여성 시인들의 목소리를 읽는 일을 부지런히 지속할 것이다.

참고 문헌

| 기본 자료 |

고정희, 『고정희 시전집』(전 2권), 도서출판 또하나의문화, 2011.

김혜순, 『또 다른 별에서』, 문학과지성사, 1981.

———, 『아버지가 세운 허수아비』, 문학과지성사, 1985.

———, 『어느 별의 지옥』(초판 1988), 문학과지성사, 2017.

———. 『우리들의 음화』, 문학과지성사, 1990.

———, 『여성이 글을 쓴다는 것은: 연인, 환자, 시인, 그리고 너』, 문학동네, 2002.

최승자, 『이 시대의 사랑』, 문학과지성사, 1981.

———, 『즐거운 일기』, 문학과지성사, 1984.

———, 『기억의 집』, 문학과지성사, 1989.

허수경, 『슬픔만 한 거름이 어디 있으랴』, 실천문학, 1988.

———, 『혼자 가는 먼 집』, 문학과지성사, 1992.

또하나의문화 엮음, 『평등한 부모 자유로운 아이: 또하나의문화 제1호』, 도서출판 또하나의문화, 1985.

———, 『열린 사회 자율적 여성: 또하나의문화 제2호』, 도서출판 또하나

의문화, 1986.
——, 『여성 해방의 문학: 또하나의문화 제3호』, 도서출판 또하나의문화, 1987.
조형 외 엮음, 『너의 침묵에 메마른 나의 입술: 여성해방문학가 고정희의 삶과 글』, 도서출판 또하나의문화, 1993.

문학잡지 『문학동네』 『문학과사회』 『창작과비평』 『실천문학』 『인물과 사상』 『현대시』 등.

| 논저 |

강준만, 「남진우, 어설픈 냉소주의자의 어설픈 '김정란 죽이기'」, 『인물과 사상』 2001년 1월호.
——, 「남진우의 글쓰기, 무엇이 문제인가?」, 『인물과 사상』 2002년 1월호.
권명아, 「불/가능한 싱글라이프: 연민과 정치성 주체성」, 『무한히 정치적인 외로움: 한국 사회의 정동을 묻다』, 갈무리, 2012.
김미현, 「이브, 잔치는 끝났다」, 『문학동네』 1999년 봄호.
김보경, 「『또 하나의 문화』의 여성시에 나타난 '차이'라는 여성 연대의 조건과 가능성」, 『한국현대문학연구』 60, 한국현대문학회, 2020.
김보명 외, 『교차성×페미니즘』, 도서출판 여이연, 2018.
김복순, 「'여성-노동소설'의 일 계보: 김인숙의 경우」, 『여성문학연구』 43, 한국여성문학학회, 2018.

김승희, 「상징 질서에 도전하는 여성시의 목소리, 그 전복의 전략들」, 『여성문학연구』 2, 한국여성문학학회, 1999.
김승희 발문, 「근대성의 판도라 상자를 열었던 시인 고정희」, 『고정희 시전집 2』, 도서출판 또하나의문화, 2011.
김신정, 「강은교와 최승자 시에 나타난 유기(遺棄) 모티프」, 『비평문학』 46, 한국비평문학회, 2012.
김양선, 『경계에 선 여성문학』, 역락, 2009.
———, 「동일성과 차이의 젠더 정치학: 1970·80년대 진보적 민족문학론과 여성해방문학론을 중심으로」, 『한국근대문학연구』 6(1), 한국근대문학회, 2005.
———, 「486세대 여성의 고정희 문학 체험: 80년대 문학담론과의 길항관계를 중심으로」, 『비교한국학*Comparative Korean Studies*』 19(3), 국제비교한국학회, 2011.
김영옥, 「90년대 한국 '여성문학' 담론에 대한 비판적 고찰: 여성 작가 소설에 대한 담론을 중심으로」, 『상허학보』 9, 상허학회, 2002.
김예림, 「어떤 영혼들: 산업노동자의 "심리" 혹은 그 너머」, 『상허학보』 40, 상허학회, 2014.
김은실, 「고정희 선생님이 죽었다?」, 『여자로 말하기, 몸으로 글쓰기: 또하나의문화 제9호』, 도서출판 또하나의문화, 1992.
김은하, 「폭력의 기원과 우애(Philia, 友愛)의 공동체: 권여선의 『레가토』를 중심으로」, 『인문과학』 54, 성균관대학교 인문과학연구원, 2014.
———, 「1980년대, 바리케이트 뒤편의 성(性) 전쟁과 여성해방문학 운동」, 『상허학보』 51, 상허학회, 2017.
김정란, 『한국현대 여성시인』, 나남출판, 2001.

———,「한국 현대 여성시의 성취와 전망: 여성 정체성의 형성을 중심으로」,『인문과학연구』 4, 안동대학교 인문과학연구소, 2001.

김정란·방민호·김영하·김사인 좌담,「90년대 문학을 결산한다」,『창작과비평』 1998년 가을호.

김정은,「또 하나의 집회: 여성주의 문화운동 '또 하나의 문화'가 지닌 '제3의 장소성'」,『구보학보』 27, 구보학회, 2021.

김주연,「소통의 갈구, 물길 트기: 김혜순의 최근 시」,『문학과사회』 1994년 가을호.

김주희,「우에노 치즈코의 젠더-본질주의 비판」,『여성문학연구』 47(1), 한국여성문학학회, 2019.

김지윤,「1960년대 여성시의 정체성 모색과 탈주의 상상력」,『한국문학이론과 비평』 22(3), 한국문학이론과 비평학회, 2018.

김혜순 외,『"근대", 여성이 가지 않은 길』, 김영옥 엮음, 도서출판 또하나의문화, 2001.

김혜순·조하혜 특별 대담,「고통에 들린다는 것, 사랑에 들린다는 것」,『열린시학』 2006년 여름호.

김현,『젊은 시인들의 상상세계/말들의 풍경』(김현 문학전집 6), 문학과지성사, 1992.

김형중,「Vagina Dentata: 씹어 먹는 자궁」,『변장한 유토피아』, 랜덤하우스중앙, 2006.

남진우,「메두사의 시: 김언희의 시세계」,『문학동네』 2000년 겨울호.

———,「강준만의 김정란 일병 구하기 2」,『인물과사상』 2001년 2월호.

문혜원,「전시하는 육체와 전시된 육체, 바라본 구멍과 내 몸의 구멍」,『오늘의 문예비평』 2005년 여름호.

배하은, 「1980년대 문학의 수행성 연구: 양식과 미학을 중심으로」, 서울대 박사학위 논문, 2017.
박수빈, 「1980년대 노동문학(연구)의 정치성: 연구자의 무의식과 노동자의 글쓰기를 중심으로」, 『상허학보』 37, 상허학회, 2013.
박지영, 「1970~80년대 여성노동자 시에 나타난 젠더/섹슈얼리티 정치학: 최명자, 정명자의 시를 중심으로」, 『한국시학연구』 53, 한국시학회, 2018.
박해현 해설, 「마음의 관능, 세간의 혼몽」, 허수경, 『혼자 가는 먼 집』, 문학과지성사, 1992.
박현채 · 최원식 · 박인배 · 백낙청 좌담, 「80년대 민족운동과 한국문학」(1985), 『백낙청 회화록 2』, 창비, 2007.
박혜란, 「토악질하듯 어루만지듯 가슴으로 읽은 고정희」, 『여자로 말하기, 몸으로 글쓰기: 또하나의문화 제9호』, 도서출판 또하나의문화, 1992.
백낙청, 「여성운동에 대한 나의 관심」, 『민족문학과 세계문학 1: 인간해방의 논리를 찾아서』(개정합본), 창비, 2011.
백지은, 「전진(하지 못)했던 페미니즘: 2000년대 문학 담론과 '젠더 패러독스'의 패러독스」, 『대중서사연구』 24(2), 대중서사학회, 2018.
소영현, 「페미니즘이라는 문학」, 『문학동네』 2017년 가을호.
소영현 외, 『문학은 위험하다: 지금 여기의 페미니즘과 독자 시대의 한국문학』, 민음사, 2019.
손유경, 「1980년대 학술운동과 문학운동의 교착(交錯/膠着): 박현채와 조한혜정을 중심으로」, 『상허학보』 45, 상허학회, 2015.
———, 「젠더화된 세대교체 서사를 패러디하기」, 『한국현대문학연구』

58, 한국현대문학회, 2019.
———, 「한국 문학사의 새로운 가능성」, 『메타-문학사: 문학과사회 하이픈』 2019년 봄호.
———, 「페미니즘의 포스트모던 조건」, 『여성문학연구』 50, 한국여성문학학회, 2020.
송기원 해설, 「저주와 은총의 사랑」, 허수경, 『슬픔만 한 거름이 어디 있으랴』(개정판), 실천문학, 2010.
신범순, 「부서진 육체와 사랑의 공간: 채호기·허수경론」, 『문학과사회』 1992년 가을호.
심진경, 『떠도는 목소리들』, 자음과모음, 2009.
———, 『여성과 문학의 탄생』, 자음과모음, 2015.
———, 「여성성, 육체, 여성적 시쓰기」, 『실천문학』 1999년 여름호.
———, 「김혜순 시의 미로에서 길을 읽다, 잃다, 앓다」, 『작가세계』 2008년 봄호.
안지영, 「'여성적 글쓰기'와 '재현'의 문제: 고정희와 김혜순의 시를 중심으로」, 『한국현대문학연구』 54, 한국현대문학회, 2018.
———, 「'여성주의 리얼리즘'의 문화정치학: 『또하나의문화』의 발간 주체와 실천을 중심으로」, 『한국현대문학연구』 63, 한국현대문학회, 2021.
양경언, 「1980년대 한국 시에 나타난 '샤먼-시인'의 수행성 연구: 김남주, 고정희 시를 중심으로」, 서강대 박사학위 논문, 2020.
오혜진 외, 『문학을 부수는 문학들: 페미니스트 시각으로 읽는 한국 현대문학사』, 민음사, 2018.
이경수, 「1980년대 여성시의 주체와 정동: 최승자·김혜순·허수경의 시를 중심으로」, 『여성문학연구』 43, 한국여성문학학회, 2018.
———, 「여성시문학사 서술 방법론 고찰」, 『여성문학연구』 48, 한국여성문학학회, 2019.
이광호, 「그녀의 시는 오래되었으나: 허수경의 오래된 편지」, 『문학과사회』 2001년 여름호.
———, 「최승자 시의 애도 주체와 젠더 정치학」, 『한국시학연구』 45, 한국시학회, 2016.
이명호, 『누가 안티고네를 두려워 하는가: 성차의 문화정치』, 문학동네, 2014.
———, 「젠더지형의 변화와 페미니즘의 미래: 1990년대 미국과 2000년대 한국 페미니즘 담론 비교연구」, 『여성문학연구』 26, 한국여성문학학회, 2011.
이명호·김희숙·김양선, 「여성해방문학론에서 본 80년대의 문학」, 『창작과비평』 1990년 봄호.
이상경, 『한국근대여성문학사론』, 소명, 2002.
이선옥, 「1980년대 여성운동 잡지와 문학논쟁의 의미: 『또하나의 문화』, 『여성』을 중심으로」, 『여성문학연구』 43, 한국여성문학학회, 2018.
이소희, 「〈밥과 자본주의〉에 나타난 "여성민중주의적 현실주의"와 문체혁명」, 『비교한국학*Comparative Korean Studies*』 19(3), 국제비교한국학회, 2011.
———, 「"고정희"를 둘러싼 페미니즘 문화정치학」, 『여성주의 문학의 선구자 고정희의 삶과 문학』, 국학자료원, 2018.
이시영, 「고은의 시, 허수경의 노래」, 『창작과비평』 1992년 가을호.
이영재, 「돌봄, '함께 있음'의 노동」, 『크릿터』 1, 민음사, 2019.

이은영, 「1980년대 시에 나타난 자본주의적 세계에 대한 재현과 부정성: 고정희, 허수경의 시를 중심으로」, 『한국문예비평연구』 59, 한국현대문예비평학회, 2018.
이종구 외, 『1960-70년대 노동자의 생활세계와 정체성』, 한울아카데미, 2004.
이혜령, 「빛나는 성좌들: 1980년대, 여성해방문학의 탄생」, 『상허학보』 47, 상허학회, 2016.
이혜원, 「최승자 시에 나타나는 사랑의 정신분석학적 연구」, 『비평문학』 59, 한국비평문학회, 2016.
———, 「허수경 시에 나타난 전쟁 표상과 생명의식」, 『문학과환경』 18(1), 문학과환경학회, 2019.
이효재·이창숙·김행자·서정미·백낙청 좌담, 「오늘의 여성문제와 여성운동」(1979), 『백낙청 회화록 1』, 창비, 2007.
임지연, 「1990년대 여성시의 이상화된 판타지와 역설적 근대 주체 비판」, 『한국시학연구』 53, 한국시학회, 2018.
장미경, 「1960~70년대 가정주부(아내)의 형성과 젠더정치: 『여원』, 『주부생활』 잡지 담론을 중심으로」, 『사회과학연구』 15(1), 서강대학교 사회과학연구소, 2007.
장서란, 「고정희 굿시의 재매개 양상 연구: 『저 무덤 위에 푸른 잔디』를 대상으로」, 『서강인문논총』 58, 서강대학교 인문과학연구소, 2020.
장영은, 「근대 여성 지식인의 자기서사 연구」, 성균관대학교 박사학위 논문, 2017.
———, 『여성, 정치를 하다』, 민음사, 2021.
전희경, 「1960~80년대 젠더-나이체제와 '여성' 범주의 생산」, 『한국여성학』 29(3), 한국여성학회, 2013.
정과리, 「민중문학론의 인식구조」, 『문학과사회』 1988년 봄호.
정은희·박혜숙·이상경·박은하 좌담, 「여성의 눈으로 본 한국문학의 현실」, 『여성 1』, 창작과비평사, 1985.
정끝별, 「古老를 좇는 마음의 歷史: 허수경론」, 『오늘의 문예비평』 1995년 가을호.
정희진, 「젠더 사회와 미투」, 『문학동네』 2018년 여름호.
조연정, 「김혜순과 '시'하기」, 『만짐의 시간』, 문학동네, 2013.
———, 「광주를 현재화하는 일: 권여선의 『레가토』(2012)와 한강의 『소년이 온다』(2014)를 중심으로」, 『대중서사연구』 33, 대중서사학회, 2014.
———, 「주변부 문학의 (불)가능성 혹은 문학 대중화의 한계: 백낙청의 '시민/민족/민중 문학론' 재고」, 『인문학연구』 51, 조선대학교 인문학연구원, 2016.
———, 「1980년대 문학에서 여성운동과 민중운동의 접점: 고정희 시를 읽기 위한 시론」, 『우리말글』 71, 우리말글학회, 2016.
———, 「김승희의 초기시에 나타난 '여성적 말하기'의 전략과 그 윤리」, 『석당논총』 70, 동아대학교 석당학술원, 2018.
———, 「최승자 시에 나타난 독신자 여성 삶의 재현 양상」, 『구보학보』 18, 구보학회, 2018.
———, 「'여성시인'이 시를 쓴다는 것: 1980년대 '여성해방문학'의 관점에서 다시 읽는 김혜순의 초기 시」, 『현대문학의연구』 69, 한국문학연구학회, 2019.
———, 「2000년대 한국시의 '여자-아이'들」, 『여성문학연구』 53, 한국여

성문학학회, 2021.
조형 · 고정희 · 김숙희 · 박완서 · 엄인희 · 조옥라 · 조혜정 · 정진경 좌담, 「페미니즘 문학과 여성운동」, 『여성 해방의 문학: 또하나의문화 제3호』, 도서출판 또하나의문화, 1987.
진태원, 「좌파 메시아주의라는 이름의 욕망: 알랭 바디우, 슬라보이 지제크, 조르조 아감벤의 국내 수용에 대하여」, 『황해문화』 2014년 봄호.
차승기, 「몰락 이후: 신성할 것 없는 문학사」, 『메타-문학사: 문학과사회 하이픈』 2019년 봄호.
천정환, 「서발턴은 쓸 수 있는가: 1970~80년대 민중의 자기재현과 '민중문학'의 재평가를 위한 일고」, 『민족문학사연구』 47, 민족문학사연구소, 2011.
———, 「그 많던 '외치는 돌멩이'들은 어디로 갔을까: 1980~90년대 노동자문학회와 노동자 문학」, 『역사비평』 2014년 봄호.
한영인, 「글 쓰는 노동자들의 시대: 1980년대 노동자 '생활글' 다시 읽기」, 『대동문화연구』 86, 성균관대학교 대동문화연구원, 2014.
황정미, 「한국 여성정책의 역사적 전개 과정」, 정진성 · 안진 외, 『한국현대여성사』, 한울아카데미, 2004.
황종연 · 진정석 · 김동식 · 이광호 좌담, 「90년대 문학을 어떻게 볼 것인가?」, 『90년대 문학 어떻게 볼 것인가』, 민음사, 1999.
허윤, 「1980년대 여성해방운동과 번역의 역설」, 『여성문학연구』 28, 한국여성문학학회, 2012.
———, 「이중적 시각으로 바라본 여성문학: 리타 펠스키, 『페미니즘 이후의 문학』(여이연, 2010)」, 『여/성이론』 2010년 겨울호.

허주영, 「생물학적 성별에서 벗어나기」, 『상허학보』 55, 상허학회, 2019.

| 역서 |

냰시 암스트롱, 『소설의 정치사: 섹슈얼리티, 젠더, 소설』, 오봉희·이명호 옮김, 그린비, 2020.
낸시 프레이저, 『전진하는 페미니즘: 여성주의 상상력, 반란과 반전의 역사』, 임옥희 옮김, 돌베개, 2017.
너멀 퓨워, 『공간 침입자: 중심을 교란하는 낯선 신체들』, 김미덕 옮김, 현실문화, 2017.
리타 펠스키, 『페미니즘 이후의 문학』, 이은경 옮김, 여이연, 2010.
린다 맥도웰, 『젠더, 정체성, 장소: 페미니스트 지리학의 이해』, 여성과 공간 연구회 옮김, 한울아카데미, 2019.
마리아로사 달라 코스타, 『집안의 노동자: 뉴딜이 기획한 가족과 여성』, 김현지·이영주 옮김, 갈무리, 2017.
마리아 미즈, 『가부장제와 자본주의: 여성, 자연, 식민지와 세계적 규모의 자본축적』, 최재인 옮김, 갈무리, 2014.
마사 C. 너스바움, 『혐오와 수치심: 인간다움을 파괴하는 감정들』, 조계원 옮김, 민음사, 2015.
베티 프리단, 『여성성의 신화』, 김현우 옮김, 갈라파고스, 2018.
벨 훅스, 『모두를 위한 페미니즘』, 이경아 옮김, 문학동네, 2017.
오드리 로드, 『시스터 아웃사이더』, 주해연·박미선 옮김, 후마니타스, 2018.

이남희, 『민중 만들기: 한국의 민주화운동과 재현의 정치학』, 유리·이경희 옮김, 후마니타스, 2015.

재클린 로즈, 『숭배와 혐오: 모성이라는 신화에 대하여』, 김영아 옮김, 창비, 2020.

조르주 디디-위베르만, 「감각할 수 있게 만들기」, 알랭 바디우 외, 『인민이란 무엇인가: 인민에 대한 철학적 사유들』, 서용순 외 옮김, 현실문화, 2014.

주디스 오어, 『마르크스주의와 여성해방』, 이장원 옮김, 책갈피, 2016.

주디스 버틀러, 『젠더 허물기』, 조현준 옮김, 문학과지성사, 2015.

캐럴 J. 애덤스, 『육식의 성정치: 여혐 문화와 남성성 신화를 넘어』, 류현 옮김, 이매진, 2018.